穆旦诗编年汇校

A Chronological Study on
Emendation of Mu Dan's Poems

易 彬 汇校

图书在版编目(CIP)数据

穆旦诗编年汇校／易彬汇校．—北京：北京大学出版社，2019.5
ISBN 978-7-301-30362-7

Ⅰ.①穆… Ⅱ.①易… Ⅲ.①诗集－中国－当代 Ⅳ.①I227

中国版本图书馆 CIP 数据核字(2019)第 034295 号

书　　　名	穆旦诗编年汇校 MUDAN SHI BIANNIAN HUIJIAO
著作责任者	易彬　汇校
责 任 编 辑	张雅秋
标 准 书 号	ISBN 978-7-301-30362-7
出 版 发 行	北京大学出版社
地　　　址	北京市海淀区成府路 205 号　100871
网　　　址	http://www.pup.cn　　新浪微博：@北京大学出版社
电 子 信 箱	pkuwsz@163.com
电　　　话	邮购部 010-62752015　发行部 010-62750672 编辑部 010-62757065
印 刷 者	三河市北燕印装有限公司
经 销 者	新华书店
	965 毫米 ×1300 毫米　16 开本　25 印张　325 千字 2019 年 5 月第 1 版　2019 年 5 月第 1 次印刷
定　　　价	66.00 元

未经许可，不得以任何方式复制或抄袭本书之部分或全部内容。
版权所有，侵权必究
举报电话：010-62752024　电子邮箱：fd@pup.pku.edu.cn
图书如有印装质量问题，请与出版部联系，电话：010-62756370

国家社科基金后期资助项目
出版说明

后期资助项目是国家社科基金设立的一类重要项目，旨在鼓励广大社科研究者潜心治学，支持基础研究多出优秀成果。它是经过严格评审，从接近完成的科研成果中遴选立项的。为扩大后期资助项目的影响，更好地推动学术发展，促进成果转化，全国哲学社会科学工作办公室按照"统一设计、统一标识、统一版式、形成系列"的总体要求，组织出版国家社科基金后期资助项目成果。

全国哲学社会科学工作办公室

目　录

导论　文献学视野下的穆旦诗歌 / 1

1936 年 / 32

更夫 / 32

1937 年 / 34

玫瑰的故事 / 34

古墙 / 39

野兽 / 42

在秋天 / 43

1938 年 / 45

祭 / 45

1939 年 / 48

CHORUS 二章 / 48

一九三九年火炬行列在昆明 / 51

防空洞里的抒情诗 / 56

劝友人 / 60

从空虚到充实 / 61

1940 年 / 71

童年 / 71

窗
　　——寄日后方某女士 / 74

祭 / 75

蛇的诱惑
　　——小资产阶级的手势之一 / 76

玫瑰之歌 / 83

漫漫长夜 / 87

在旷野上 / 90

不幸的人们 / 92

出发
　　——三千里步行之一 / 95

原野上走路
　　——三千里步行之二 / 97

五月 / 99

我 / 102

还原作用 / 103

1941 年 / 105

智慧的来临 / 105

潮汐 / 107

在寒冷的腊月的夜里 / 110

夜晚的告别 / 112

鼠穴 / 114

我向自己说 / 116

中国在哪里 / 118

华参先生的疲倦 / 121

神魔之争（诗剧体）
　　——呈董庶兄——（《大公报》版）/ 124

神魔之争
　　——赠董庶—— / 138

小镇一日 / 151

摇篮歌

　　——赠阿咪 / 156

控诉 / 159

赞美 / 163

黄昏 / 166

洗衣妇 / 168

1942 年 / 169

春底降临 / 169

春 / 172

诗八章 / 174

出发 / 180

阻滞的路 / 182

自然底梦 / 184

幻想底乘客 / 186

1943 年 / 188

祈神二章 / 188

隐现（《华声》版）/ 192

隐现 / 203

诗（一）/ 215

诗（二）/ 216

1944 年 / 218

赠别（一）/ 218

赠别（二）/ 219

成熟（一）/ 220

成熟（二）/ 221

寄 / 222

活下去 / 224

1945 年 / 226

线上 / 226

被围者 / 228

退伍 / 231

海恋 / 233

旗 / 235

流吧,长江的水 / 237

甘地 / 239

给战士 / 242

野外演习 / 245

农民兵(一) / 247

农民兵(二) / 248

奉献 / 250

反攻基地 / 252

通货膨胀 / 254

良心颂 / 256

苦闷的象征 / 257

森林之魅
　　——祭胡康河谷上的白骨 / 259

云 / 264

1947 年 / 265

时感 / 265

他们死去了 / 267

荒村 / 269

诞辰有作 / 272

饥饿的中国 / 275

我想要走 / 283

胜利 / 285

牺牲 / 287

手 / 289

发现 / 291

我歌颂肉体 / 293

1948 年 / 296

甘地之死 / 296

世界 / 298

城市的舞 / 300

绅士和淑女 / 302

诗 / 304

诗四首 / 306

1957 年 / 310

九十九家争鸣记 / 310

葬歌 / 314

三门峡水利工程有感 / 319

1975 年 / 321

妖女的歌 / 321

苍蝇 / 322

1976 年 / 324

智慧之歌 / 324

演出 / 326

歌手 / 328

理想 / 330

冥想 / 332

春 / 334

友谊 / 336

有别 / 338

自己 / 340

秋 / 342

停电之后 / 345

好梦 / 347

老年的梦呓 / 349

退稿信 / 353

黑笔杆颂
　　——赠别"大批判组" / 355

冬 / 357

附录一　穆旦主要诗集目录 / 362

附录二　穆旦诗歌发表一览表 / 373

附录三　穆旦诗歌版本、诗集编撰等问题讨论的主要文献 / 381

后记 / 387

导论　文献学视野下的穆旦诗歌

一　中国现代文学文献学研究略述

但凡一门成熟的学科,都应当具备相对稳定的文献学基础。从比较宽泛的意义上说,中国现代文学文献的搜集与整理工作自中国现代文学诞生之初就已逐步展开,也出现了10卷本《中国新文学大系》这样的经典之作,但有组织、有计划且较大规模地进行文献发掘与整理的工作已是新时期之后了。突出标志即是1979年由中国社科院文学所发起编纂的大型资料丛书"中国现代文学史资料汇编",以及其他资料丛书、全集、选集、报刊(影印)、民国时期总书目、期刊目录汇编等不同类型的文献专书的出版。其中,《鲁迅全集》(人文版,1981年,2005年)在文献搜集的全面性、注释的详尽性、操作的规范性等方面提供了非常有益的经验。朱金顺先生的《新文学资料引论》[①]着眼于现代文学资料的搜集与整理,虽以"资料"为名,但主要是依循中国古典文献学的诸多原则,从考证、版本、校勘、目录等逐一进行了剥索,可说是最早对现代文学文献进行系统讨论的著作。而包括《〈女神〉汇校本》《〈围城〉汇校本》等数种汇校类著作的出版[②],则在中国现代文学文献学方法上做出了积极的探索。

[①] 朱金顺:《新文学资料引论》,北京:北京语言学院出版社,1986年。
[②] 当时的汇校类著作有:郭沫若著、桑逢康校:《〈女神〉汇校本》,长沙:湖南人民出版社,1983年;郭沫若著、黄淳浩汇校:《〈文艺论集〉汇校本》,长沙:湖南人民出版社,1984年;郭沫若著、王锦厚校:《〈棠棣之花〉汇校本》,长沙:湖南人民出版社,1985年;李劼人:《〈死水微澜〉汇校本》,成都:四川文艺出版社,1987年;钱锺书著、胥智芬汇校:《〈围城〉汇校本》,成都:四川文艺出版社,1991年。

但是,一直到21世纪初期,中国现代文学文献学理念方才成蔚然之势,2003—2004年间召开的两次"中国现代文学的文献问题"学术研讨会可视为重要节点,"文献问题"已被认为是现代文学研究持续推进之中"脆弱的软肋"(刘增杰语)。"文献的匮乏与讹误"、误用文献材料、全(文)集编选过程中修改或删改原作的现象、研究缺乏"史感"、缺乏严谨的学术规范等现象引发了批评。"文献还原与学理原创"之间的"互动八事"(杨义)、文献整理工作的长效性(朱德发)、文献对于学术思路的新拓展(钱理群)等观点则彰显了文献之于现代文学研究的学理意义。① 更为集中的探讨则有:徐鹏绪从"总论""本体论""功能论"等角度对现代文学文献学理论体系进行了系统的探索,提出了现代文学文献本体的结构模式,将现代文学文献分为三种类型,即由新文学作品组成的原典文献、原典文献传播过程中生成的对现代文学进行批评研究的二级文献和对这些批评研究进行再研究的三级文献。在此之前,徐鹏绪还对鲁迅学文献类型进行了专项研究。② 解志熙强调现代文学也应如古典文学加强学术规范,他基于文字讹误,文本错简,"外文""外典"及音译词语,"今文"与"今典"等情形,指出现代文学文本也需仔细校注,提出了"异文本"等概念,并特别强调了从"文献学的'校注法'"到"批评性的'校读法'",即文献学作为文学批评与文学史研究方法的重要性,简言之,即"强调面对作为语言艺术的文学文本,文学研究者在发挥想象力和感悟力之外,还有必要借鉴文献学如校勘学训诂学家从事校注工作的那种一丝不苟、实事求是的治学态度与比较对勘、观其会通的方法,而如果我们能够这样做,那也就有可能将文献学的'校注法'引申为批评性的'校读法'——

---

① 参见解志熙:《"中国现代文学的文献问题座谈会"共识述要》,《中国现代文学研究丛刊》,2004年第3期;刘涛:《中国现代文学文献问题学术研讨会综述》,《中国现代文学研究丛刊》,2005年第2期。
② 徐鹏绪等:《中国现代文学文献学研究》,北京:中国社会科学出版社,2014年。徐鹏绪:《鲁迅学文献类型研究》,北京:中国社会科学出版社,2004年。

一种广泛而又细致地运用文献语言材料进行比较参证来解读文本的批评方法或辨析问题的研究方法"。① 金宏宇则细致勾描了现代文学文献复杂的版本状况,认为传统意义上的"版本学"视域"很难让我们去发现版本的文学特性",他提出了"版本批评"的概念,认为"版本批评"可以"把版本研究延伸至文本批评之中"。为了使现代文学研究"真正具有有效性和严谨性",要确立三个基本的版本原则,即在文学批评或单个作品的研究中,要具有版(文)本精确所指原则;在文学史的写作中,应秉持叙众本原则;在文学作品的经典化过程中(即作品的出版流布),应遵从新善本原则。② 而其新近研究,则注意到了现代文学的汇校本问题。③

在中国现代文学文献学知识理念的引领之下,从"作品"或"文本"到"文献",自然也就并非名词的简单替换,而是涉及对象本身、研究观念、治学态度、学术方法等一系列问题。对错综复杂的中国现代文学作品展开校注乃至汇校也可说是题中应有之义。

在现代文学研究领域中,"汇校本"可谓1980年代方才出现的一种新的文献整理类型。一个现代文学作品往往可能有不同的版本形态,如手稿本、初刊本、再刊本、初版本、修订本、定本等。常见的整理行为即是选定某一版本,其他版本弃之不顾,或仅仅加上简单的版本说明。汇校本不然,它是以某一版本为底本,同时,通过脚注、尾注或者旁注等方式将其他版本中的异文一一呈现出来。一般性的文学作

---

① 解志熙:《老方法与新问题——从文献学的"校注"到批评性的"校读"》,《考文叙事录——中国现代文学文献校读论丛》,北京:中华书局,2009年,第18页。"异文本"的说法出自解志熙《芦焚的"一二九"三部曲及其他——师陀作品补遗札记》,《河南大学学报》,2012年第4期。

② 金宏宇:《新文学的版本批评》,武汉:武汉大学出版社,2007年,第327页,第55—63页。按:金宏宇的相关研究著作还有:《中国现代长篇小说名作版本校评》,北京:人民文学出版社,2004年;《文本与版本的叠合》,北京:中国社会科学出版社,2013年;《文本周边:中国现代文学副文本研究》,武汉:武汉大学出版社,2014年。

③ 金宏宇、杭泰斌:《中国现代文学的汇校本问题》,《中国现代文学研究丛刊》,2010年第6期。

品的整理是静态地呈现一位作者在某一时段的写作,其功能是单一性的;而汇校本则往往可以动态地呈现出一位作者的艺术构想、修改意图及其与时代语境之间的内在关联,其功能可谓是综合性的。

从实际出版来看,作品的汇校本虽非新鲜事物,但绝对可说是困难重重的出版。1983—1991年间,曾出版过5种,但自从《〈围城〉汇校本》引发了一场著名的官司①之后即告一段落②,一直到近期方才出现两种,即《〈女神〉校释》③《边城(汇校本)》④。

很显然,在实际操作中,对现代文学文本进行系统校注及展开文献学式研究的难度颇大:因为种种原因的搁置,现代文学文本的版本问题犹如厚积之尘垢,一时间绝难拂去,"大量的现代文学文本累积了颇为繁难、亟待校注的问题,成为阅读和研究的拦路虎,而得到认真校理的却只有《鲁迅全集》等个别大家之作。所以,对现代文学文本的校注不仅是必需的,而且几乎需要从头做起"⑤。这里所谓未被"认真校理"的指的应是各类动辄数卷以上的全集或文集。相当一部分的文集或全集,多是作品的汇总,即将各种版本不加明确说明地混杂编排,缺乏必要的校注说明;在比较糟糕的情况下,甚至连作品的原始出处都未标注。换个角度看,作品的大量整理出版与实际方法的有效性之间并不对应——较早时期的一个判断,现在看来依然如是,那就是"现代

---

① 《〈围城〉汇校本》出版后引起了官司,结果是钱锺书与人民文学出版社胜诉,出版者四川文艺出版社及汇校本作者胥智芬败诉。

② 《〈围城〉汇校本》的官司也波及了其他汇校类作品的出版。时任责任编辑的龚明德后来在《〈〈围城〉汇校本〉十年祭——为深圳晚报〈围城〉六十年专号作》一文(《深圳晚报》,2007年7月16日)中颇多感慨:"不仅《〈围城〉汇校本》被明案判输,连早已得到版权所有者认可的《〈死水微澜〉汇校本》差点儿又在有关单位和欠理智的个人的取闹中连环吃官司!已经蕴酿成熟的更精到的《〈八十一梦〉汇校本》等中国现代文学名著汇校系列均胎死腹中。"

③ 郭沫若著、陈永志校释:《〈女神〉校释》,上海:华东师范大学出版社,2009年。

④ 沈从文著,金宏宇、曹青山汇校:《边城(汇校本)》,武汉:长江文艺出版社,2009年。

⑤ 解志熙:《老方法与新问题——从文献学的"校注"到批评性的"校读"》,《考文叙事录——中国现代文学文献校读论丛》,北京:中华书局,2009年,第1页。

文学文献学研究迄今似乎仍限于自发的或自然的状态",即"缺乏古典文献学那样被共同意识到的学术传统和被大家自觉遵守的工作路径"。①

而落实到现代文学研究之中,若不加区分地对待一个作品的不同版本,从"众多版本中任选一个版本,而得出的结论却是统指性的",这即所谓"版本互串"现象,将会"有损批评的精确"或者"导致阐释的混乱"②。实际上,也不妨说,目前现代文学研究中对于版本的精确性的忽视,以及由此形成的较为混乱的局势,既和知识理念有关,也和文集或全集的版本杂陈的编辑方式有关——当然,就其根本而言,知识理念与编辑方式原本就是直接关联的。

问题的关键或许就在于,面对纷杂的局势,现代文学的文献整理如何"从头做起"呢?以个人的观察,更为切实的工作无外乎两种情形:一种是对于已成型(已整理出版)的文献的再校理,另一种则是新文献的辑校。前者涉及大量文献的重新校理,需要较多的人力物力,实际操作难度颇大;后者倒是在持续进行之中,目前较多出现的校读式批评也主要是基于某些新发现的佚文一类材料而展开的批评与阐释,这意味着从文献学的"校注"到批评性的"校读"尚只是一个局部原则,即是针对部分文献的、零散的研究,而不是全局式的、系统的研究。因此,提供可靠的版本谱系仍然是当务之急。

校注是全部工作的基石。校注并非单一性的问题,下一步工作即校读,这种进一步的考察必将涉及修改的背景、动因等等个人和时代的因素;再进一步,则将涉及现代文学学科自身的某些学术方法、规范与原则。诸多工作结合起来,文献学方法在文本批评乃至文学史研究方面也就具备了非常重要的价值意义。实际上,若建立了详尽的版本谱系,批评性校读等工作的重心也可有重要的调整:即将全部材料作

---

① 解志熙:《刊海寻书记:〈于赓虞诗文辑存〉编校纪历——兼谈现代文学文献的辑佚与整理》,《中国现代文学研究丛刊》,2004年第3期。
② 金宏宇:《新文学的版本批评》,武汉:武汉大学出版社,2007年,第57页。

为研究对象,择要述之;而不是局部的、零散的——甚至可说是基于某些边角料式的研究(如某些佚文的发掘与整理)。这种调整,粗略地说,即从"树木"到"森林"。

总的说来,尽管难度颇大,但学术自觉既已在逐步形成之中,文献学视域下的文本整理出版和研究局势的出现仍是可以期待的。近期出版的《边城(汇校本)》即是一套系统工程的开端,它被列为"中国现代文学名著经典汇校丛书"的第一部。① 而《穆旦诗编年汇校》着眼于穆旦的全部诗歌作品,既能有效地展现穆旦这样一个重要作家诗歌写作的全貌,在中国现代文学文献学建设方面,也应能起到积极的推动作用。

二 穆旦诗歌的版本、由来及其复杂性

穆旦是一个对写作不断进行修改的人。细细检索穆旦诗歌发表的刊物、诗集以及手稿,即可发现多有版本歧异现象;诗歌写作之外,翻译也多有修改,其中所涉情况也是相当复杂。②

纵观穆旦诗歌的各种版本,有的异文仅仅是标点符号、语法使用或个别字的改动与变更,有的则是标题、词语、诗行、章节乃至诗歌形式的改变,少数诗歌,如《从空虚到充实》《神魔之争》《隐现》等,从初版到再版几乎是重写。从文献学的角度看,所有这些均可纳入考察范围之中。单一异文或细微的异动或许并不至于造成理解上的误差,但整体视之,繁多的异动显然蕴含着诗人美学立场或人生经验的某些重要的变化轨迹。若具体到各个时段——结合诗集所录作品的时限、实

---

① 2017年,国家社科基金重大项目"中国现代文学名著异文汇校、集成及文本演变史研究"由金宏宇教授主持立项,本人为子课题"近百年新诗名作(以诗集为中心)异文汇校、集成及文本演变史研究"负责人。相信以此为契机,现代文学名著汇校的系统工作将全面展开。

② 关于1950年代穆旦对于翻译的修改,部分讨论可参见高秀芹、徐立钱:《穆旦:苦难与忧思铸就的诗魂》,北京:文津出版社,2006年,第143—179页。

际的政治时段以及穆旦本人的写作境遇,大致划分为四个阶段,各阶段情况如下:

第一阶段:1937年所作《野兽》为穆旦的第一部诗集《探险队》的篇首之作,之前的诗歌均未入集,可视作最初阶段的写作,但比照《穆旦诗文集》,其中也存在若干异文。

第二阶段:《野兽》之后直到1948年的作品,大多数都有多个版本,修改事实非常突出,仅《园》《风沙行》等少数几首诗作没有异文。

第三阶段:1957年发表的9首诗歌,比照《穆旦诗文集》,也有标点及个别字的差异。

第四阶段:1975—1976年间的30首诗歌(含残诗),其中不少出现在穆旦致友人的书信之中,穆旦逝世之后,也曾刊发在《诗刊》《新港》等处,并收入《八叶集》①等集。在手稿本、书信本、初刊本以及最终整理本之间,也是多有异文出现。

目前所见穆旦诗歌的总数约为156首②。按照本书的处理原则,存在异文的诗歌将近140首,所涉范围之广、版本状况之复杂均可见一斑。略略审视上述四个阶段的状况,不难看出,重心在于第二阶段的诗歌,此一阶段穆旦公开发表的诗歌,往往不止一个发表本;当时所出版的三部诗集,即《探险队》(1945)、《穆旦诗集》(1947)和《旗》(1948),其中又多有重叠之处,《探险队》所录诗歌有15首收入《穆旦诗集》,而仅收录25首诗的《旗》中,有22首曾被收入《穆旦诗集》。可以说,每次重新发表或者结集出版之际,穆旦都对写作进行了或显或微的修订。这样一来,相当一部分诗歌存在3个或以上的版本。

其他阶段的诗歌则较少甚至没有进入修改视野。这种状况也并不难理解:第一阶段,即《野兽》之前的诗作大体上均可归为"少作",从未被穆旦收入任何一部诗集——未进入成年穆旦的视野之中;至于

---

① 辛笛等:《八叶集》,三联书店香港分店、[美]秋水杂志社,1984年。
② 《穆旦诗文集》(增订版)实录诗歌154首。目前所知,另有两首佚诗,即早年的《在秋天》和晚年的一首长诗,故为156首。

后两个阶段,产生于特殊的时代,而穆旦本人又较早去世,穆旦无暇做出修改也是正常的,饶是如此,也还是出现了《冬》《停电之后》这般突出的修改事实。

　　以此来看,就主要层面而言,穆旦诗歌文本之所以会出现众多的版本与异文,肇因于穆旦对于诗歌的反复修改。也即,穆旦诗歌的版本状况主要跟穆旦本人的修改意志有关,是由穆旦本人的意志所主导的。但是,穆旦诗歌的版本问题并不止于此。如下三类情况,或并非由穆旦本人造成,或包含了某些复杂的历史因素,有必要单独一说:

　　其一,技术层面或者历史变迁层面的因素。此类现象看起来比较明显,如语言衍化现象、书写与印刷等方面的因素。现代汉语衍化过程中所出现的某些现象,现代汉语衍化过程中所出现的某些现象,如繁简体、异体、通假等,均会形成一定量的异文。如"反覆",一般即写作"反复",这可说是跟通假和简化有关,"覆"与"複"可通假作"復","復"简化作"复"。不过,检视发表穆旦诗歌的相关报刊,多次写作"反覆",也有写作"反復"的情形。其他的,如表示疑问的"哪里"往往写作"那里","和谐"往往写作"合谐","年轻"往往写作"年青",此外,还有"做"写作"作"、"像"写作"象"("好象")、"相"写作"像"("像片")等等。凡此,《穆旦诗文集》多半是基于现代汉语的习惯用法而径直做出改动。不过也有的复杂情形被保留,比如"底"字。"底"(音 de)为助词,用法与"的"(音 de)大致相同,用在作定语的词或词组后面,表示对中心语的领属关系。这种用法在现代中国较多出现,但现已基本上统用为"的","自然底梦"即"自然的梦"。在《穆旦诗文集》的一些情形中,"底"被直接替换为"的",也有部分"底"保留。

　　书写条件、印刷技术方面的因素也不少。现代中国印刷条件普遍粗糙,文稿又为手写体,字迹难辨或排印技术均会带来较多的错误,"我们今天对现代文学文本的初刊本或初版本的校勘,事实上常常是在纠正当初排版中的误排以至作者原稿中的笔误"①。穆旦诗歌中的一些异文可明显见出是书写或排印错误所致,如"噪音"误排为"燥音","急躁"误排为"急燥","怒放"误排为"努放","盛开"误排为"盛里","雄踞"误排为"雄距",等等。好在穆旦的字迹比较工整,出现文字讹误的几率相对较小。对于这类明显的错误,《穆旦诗文集》基本上是直接订正。

又如排版。穆旦有不少诗歌,如《隐现》《我歌颂肉体》等,诗行偏长,明显超出了一般版式所能容纳的范围。如何排版呢?各类版本(从早年的期刊到《穆旦诗文集》)的做法基本上倒是一致的,即照一行所能容纳的最大字数来排,其余的则另起一行,但是,由于各个版本一行所能容纳的最大字数并不相同,实际版式也就出现了差异。

其二,誊抄和整理过程中所产生的异文。以第一阶段的诗歌版本来看,相关作品包括穆旦在南开时期所发表的诗歌,以及清华时期的《更夫》《古墙》《玫瑰的故事》等。从常理推断,未编入穆旦个人诗集的事实意味着穆旦本人并未对它们进行修改,对照《穆旦诗文集》等集与这些诗歌的发表本,却又存在异文。如前述,其中部分异文可看作《穆旦诗文集》对于文字讹误的订正;但是,也有部分异文很可能是誊录之误或排印之误,以《更夫》为例,其中一行为"把无边的黑夜抛在身后",《穆旦诗文集》中,"无边"作"天边"。就词汇本身而言,"天边的黑夜"这一说法不够通顺,而且,"天边"为一具体性的用法,涵义有限。相比之下,"无边"可算是一种抽象性的用法,"无边的黑夜"显然更为恰切、生动,也即,"无边"一词显然比"天边"更好。看起来,从"无"到"天",乃是文字整理过程中出现的错误。实际上,检视《南开高中学生》的资料,初版《穆旦诗文集》曾误将刊名写作《南开高中生》,而且,所录穆旦诗歌,文字、标点、分行等方面的异文亦不少,其

---

① 解志熙:《老方法与新问题——从文献学的"校注"到批评性的"校读"》,《考文叙事录——中国现代文学文献校读论丛》,北京:中华书局,2009年,第1页。

中多是衍字、脱字或字词更动。其他的,第三阶段的诗歌除了发表本和《穆旦诗文集》版外,没有其他版本,类似异文的出现,亦可确断是文字整理过程中的现象。至于第二、四阶段的诗歌,在没有其他版本参照的情况下而出现新的异文的现象亦是存在的,但总体来看,或因版本繁众,因或版本限制(即无法看到完整的手稿),这里不便对其中的版本现象做出更多的判断,不过,文献辑录、整理过程之中所出现的这种版本状况无疑是值得注意的现象。

其三,也有不少诗歌版本,如第二阶段和第四阶段的部分诗歌,其中包括某些难以确断的复杂因子。略举几例。1947年的《发现》《我歌颂肉体》两诗,它们先是同时刊载于1947年11月22日的天津《益世报·文学周刊》第67期;次日,又同时刊载于《经世日报·文艺周刊》第67期。令人讶异的是,两次刊载虽然仅仅相差一天,却有着较多的文字差异,何以出现这种情况,着实难以判断。

又如《现代诗钞》所录穆旦诗歌。闻一多选编《现代诗钞》的工作约自1943年9月起开始,至1945年前段应已大致结束(不过,并没有材料能说明确切的结束时间)。它很可能是一直以手稿的形式存在,直到1948年8月,才随朱自清等人编辑的开明版《闻一多全集》而首次面世。该选本选入穆旦诗歌4首,即《诗八首》《出发》《还原作用》《幻想底乘客》。从常理推断,选本所据应该就是当时出版的报刊,除了可能出现誊录错误外,应不致另有异文,事实却非如此,《现代诗钞》所录4首,仅有1首标出了出处。将它与刊载这些诗歌的刊物如《文聚》等进行对照,可发现异文数量非常之多,有字词的更动,也有诗段的整体调整——学界已经注意到,所录《诗八首》第2章与第3章的位置是相颠倒的,并展开了一种卓有见地的"批评性校读",认为这一调整显示了穆旦的"信仰重构过程"①。

《文聚》是目前所能发现的刊载《诗八首》的唯一版本,可以认定

---

① 王毅:《细读穆旦〈诗八首〉》,《名作欣赏》,1998年第2期。

《现代诗钞》所录《诗八首》并非依据此版,因为《文聚》版的部分异文是《现代诗钞》版所没有的。那么,它到底是依据何版呢?是尚未被学界找到的其他发表本,还是穆旦本人所提供的手稿呢?前者暂时只能存疑,后者呢,也并非没有可能。1943年闻一多接手编选《现代诗钞》时,他对于新诗发展的状况其实已经比较隔膜,有资料表明,编选前,闻一多曾找臧克家帮忙搜集材料;实际编选过程中又曾要求卞之琳自选一些诗①。穆旦是否也被要求自选作品呢?穆旦自1935年进入清华大学,后又留校任教,与闻一多有不小的交情,这一假设看起来很有可能。但疑问随之而来,《诗八首》等诗稍后编入《穆旦诗集》《旗》等集时,却又并没有《现代诗钞》中所出现的那些异文。对于这样一种纠结的局势,实难作出确切的判断。

就一般意义而言,选本并不宜用作汇校对象,但《现代诗钞》中既包含了上述状况,用以汇校,在呈现历史的复杂性方面自是有其特殊效应。

第四阶段的诗歌版本状况也有其复杂的一面。这些诗歌都是在穆旦逝世之后面世的,其中,部分曾以遗作的形式发表于《诗刊》等报刊,多数则是直接由手稿收录入集。因此,这一时期出现的不同版本虽仍能反映穆旦的修改事实,但严格说来,穆旦本人的意志已显得暧昧不明。这里以《停电之后》为例来说明。这是穆旦1976年10月的作品,它有多个版本,读者最先看到是在郭保卫的回忆文章之中,题作《停电之夜》②;随后又在《穆旦诗选》(1986)中读到;更全面的版本则是随《蛇的诱惑》(1997)而首次披露的穆旦致郭保卫的信中——可以说,直到此时,读者才知道这首诗有所修改。问题倒不在于有没有对修改做出说明,而在于被删去两行诗令人疑惑。如下为书信版第2节

---

① 相关情况参见《完成与开端:纪念诗人闻一多八十生辰》,《卞之琳文集》(中卷),合肥:安徽教育出版社,2000年,第151页;易彬:《政治理性与美学理念的矛盾交织——对于闻一多编选〈现代诗钞〉的辩诘》,《人文杂志》,2011年第2期。

② 樊帆(郭保卫):《忆穆旦晚年二三事》,《新港》,1981年第12期。

第 3—10 行：

> 我细看它，不但耗尽了油，
> 而且残留的泪挂在两旁：
> 那是一滴又一滴的晶体，
> 重重叠叠，好似花簇一样。
> 这时我才想起，原来一夜间，
> 有许多阵风都要它抵挡。
> 于是我感激地把它拿开，
> 默念这可敬的小小坟场。

从这几行诗来看，第 4 行末尾为冒号，第 5、6 两行诗为描述性的文字，生动地描述了蜡烛残留的情形，冒号的使用与这一情形正好符合。删去这两行，第 4 行末的冒号不变，所对应的内容则变成了第 7 行——由一个描述性的内容变成了一种心理活动。从冒号本身所具有的语法功能来看，这种改动使得上下意思衔接不当。而从诗意生成（诗歌经验）的角度看，"花簇"一词，与全诗最末一行的"坟场"构成了恰切的对应。蜡烛燃尽而剩余些许烛油（"残留的泪"），这不过是一个日常事件，而"坟"是一个富有精神内涵的镜像（或可称之为"心象"），将日常事件提升，这是一种常见的诗歌经验——穆旦在这一方面的能力是非常突出的。而从实际效果看，只有对日常事件（事物）有所铺垫，"诗意提升"才会显得自然而不至于很突兀，从这个角度说，"那是一滴又一滴的晶体，/重重叠叠，好似花簇一样"这一实写式的描述，却也恰似坟头上点缀着的花簇。也即，经由"花簇"这一中介意象，从"燃尽的蜡烛"到"小小的坟场"的提升显得更为生动、形象，更有诗意韵味。此外，穆旦晚年诗作多整齐，从诗行对称的角度考虑，第 1 节既是 10 行，那么，第 2 节也为 10 行显然要更为合理。

综合来看，《穆旦诗文集》版将这两行删节并不合理，可能是一个误差。但如果这么认定的话,进一步的问题则是:这个误差是由谁造成的呢?是穆旦本人修改的结果?还是传抄过程中(比如说家属的抄录①)产生的?从晚年穆旦的诗歌形式看,前者似乎不大可能;但若指认为后者,又缺乏证据。这样一个问题,看起来是这么微小,却也表明了穆旦诗歌修改的复杂性。

此外,晚年穆旦在书信中也谈到了自己的诗歌,其中主要涉及早年的《还原作用》以及当时所作《停电之夜》《冬》《退稿信》《黑笔杆颂》等,其中存在不少异文,而穆旦还曾直接谈及《冬》《黑笔杆颂》等诗修改的原因。从目前情势来看,现存书信版本与相关诗歌手稿之间还是存在着微妙的差异,如《演出》一诗,注明写于1976年4月,出现在1977年1月12日致郭保卫的书信中,它与《穆旦诗文集》版存在异文,那到底是该选用标明了写作时间的手稿,还是写作时间更靠后的书信版本?基于这样一些未可知的原因,穆旦诗歌版本的复杂程度又略有增加。

三 对于穆旦诗歌修改行为的认识

穆旦诗歌版本既如此复杂,相关研究状况又如何呢?总体而言,学界对于穆旦诗歌的修改行为以及不同版本所产生的不同效果已有较多讨论,如从《从空虚到充实》的三个版本中看出,"最后的第三稿较容易为习惯的标准接受,然而最初第一稿反而更能显出穆旦的创意","其中刻画的'我'比较复杂",更接近于斯彭德意义上的"现代的'我'"。② 从《诗八首》的两处修改引出了穆旦的精神背景的话题③。

---

① 从穆旦逝世之后相关诗集的编选来看,仅有《穆旦诗选》的编者杜运燮称"查明传担负了全部诗稿的抄写工作",其他的情况不详。
② 梁秉钧:《穆旦与现代的"我"》,杜运燮等编:《一个民族已经起来》,南京:江苏人民出版社,1987年,第46—47页。
③ 王毅:《细读穆旦〈诗八首〉》,《名作欣赏》,1998年第2期。

从若干佚文及修改,指明穆旦是"沿着自己设计的'第三条抒情的路'在努力"①;从《冬》的修改看到穆旦晚年的创作构想与总体心境②,等等。

进一步看,修改乃是写作行为背后的那种看不见的构成要素,尽管读者所看到的、作者所认可的多半是"最终定稿",但正是这种"看不见的要素",更为清晰地凸显了写作背后的种种秘密。就穆旦的写作与修改而言,所谓"秘密"应包括个人写作的特殊偏好、诗学构想的萌生与消退(如对于诗歌形式的处理)、诗歌经验的不断衍化(如对于人称的处理)、写作者的思想观念(如基督教思想背景、个人的历史观念等)、个人写作与同时代的文学语境及时代话语的关系等诸多层面。

穆旦诗歌修改的实际效果呢,很难一概而论,总体上说来,效果更为完善,但也有诗艺削弱的情形。限于篇幅,这里无法对此做出细致的讨论,但想强调一点,那就是修改对象主要是新中国成立之前的诗歌,对于此一历史阶段的穆旦而言,他并没有如后世写作者那般承受着强大的历史压力,其修改动因,应该是诗艺层面的考虑更多,即追求一种更为完善的诗学效果,削改或者删除一些过于粗糙的诗行——甚至包括摈弃一些粗糙的诗篇如《一九三九年火炬行列在昆明》——即非常明显地体现了这一点。③ 又如前引穆旦诗歌标题的改动,以1942年参加中国远征军的"野人山经历"为背景的《森林之魅——祭胡康河上的白骨》,初题《森林之歌——祭野人山死难的兵士》。"歌"和"兵士"均是一般意义上的称语,"魅"和"白骨"则不然:"魅"是传说中的鬼怪,"白骨"是死亡的具象,是作战及撤退途中生命消亡最为切实的图景———个鲜活的生命在短时间内即被蚁虫噬去皮肉,白骨也是生命消亡最为迅速的图景。从"歌"到"魅",从"兵士"到"白骨",措辞的深沉意蕴大大地加强了。这类改动,无疑也是从艺术效果的角度来

---

① 姚丹:《"第三条抒情的路"》,《中国现代文学研究丛刊》,1999年第3期。
② 邓集田:《穆旦〈冬〉诗的版本问题》,《文艺争鸣》,2007年第9期。
③ 姚丹:《"第三条抒情的路"》,《中国现代文学研究丛刊》,1999年第3期。

考虑的。

这样的修改行为不妨称之为一种典型的诗人修改,正如研究者所指出的,穆旦对于语言"高度敏感",其"精致的打磨、锻炼的功夫","与卞之琳所谓的中国诗歌艺术的古典精神有关",也有来自英美新批评派"细读文本批评方法的影响"。修改,即可视为"打磨、锻炼"的表征[①]。

但是,就20世纪中国文学这一更大的语境而言,穆旦诗歌的修改却又称不上典型。最典型——最能见出时代因素的修改主要发生在两个阶段,即进入新中国之后的1950年代,以及新时期开始之后的1980年代。

新中国所确立的显然不仅仅是一种政权,更包括严密的意识形态以及话语方式。历史已经昭示,从旧时代过来的写作者们为适应新的时代情势进行了某种程度严格的自我改造——操持新的话语方式进行写作与对1949年前的旧作进行大面积的改写即是自我改造的表征,而它同时也构成了同一个问题的两个方面,即写作和发表符合新的时代语境的作品,同时,在出版旧作的时候,也需要让过去的作品符合新时代的要求。当然,这是一个复杂的问题,因为在当时的语境之下,哪些1949年前的作品可以(修改)出版,什么时候(修改)出版,按照什么样的规格(修改)出版,诸如此类的问题均不是个人意志所能决定的,而往往必须经过意识形态的严格筛选。

现在看来,新中国成立之后的穆旦并未如艾青、冯至等人那般对早年作品进行修改,主要原因应该和诗人所承负的历史压力有关,艾青、冯至等人是著名诗人,是新中国文化建设乃至政治构图所倚重的重要人物,频繁的国内与国际性的文化活动,较多的写作、发表与诗集的出版,等等,都是其重要性的表征。而在整个1950年代,穆旦仅仅

---

① 王毅:《几位现代中国诗人的文学史意义》,《中国现代文学研究丛刊》,2001年第2期。

发表了9首诗歌,时间集中在两三个月之内——1957年5月至7月。很显然,在新中国的文化建设——或者说意识形态建构的——体系之中,他基本上可被归入可有可无的角色。这意味着,因为诗名较小等多重原因①,穆旦所承负的历史压力显然更小,他不过是生活在南开大学校园之内的一名教师、翻译者而已,而无须频频通过写作来"表态"。实际上也可以说,正是由于诗名较小,早年穆旦的政治立场的危险性也仅仅是一度拘囿于南开校园之内。穆旦的名字,自然不会出现在体现五四以来新诗创作实绩的《中国新诗选(1919~1949)》②一类选本之中,其1949年前的诗歌也得不到重新刊布或结集出版的机会,修改自然也就无从实现。

再往下看,随着"新时期"的到来,意识形态逐渐解控,写作者们纷纷"复出",因而再次面临着"调整自己"的机缘。但穆旦已于1977年初逝世,他未能活着走进"新时期",这实际上意味着穆旦失去了重新检视自己的写作的机会——一个塑造自我历史的机会。比照顺利活过1977年的众多作家,年长的诗人如艾青、冯至、卞之琳等,同时代的诗人如杜运燮、郑敏、王佐良、袁可嘉等,他们通过较多评论文字与自我阐释类文字(其中也包括对于穆旦的追忆与阐释),在"文革"结束之后相对开明的文化语境中,完成了一种自我的建构——甚至是重构。这自然并非一个简单的问题,考虑到20世纪中叶中国政治风云变幻对于作家所产生的难以估量的影响,这种建构或重构中既有真诚的回忆或悔悟,也难免有刻意的伪饰与辩解,这对文学史写作的正面与负面作用都有待进一步深究。

要言之,从这样两个历史维度看,穆旦修改诗歌的事实并不具备

---

① 从1957年下半年开始的穆旦批评来看,除了徐迟等少数作者外,一般的读者从未将穆旦当时的创作与1940年代的创作联系起来,可以认为,新中国的读者多半并不知晓穆旦早年的创作情况,相关讨论参见本人所作《穆旦评传》,南京:南京大学出版社,2012年,第372—396页。

② 该选本由臧克家编选,中国青年出版社1956年出版。

时代典型性,但这恰恰从另一个角度彰显了穆旦的诗人本色,彰显了穆旦的修改行为所独有的诗性价值。

四 穆旦诗集的版本状况

严格说来,目前所出版的多部穆旦诗集均未对穆旦诗歌版本的变更情况做出足够详尽的说明。下面简略举陈五部最主要的诗选的相关情况,前四种为当代学者编选的诗集,即杜运燮编选的《穆旦诗选》(1986)、曹元勇编选的《蛇的诱惑》(1997)、李方编选的《穆旦诗全集》(1996)和《穆旦诗文集》(2006年初版、2014年增订版、2018年3版),第五种则是穆旦本人早年打算编订但未能完成,后由家属查明传等人整理的《穆旦自选诗集》(2010)。

《穆旦诗选》的编选原则是:"主要选自四十年代出版的三本诗集:《探险队》、《穆旦诗集》、《旗》,以及1947、1948年上海出版的《诗创造》和《中国新诗》杂志。另外就是他1976年所写的诗,其中一部分已发表,也有小部分是在1982年初他的次子查明传在整理遗稿时才发现的。解放前,穆旦在《大公报》等报刊还发表过许多诗,已找到了一些,可惜现在我和他的亲友尚未能找全,只好待之将来有机会再设法补充了。""作品按写作日期先后排列。写作时间不详的,即以发表日期为准。""文字除印刷时误排或明显的笔误加以改正外,所有的诗都保留原样。有两种版本的,用他自己改后的版本。"[①]从中可以看出,版本来源包括两种,一种是穆旦早年诗集及相关报纸杂志,一种是穆旦的修改稿。对于各首诗的具体出处,则未做说明。

《蛇的诱惑》的编选原则是:"主要是依据穆旦生前出版的三本诗集、杜运燮编的《穆旦诗选》,解放前的《大公报》、《文学杂志》,解放

---

① 杜运燮:"后记",穆旦:《穆旦诗选》,北京:人民文学出版社,1986年,第158—159页。按:此处记载有误,穆旦并未在《诗创造》发表过作品。

后的《诗刊》等报刊杂志选编的。"①具体编选时,注明了各首诗的版本来源,并对数处诗歌标题和诗行之中的异文有过非常简略的说明,如列出了《从空虚到充实》结尾被删去的十七行诗;对明显的错误也有校正,如针对《蛇的诱惑》一诗的"衣裙窸窣,响着,混合了"一行中的"窸窣",有一个注释说明:"《探险队》中原文为'蟋蟀',疑是印刷错误,现改正。"

李方编选的《穆旦诗全集》和《穆旦诗文集》都是当时收录穆旦诗歌最为齐全的选本,甫一出版即成为穆旦研究界最为倚重、引述率最高的对象。两部诗集,后者可视为前者的修订版,但体例并不同,前者是编年体,后者则大致依据穆旦早年诗集,先编排各诗集所录诗歌,其他的则列入"集外诗存",以编年体的形式编排。这里以《穆旦诗文集》的相关情况来说明。诗集详细说明了各首诗的发表信息,对于少量非常重要的修改行为则做出了说明,如《从空虚到充实》《冬》等。以《从空虚到充实》一诗为例,编者以注释的形式,说明了该诗几个不同版本的差异,即初版(香港版《大公报》)、《探险队》版、《穆旦诗集(1939—1945)》版,明确告知所选为最后一种版本,并具体列出了所删去的第一个版本结尾的十七行诗。但总体来看,相关指陈均较为简略。

对于诗歌版本,编者也有说明:"诗歌,凡独立结集出版者,均按历史原貌重排再现";"同一诗作在不同的诗集被重复收入者,以最早版本所发表的文本收录"。同时,又明确表示,诗人对作品的修改"始终没有停止",收入文集的,"尽量以诗人手稿、包括修改稿为依据"。②这番指陈实际上标出了四种版本来源,即"独立结集出版者""最早版

---

① 曹元勇:"编后记",穆旦:《蛇的诱惑》,珠海:珠海出版社,1997年,第227页。
② 李方:"编后记",穆旦:《穆旦诗文集(2)》,北京:人民文学出版社,2006年,第391—392页。按:有兴趣进一步探究的研究者显然不满足于此,比如,李章斌在给笔者的信(2009/7/5)中这样询问:那些"修改稿","到底是什么时候改的?是不是最后版本?"

本""诗人手稿""修改稿",其中并不包括各类报纸杂志本。至于所录各诗的具体版本来源,《穆旦诗文集》基本上并没有进行明确标注。2014年、2018年,《穆旦诗文集》先后出版增订版、3版,增补了新发现的若干诗歌,并订正了初版中的一些错漏,但编选的总体思路还是一致的。

《穆旦自选诗集》原题《穆旦诗集》,是穆旦本人于1940年代末期自行编订但未能完成并付梓的一部诗集,现由家属整理并改现题出版——这多半应该是为了突出穆旦本人编选的事实,并且避免与此前出版的诗集重名。诗集所录为1937—1948年间的诗歌,可算是1940年代末期穆旦对于写作的一次总结——从版本的角度看,则可说是现行穆旦诗歌版本之外的新一套版本。据编者、穆旦次子查明传在"后记"所称,诗集由穆旦"手抄或由书报杂志所刊登他的诗作剪贴而成",也即,该诗集所依据的版本来源有两种:一种是手(抄)稿,另一种是剪报,即已发表的诗歌版本。具体而言,编者"参考1949年前出版的三本诗集及其他初印诗稿,将父亲有手迹修改的地方标注出来,并录上修改前的字句作为对照。这样,这本自选诗集中有29首父亲都作过不同程度的修改。在这29首修改过的诗中,除《神魔之争》,《隐现》和《饥饿的中国》的修改稿已收入1996年出版的《穆旦诗全集》(李方编,中国文学出版社)之外,其余均未曾与读者见面"①。很显然,编者有意识地突出了穆旦诗歌的修改事实,从而为读者提供了一幅穆旦写作的复杂图景。

不过《穆旦自选诗集》中也有现象可待说明。如前述,该书"后记"所称版本来源为两种,但在具体的编校之中,异文的出处虽则仍是标识两种,却别有所指:一个是"修改前为",一个是"《穆旦诗全集》"②

---

① 查明传:"后记",穆旦:《穆旦自选诗集》,天津:天津人民出版社,2010年,第191页。

② 《穆旦自选诗集》以《穆旦诗全集》而不是《穆旦诗文集》为参照本,可见尽管它出版较迟,但整理工作应是在《穆旦诗文集》出版之前就已开始进行的。

为"。两种都有模糊之处,"修改前"为何种版本呢?仅有《鼠穴》明确列出了《探险队》和《穆旦诗集》中的相关版本情况,其他的均未标明。后一种看起来是确切的,但实际上被标记的仅有《饥饿的中国》1 首,而且,若以《穆旦诗全集》为参照对象,有版本差异的则又并不止一首。可以说,编者所依据的是手头上所有的部分材料,仍有不少重要的版本被遗漏。

辑校原则也有待完善。举两个例子来看,如《甘地之死》,该诗刊载于天津《大公报·星期文艺》第 69 期(1948/2/4),它即应是修改前的版本。诗集共列出 5 处修改,其中有 3 处(第 2—4 处)是依据该版本来的,有两处的参照版本来源不明;此外,对照《大公报》版,另有 3 处异文没有做出说明,包括一处标点——"后记"称"为求版本可靠","审校极其慎密,单字及标点均不放过",这一辑校原则显然并没有把握好。

基于穆旦主要诗集的相关情况,进一步审视可以发现,《穆旦自选诗集》依据穆旦自己的修改,其版本意义自是非同寻常;《蛇的诱惑》虽基本上并未指明穆旦诗歌修改的详细情况,但所录各首均明确标明了版本来源,不致发生版本互串的现象;但其他三种,版本互串的现象就较为严重了。

当然,由于穆旦诗歌的修改更多的是一种诗人的修改,而较少意识形态的印痕,穆旦诗歌编辑的相关局势的严峻程度比一般情形要小一些。但严格说来,详细指陈穆旦诗歌的版本仍然是必要的。有的研究即对以《穆旦诗文集》为主的现有穆旦诗集含混的版本处理原则提出了异议,认为它们没有前后一贯的版本标准,也缺乏一致的编排体例,其作为文献的可靠性与学术价值将受到损害。①

目前穆旦文本整理和出版的这样一种状况无疑将会在很大程度

---

① 李章斌:《现行几种穆旦作品集的出处与版本问题》,《中山大学学报》,2009 年第 5 期。

上妨碍对穆旦写作行为作更为深入的透视。但回过头来看,这种状况其实也可说是一种历史现象。较早的时候,现代文学文献学的知识理念普遍淡薄,思想的阐释被认为远比版本考察及历史化的研究更为重要——实际上,在新诗研究领域,历史化程度不高乃是一种非常普遍的症状,在穆旦研究领域这一问题的突出不过是由于近年来诗名隆盛而显得尤为突出而已。

也正是在这样的背景之下,对穆旦诗歌复杂的版本进行细致的汇校是必要的。它无疑能为穆旦研究提供一种更为切实可靠的研究基点,放大一点看,它也应能产生一定的辐射效应,能加强新诗研究的历史感,促进中国现代文学文献的整理及文献学视域的研究。

五 方法、底本与版本

(一)方法

本集所采用的主要方法为对校法。对校法是最为基本的文献校勘方法,亦称"版本校",是校书方法的基础,"即以同书之祖本或别本对读,遇不同之处,则注于其旁";"此法最简便,最稳当,纯属机械法。其主旨在校异同,不校是非,故其短处在不负责任,虽祖本或别本有讹,亦照式录之;而其长处则在不参己见,得此校本,可知祖本或别本之本来面目。故凡校一书,必须先用对校法,然后再用其他校法"。

对于部分明显存在的疏(错)漏之处,则采用"理校法"。所谓"理校法","段玉裁曰:'校书之难,非照本改字不谓不漏之难,定期是非之难。'遇无古本所据,或数本互异,而无所适从之时,则须用此法"。①

---

① 关于两种校勘方法均据陈垣:《校勘学释例》,北京:中华书局,1959年,第144—150页。按:该书第145—150页还介绍了另两种在古典文学研究领域广被接受但在现代文学研究领域显然还比较陌生的校勘方法。"本校法":"以本书前后互证,而抉摘其异同,则知其中之谬误。""他校法":"以他书校本书。凡其书有采自前人者,可以前人之书校之,有为后人所引用者,可以后人之书校之,其史料有为同时之书所并载者,可以同时之书校之。"

对现代文学作品，即是根据现代印刷条件、语言习惯等方面的因素，校出所存在的错漏之处。

（二）底本

从历史的角度看，所谓"校勘"，实际上往往蕴含着确立一种更为完善的版本的意图。中国古代诗歌在传抄的过程之中，抄者往往会采取一种策略，即从若干存在异文的抄本之中，选取一个更为完美的本子。现代文学作品是工业化程度愈来愈高的现代印刷技术、出版制度下的产物，有报刊、选本（作品集、文集、全集）乃至作者手稿可供查照，基本上不会出现古代诗歌传播过程中的那种被传抄者妄自改动而无从查证的现象，但众多版本之间，如何择善（优）而从，无疑也是一个很大的难题。初刊（版）本自是有特殊的历史价值，但未必就是最好的；作者生前所做出的最终改定稿，虽然明确体现了作者的意图，但从现当代作家的作品集来看，艺术水准萎缩的也不在少数。

考虑到本集是穆旦诗歌的首次汇校整理，主旨在于汇校，也即校异同，因此并没有预设一个"善本"的理念。最后的考虑可谓是一个妥协的结果，即以"初本"为底本。这一方面是考虑遵循某种前后一致的体例原则，另一方面，也是考虑以"初本"为底本，能更为清晰地呈现穆旦的写作与修改的过程。

在确定底本之后，依据遵照原样、不加改动的原则。凡底本有差错的，亦不做直接改动，而是借助"理校法"，在注释中加以说明。不过，不同诗歌，底本的情况终究还是有所不同，现分类说明如下：

一是，凡收入穆旦生前公开出版的三部诗集的诗作，底本均为初版本。

二是，凡穆旦生前发表但未收入过穆旦生前公开出版的诗集的诗作，底本均为初刊本。

三是，穆旦晚年的诗歌，即现署 1975—1976 年间写作的诗歌，均是在穆旦逝世之后方才被整理出版的，其中部分曾刊发于《诗刊》等报刊。但不管是以"遗作"的形式发表的，还是直接收入穆旦诗集的，都是家属所提供的材料，其真实性及历史价值毋庸置疑，但这些文字的原文发表未必是作者本人意愿的完整体现。如前述,这些诗篇也存在不少异文,部分异文出现在穆旦晚年的书信之中,部分则出现在手稿或发表稿之中。本集的处理办法是:凡能找到完整的手稿的,均以手稿为底本;其余则以《穆旦诗文集》(增订版)为底本。

四是,关于《穆旦诗文集》与《穆旦自选诗集》这两部穆旦身后出版的诗集。《穆旦诗文集》由《穆旦诗全集》(1996)衍变而来,它们收录穆旦诗歌最为齐全,也有着无可替代的版本优势,一时之间,都是最为权威的穆旦诗歌版本,在穆旦诗歌传播过程中有着至关重要的作用。但从版本校勘角度看,这两个版本存在不少错漏,故本书亦将其纳入对校之列。需要指出的是,《穆旦诗文集》订正了《穆旦诗全集》中的不少错漏,而增订版、3版《穆旦诗文集》分别订正了此前版本中的一些错漏,本书的汇校对象为3版《穆旦诗文集》,为避免过于繁琐,对《穆旦诗全集》以及初版、增订版《穆旦诗文集》所出现过的、但3版已订正的一些错漏,汇校中不再列出。

至于《穆旦自选诗集》,收录了不少未曾收入前3部诗集的作品(主要是1947—1948年间的),理应按照前三部诗集的处理方法,将这些首次入集的作品用作底本,但这部由穆旦本人早年编订、由家属整理的诗集,并非穆旦本人全部旨意的体现①,且存在若干疏(错)漏现象,故仅用作对校,而不作为底本。

(三)版本

对作品汇校而言,尽可能齐全地搜集、汇校穆旦诗歌的各类版本自然是题中应有之意。总体而言,穆旦诗歌的版本谱系是较为复杂的,大致如下:

一是,刊载穆旦诗歌的报刊,共有四十余种。

二是,几种主要的穆旦诗集,包括穆旦生前出版的3部诗集,明确

---

① 《穆旦自选诗集》的"后记"称,诗集原稿是由穆旦"手抄或由书报杂志所刊登他的诗作剪贴而成"(第190页)。据此,手抄稿大致可认为是穆旦的改定稿,但书报所发表的稿子则还不能如此认定。

包含了版本修改信息的《穆旦自选诗集》，现行收录穆旦诗歌最为齐全的通行本《穆旦诗文集》，以及《八叶集》（涉及穆旦晚年的部分诗歌的首次面世），属汇校之列。其他由不同时期的编者所编选的穆旦诗集，因不具备原发性或全面性，不在讨论之列。

三是，穆旦手稿。严格说来，可区格为两种：一种是家属所存穆旦手稿，一种是友人所存手稿。前者是《穆旦诗文集》编订的重要依据，实际数量应较大；后者包括杨苡、杜运燮等人所存手稿。从已经披露出来的部分穆旦手稿来看，手稿与现行版本之间还是有不少异文。遗憾的是，因为种种原因，笔者未能获得穆旦晚年诗作的全部手稿资料，这对穆旦诗歌的版本状况虽不致产生决定性的影响，但终究是有不够完善之处。

四是，穆旦晚年书信中的相关信息。穆旦少有自述材料，部分是因为穆旦个人性格的内敛，部分则是时代的原因，有证据表明穆旦的不少书信均被毁弃或遗失。因此，现存晚年书信对于了解穆旦的思想状况、诗歌写作行为多有帮助。书信虽说并不是一个深思熟虑的文体，书信中的这些版本也并不一定是最终定稿，但其效果至少和1940年代的诗歌修改相同，即呈现了穆旦诗歌写作的一种过程。将相关异文列入，也有助于读者对穆旦的写作行为做出更深入的理解。

统言之，因所涉作品繁众，版本谱系复杂，无法在简单地使用初刊本、初版本、修改本、定本（文/全集本）等等惯常意义上的版本概念，而是涉及如下8种版本谱系：

1.《探险队》版，即1945年文聚社出版的诗集《探险队》。

2.《穆旦诗集》版，即1947年于沈阳自印的诗集《穆旦诗集》。

3.《旗》版，即1948年文化生活出版社出版的诗集《旗》。

4. 自选集版，即2010年天津人民出版社出版的《穆旦自选诗集》。

5. 诗文集版，即2018年人民文学出版社出版的《穆旦诗文集》（3版）。凡有必要涉及2006年初版、2014年增订版《穆旦诗文集》的，均另行指出。

6. 手稿版。因手稿所指不尽相同,见相关诗歌的具体说明。

7. 书信版。一般将所涉及的书信称之为书信版,但同一首诗也可能涉及多封书信,在这种情况下,将据收信人姓氏来指称。如致郭保卫的信,则称"致郭信版"。

8. 据实指称的各种发表版本与选本。

六 体 例

（一）编年体

以写作时间先后顺序编排。少数诗歌写作未署写作时间,则按初次发表的年份列入。署名信息,因"穆旦"之外的署名较少,凡不是署名"穆旦"的,均作出说明;凡署名"穆旦"的,仅在第一次出现时做出说明。但在具体编排过程中,还是遇到了一些较为复杂的情况,这里逐一说明:

其一,写作时间的问题。穆旦诗歌基本上都在诗末署有写作时间,这有助于编年。对于此前出版的穆旦诗集之中一些编年不够精确的例子,本集借助不同版本的信息对于少量诗歌写作时间重新进行认定,比如长诗《隐现》,最初的编年时间为1947年8月,但借助新发现的该诗初刊本（《华声》第1卷第5—6期,1945年1月）,并结合穆旦本人的从军经历,可确定其写作时间为1943年3月,1947年8月则可视为重订该诗的时间。

但也有少数未署写作时间、且无旁证可以确断写作时间的诗歌,如《出发——三千里步行之一》《原野上走路——三千里步行之二》《祭》《窗——寄日后方某女士》《悲观论者的画像》《华参先生的疲倦》《伤害》《活下去》《云》《世界》,1957年发表的大部分诗歌[①],等

---

① 在1957年,穆旦共发表9首诗,仅《美国怎样教育下一代》《感恩节——可耻的债》署了写作时间,但并非1957年,而是1951年,有研究者对此提出质疑,但也并没有确切证据。按:提出质疑的有胡续冬《1957年穆旦的短暂"重现"》,《新诗评论》,2006年第1辑,北京:北京大学出版社;[韩]金素贤《智者的悲歌——穆旦后期诗歌研究》,《现代中国文化与文学》第1辑,成都:巴蜀书社,2006年。

等,均依发表时间排列。

1976年诗歌的写作时间,其实有一个尚未引起充分注意但终究无法回避的事实,即目前被《穆旦诗全集》《穆旦诗文集》收入1976年,且学界也认为是写于1976年的诗歌,有的确是署了日期,有的却仅署为"1976年",有的甚至并没有署时间,但它们也都被穆旦诗歌的整理者按照一定的顺序编入1976年,并随《穆旦诗全集》《穆旦诗文集》而得到广泛的传播。举个例子来看,自杜运燮所编选的《穆旦诗选》1986年由人民文学出版社出版以来,标注为1976年3月所作的《智慧之歌》始终被编排在1976年诗歌之首,这么做无外乎两个原因:一是它的确是1976年的开篇之作,一是编者愿意将这样一首咏唱"我已走到了幻想底尽头"的诗篇视为穆旦晚年诗歌的开端之作。前一层面并没有确切的证据,看起来,编者如是处理更多地应是出于后一层面的考虑。严格说来,从编年的角度看,这里存在着一个"写作时间"的确切性的问题,即它们是否全是1976年的写作,这是可待追究的。结合穆旦晚年书信来看,它们自然也不会逸出"1976年"太远,但作于1976年,与作于1977年或者1975年,在认知上终究还是有着或显或微的差别的。但在目前的情势之下,看来也只能如此了。

写作时间存疑的还有一个特例,即《妖女的歌》。本集依《穆旦诗文集》(增订版),将其编入1975年。但在更早的《穆旦诗全集》之中,它被编排在1956年。何以做出时间跨度如此之大的调整,编者却未有一词说明。①

其二,个别作品的权属问题。高中时期的散文诗《梦》,是目前所见首次署名"穆旦"的作品,曾收入《穆旦诗全集》,《穆旦诗文集》将其移至文卷,本集不录。晚年诗作《面包(未完稿)》亦曾收入《穆旦诗全集》,《穆旦诗文集》未录,本集亦不录。

---

① 关于穆旦晚年诗歌的汇校情况,参见易彬:《个人写作、时代语境与编者意愿——汇校视域下的穆旦晚年诗歌研究》,《中国现代文学研究丛刊》,2018年第3期。

又如《祈神二章》一诗,初题《合唱二章》,刊载于1945年1月1日出版的《文聚》杂志第2卷第2期,曾收入1947年出版的《穆旦诗集》,现行各种穆旦诗集基本上均有收录。实际上,这首诗直接取自同期发表的《隐现》(初刊本),为其"历程"篇的"合唱队"两章——初题《合唱二章》显然来自于此。在长诗《隐现》发表的同时又从中抽出两章单独发表,这一行为固然难以理解,但《祈神二章》收入《穆旦诗集》时,《隐现》一诗并未收入;而在收入《隐现》的《穆旦自选诗集》之中,已没有《祈神二章》一诗,可见穆旦对于《祈神二章》的权属问题还是有所考虑的。本集依旧保留《祈神二章》,一则考虑其确实可以单独成诗,二则考虑到在《隐现》后来的版本之中,"合唱"部分的内容虽然基本没变,但顺序却发生了颠倒,这一颠倒反倒使得《祈神二章》获得了某种程度的独立性。

又如《时感》一诗。最初以《时感四首》为题刊载于1947年2月8日的《益世报·文学周刊》第27期;而后,其第2—4章,作为《饥饿的中国》一诗的第5—7章,刊载于1948年1月的《文学杂志》第2卷第8期。《穆旦诗文集》的处理方式是,《时感四首》如旧,《饥饿的中国》一诗仍列出七章,但其第5—7章则以类似于"存目"的方式处理,即明确标注见前《时感四首》之2—4章。这样的处理方式虽然是兼顾了两次发表的情况,但诗歌之权属终究显得杂糅不清。如何处理这一问题,穆旦本人显然有所考虑,从《穆旦自选诗集》来看,他应该是倾向于将《时感》与《饥饿的中国》分开,即《时感》仅仅保留其第1章,《饥饿的中国》则如《文学杂志》版的样式。何谓"倾向于"呢?从《穆旦自选诗集》的目录页上可以看到,《时感》这一诗题之上有"可不要"的字样。综合考量,本集依《穆旦自选诗集》,将其处理为两首独立的诗歌,即单列《时感》,而将《时感四首》的后3节列入《饥饿的中国》。

需要特别说明的是,因为某种原因的限制,本集实录穆旦诗歌107首,有49首穆旦诗歌暂时无法录入本书,其中存在版本差异的共26

首,即《两个世界》《一个老木匠》《哀国难》《我们肃立,向国旗致敬》《我看》《X光》《悲观论者的画像》《哀悼》《报贩》《伤害》《记忆底都城》《寄——》《春天和蜜蜂》《忆》《七七》《先导》《打出去》《一个战士需要温柔的时候》《轰炸东京》《暴力》《美国怎样教育下一代》《感恩节——可耻的债》《问》《"也许"和"一定"》《夏》《沉没》;没有版本差异的共23首,《流浪人》《神秘》《夏夜》《前夕》《冬夜》《园》《失去的乐声》、To Margaret、《风沙行》《赠别》《我的叔父死了》《去学习会》《理智和感情》《城市的街心》《诗》《听说我老了》《秋(断章)》《"我"的形成》《问》《爱情》《神的变形》《面包(未完稿)》以及晚年的一首叙事长诗。

其三,编排顺序。穆旦诗歌的编年工作基本上已由1996年版《穆旦诗全集》完成,不过,现在看来,也有极少数需要重新编排,一种是《童年》《隐现》等诗,因写作时间的重新认定而出现的变化;另一类则是依据穆旦生前出版的诗集而做出的细微调整,穆旦诗集特别是《探险队》,都是按照写作时间的先后顺序进行编排的,《穆旦诗全集》并未完全遵照此一顺序,由此造成了一些不够精确之处。本书在无法确定作品的具体写作时间的时候,均参照了穆旦生前所出版的这几部诗集的编排顺序,比如曾收入诗集《探险队》的《祭》一诗,诗末未署写作时间,《穆旦诗全集》编入1939年,但《探险队》将其排在《童年》之后,本书既确定《童年》一诗作于1940年1月,那么,也将《祭》编入1940年,并排在《童年》之后。其他的,如《鼠穴》《夜晚的告别》编排顺序的调换也是基于同一理由。至于部分同期发表的,或者在某些刊物同时发表、但并没有明确标明写作时间的诗歌,如《中国新诗》所载《城市的舞》等3首,1957年所发表的多首诗歌,均以发表时间的先后或者刊物的实际编排顺序编入。

其四,穆旦的部分诗歌如《诗》《赠别》《成熟》《农民兵》,初次入集(即《穆旦诗集》)时,均排为两首,格式如《诗(一)》《诗(二)》——《农民兵》再次入集(《旗》),亦是分排为两首,而在当时的其他版本及

《穆旦诗文集》这一现行通行本中,均合为一首。本集既以初本为底本、且以原样照录为原则,故采取分排方式。

其五,穆旦诗歌发表或收入诗集时,原诗末所标注的写作时间均为汉字,基本格式如"一九四五,七月。"《穆旦诗文集》版则是大多数处理为阿拉伯数字,格式如"1945年7月",也有少量如旧。分为多章的诗歌,序号往往也是汉字,格式如(一)、(二)或其一、其二,《穆旦诗文集》版也是一律改为阿拉伯数字,格式如1、2。这一改动,应是为了照顾当今读者的阅读口味,本集仍如其旧,对于《穆旦诗文集》所做出的改动则不再说明。

(二)辑录与辑校原则

各诗底本在录入时均遵循"不改原样"的原则,即便是明显的错漏,正文也照录。相关问题,会在注释中结合其他版本予以说明。此外,因纸张、印刷条件等方面的原因,旧报刊中有字迹脱落或漫漶难识的现象——后者其实主要是技术方面的原因,查阅资料时所看到的往往并非原刊,而是影印本或缩微胶卷。凡所用底本出现脱字现象,本集均用"□"来标识;出现无法准确辨认的字,则用"×"来标识。

各诗诗末都分别注明了版本的情况,包括发表(部分诗歌多次发表)、结集出版(部分诗歌多次结集)等情况,其中,早年诗歌均以穆旦生前为限,之后的各类版本不录(极个别情况除外,相关诗歌均加按语说明);晚年诗歌则根据实际情况,录入相关书信所载信息,以及初次发表和结集的信息。

具体的辑校内容包括诗题、诗行的文字、标点、格式诗末所署写作日期等。本书是首次对穆旦诗歌进行汇校,而且,到目前为止,对于现代文学作品的整理,尚未出现过对一个重要作家的全部诗歌进行汇校的现象,因此,不厌其细,凡有差异处均出校。

繁简体简化不当的情形,部分异体字、通假字转换的情形,如"哪"与"那"、"像"与"象"、"反覆"与"反复"等,均将做出说明。格式上,主要涉及诗行空格和诗行长度的处理。空格在总体上虽不影响阅读,但也有一些错落的排版有着独特的诗学效果,故一一出校;诗行长度的问题,如前述,穆旦的不少诗歌如《隐现》《我歌颂肉体》等,因部分诗行偏长,明显超出了一般版式所能容纳的范围,导致不同版本的实际版式有差异,本集按一个版面中一行所能容纳的最大字数来排列,由此所涉及的版式差异,不另出校。

所称版本即是每首诗诗末所标注的版本,如《自然底梦》,曾抄送给友人杨苡,有手稿存世,初刊于冯至等著《文聚丛刊》第1卷第5、6期合刊《一棵老树》,收入诗集《穆旦诗集》《穆旦自选诗集》以及通行本《穆旦诗文集》。这些信息表明,除了诗文集版这一通行版本外,该诗另有四个版本,辑校时,分别称手稿版、《文聚丛刊》版、《穆旦诗集》版、自选集版、诗文集版。汇校取脚注的形式,即凡出现异文的,均在脚注中"照式录之"。

需说明的是,有两首长诗,即《神魔之争》《隐现》,因初刊本和后来的版本差别非常之大,一一出校势必将非常之繁琐,效果也很难保证。基于此,本集均将排两稿,一稿单列初刊本,另一稿汇校其他各版本中的异文。

总的来说,穆旦诗歌版本既相当复杂,异文所形成的原因又有多种,版本现象显然是很有必要进行认真的"校注"与"校读"的。但限于篇幅和体例,这里仅对那些明显存在错误的版本信息进行校注,其他的则暂不说明。

(三) 其他情况

①按语。为了更好地呈示相关情况,本集在少数情况下以按语形式简要地增加了一些说明性的文字。如穆旦晚年的书信中,有关于诗歌《冬》《黑笔杆颂》修改的说明,考虑到它们是现存资料之中穆旦本人仅有的关于诗歌修改的记载,故加按语说明。

②排印的错误。有一种需要特别提出,那就是1947年穆旦在沈阳自印的《穆旦诗集(1939—1945)》,这原本是一个印刷较为粗糙的版本,但有附录"正误表",对23处印刷错误一一进行了订正。后世在

援引时,自然是要依据经过"正误"的版本;但是,穆旦逝世之后,部分选集所出现的异文,即是因为未核对"正误表"。①

(四)附录

列附录三种,分别为《穆旦主要诗集目录》《穆旦诗歌发表一览表》和《讨论穆旦诗歌版本、诗集编撰等问题的主要文献》。前两种分别用来集中说明穆旦诗歌的结集情况以及在报纸杂志发表的情况,以使读者在按年份逐一阅读完毕之后,也能窥见穆旦本人当年对于自己作品的肯定与汰选,以及他的写作、发表与大的时代文化语境之间的关联。第三种则是举陈了一批涉及穆旦诗歌版本问题的论著,从其中所涉篇目以及对于修改原因的探讨,可以看出到目前为止,学界对于穆旦诗歌版本现状认识的实际进展程度。

---

① 举一个例子,如《新诗潮诗集》(老木编选,内部印行,1985年)所选《春》,第2节第4行"你们被点燃,却无处归依"作"你们是被点燃,卷曲又卷曲,却无处归依"。《中国现代诗一百首》(庞秉钧、闵福德、高尔登编译,中国对外翻译出版公司,商务印书馆(香港)有限公司,1993年)、《中国现代诗导读(穆旦卷)》(孙玉石主编,北京:北京大学出版社,2007年)等书所录亦是如此。对照《穆旦诗集(一九三九——一九四五)》,正文部分也确是"你们是被点燃,卷曲又卷曲,却无处归依";但诗集所附"正误表"已将"卷曲又卷曲,"删除。相关选本应是没有注意到"正误表"所做出的修订。

1936 年

更　夫

冬夜的街头失去了喧闹的
脚步和呼喊,人的愤怒和笑靥,
如隔世的梦;一盏微弱的灯火
闪闪地摇曳着一付①深沉的脸。

怀着寂寞,像山野里的幽灵,
他默默地从大街步进小巷;
生命在每一击②里消失了,
化成声音,向辽远的虚空飘荡;

飘向温暖的睡乡,在迷茫里
惊起旅人午夜的彷徨;
一阵寒风自街头刮上半空,
深巷里的狗吠出凄切的回响。

把无边③的黑夜抛在身后,
一双脚步又走向幽暗的三更天,
期望日出如同期望无尽的路,

---

① 诗文集版,"一付"作"一副"。
② 诗文集版,"每一击"作"每一声"。
③ 诗文集版,"无边"作"天边"。

鸡鸣时他才能找寻着梦。

二十五年十一月

(初刊于《清华周刊》第45卷第4期,1936年11月22日,署名慕旦,后收入《穆旦诗文集》。现录《清华周刊》版。)

1937 年

玫瑰的故事

英国十九世纪①散文家 L. P. Smith 有一篇小品 The Rose，文笔简洁可爱，内容也非常隽永，使人百读不厌。② 故事既有不少的美丽处，所以竟采取了大部分织进这一篇诗里，背景也一仍原篇，以收异域及远代的憧憬之趣。至于本诗能够把握住几许原文的美，我是不敢断言的；因为，这诗对于我本来便是一个大胆的尝试。想起在一九三六③的最后三天里，苦苦地改了又改，算是不三不四的把它完成了；现在看到，我虽然并不满意，但却也多少是有些喜欢的。

二十六年一月忙考时谨志。④

庭院里盛开着老妇人的玫瑰，
有如焰焰的火狮子雄踞⑤在人前，
当老妇人讲起来玫瑰的故事，
回忆和喜悦就轻轻飘过她的脸。⑥

---

① 诗文集版，"十九世纪"作"现代"。
② 诗文集版，"。"作"，"。
③ 诗文集版，多"年"。
④ 诗文集版，缺"。"。
⑤ 诗文集版，"雄距"作"雄踞"。按："雄距"不词，可订正为"雄踞"。
⑥ 诗文集版，本行后未空行。

……许多年前,还是我新婚以后。①
我同我的丈夫在意大利周游,
那时还没有铁路,先生,一辆马车,
带我们穿过城堡又在草原上驰走。

在罗马南的山路上马车颠坏了,
它的修理给与②我们三天的停留:
第一晚我们在茫茫的荒野里,
找到路旁的一间房子,敞落而且破旧。

我怎能睡啊,那空旷的可怕的黑夜!
流水的淙淙和虫鸣嘘去了我的梦;
趁天色朦胧,我就悄悄爬起来,
倚立在窗前,听头发舞弄着晨风。

已经很多年了,我尚能依稀记得,
清凉的月光下那起伏的蓝峰;
渐渐儿白了,红了,一些远山的村落,
吻着晨曦,像是群星明耀地闪射。

小村烦嚣地栖息在高耸的山顶,
一所客栈逗留住我们两个客人。
几十户人家围在短墙里,像个小菜园,
但也有礼俗,交易,人生的悲哀和喜欢。

---

① 诗文集版,"。"作","。
② 诗文集版,"给与"作"给予"。

酒店里一些贵族医生和官员,
也同样用悠闲弹开了每天的时间,
在他们中我看到一个清瘦的老人,
又美丽,又和蔼,有着雄健的话锋。

他的头发斑白,精神像个青年,
他明亮的眸子里闪耀着神光,
不住地向我们看,生疏里参些①惊异,
可是随即笑了,又像我们早已熟悉。

老人的温和引起来一阵微风,
轻轻地吹动了水面上的浮萍;
他向我们说陌生人也不必客气,
他愿意约请②陌生的客人到他家里。

于是,在一个晴朗炎热的下午,
青青的峦峰上斜披夕阳的紫衫,
一辆小车辘辘地驰向老人的田园③
里面坐着我和我的丈夫。

这所田园里铺满了小小的碎石,
丛绿下闪动着池水的波影,
一株④紫红的玫瑰向天空高伸,
发散着甜香,又蔽下幽幽的静。

---

① 诗文集版,"参些"作"掺些"。
② 诗文集版,"约请"作"邀请"。
③ 诗文集版,多","。
④ 诗文集版,"一株"作"一棵"。

玫瑰的花朵展开了老人的青春，
每一阵香化成过去美丽的烟痕，
老人一面让酒一面向我们讲，
多样的回忆在他脸上散出了红光。

他坦地①微笑、②带着老年的漠冷，
慢慢地讲起他不幸的爱情：
"……许多年以前，我年轻的时候，
那隔河的山庄住着我爱的女郎，

她③年轻，美丽，有如春天的鸟，
她黄莺般的喉咙会给我歌唱，
我常常去找她，把马儿骑得飞快，
越过草坪，穿出小桥，又抛下寂寞的墓场。

"可是那女郎待我并不怎样仁慈，
她要故意让我等，啊，从日出到日中！
在她的园子里我只有急燥④地徘徊，
激动的心中充满了热情和期待。

"园子里盛开着她喜爱的玫瑰，
清晨时她常殷殷地去浇水。
焦急中我无意地折下了一枝，

---

① 诗文集版，"坦地"作"坦然地"。按："坦地"不词，可订正为"坦然地"。
② 诗文集版，"、"作"，"。
③ 诗文集版，行首多一前引号。按：从内容来看，此处宜有前引号。
④ 诗文集版，"急燥"作"急躁"。

可是当我警觉时便把它藏进衣袋里。

"这小枝玫瑰从此便在泥土中成长,
洗过几十年春雨也耐过了风霜,
如今,啊,它已是这样大的一棵树……!①"
别时,老人折下了一枝为我们祝福。

修理好的马车把我们载上路程,
铃声伴着孩子们欢快的追送;
终于渐渐儿静了,我回视那小村
已经高高地抛在远山的峰顶。②……

现在,那老人该早已去世了,
年轻③的太太也斑白了头发!
她不但忘却了老人的名字,
并且也遗失了那个小镇的地址。

只有庭院的玫瑰在繁茂地滋长,
年年的六月里它鲜艳的苞蕾努放④。
好像那新芽里仍燃烧着老人的热情,
浓密的叶子里也勃动着老人的青春。

(初刊于《清华周刊》,第45卷第12期,1937年1月25日,署名慕旦,后收入《穆旦诗文集》。现录《清华周刊》版。)

---

① 诗文集版,缺"!"。
② 诗文集版,缺"。"按:依现代汉语表达习惯,此处和上一处标点均属衍出。
③ 诗文集版,"年轻"作"年青"。
④ 诗文集版,"努放"作"怒放"。按:"努放"不词,可订正为"怒放"。

古　墙

一团灰沙卷起一阵秋风，
奔旋地泻下了剥落的古墙，
一道晚霞斜挂在西天上，
古墙的高处映满了残红。

古墙寂静地弓着残老的腰，
驼着①悠久的岁月望着前面。
一只②手臂蜿蜒到百里远，
败落地守着暮年的寂寥。

凸凹的砖骨镌着一脸严悚③，
默默地俯视着广阔的平原；
古代的楼阁吞满了荒凉，
古墙忍住了低沉的愤怒：

野草④碎石死死挤着它的脚跟，
苍老的胸膛扎成了穴洞；
当憔悴的瓦块倾出了悲声，
古墙的脸上看不见泪痕。

暮野里睡了古代的豪杰，

---

① 诗文集版，"驼着"作"驮着"。
② 诗文集版，"一只"作"一双"。
③ 诗文集版，"严悚"作"严肃"。
④ 诗文集版，"野草"作"野花"。

古墙系过他们的战马,
轧轧的①驰过了他们凯旋的车驾,
欢腾的号鼓荡动了原野。

时光流过了古墙的光荣,
狂风折倒飘扬的大旗,
古代的英雄埋在黄土里,
如一缕浓烟消失在天空。

古墙蜿蜒出刚强的手臂,
曾教多年的风雨吹打;
层层的灰土便渐渐落下,
古墙回忆着,全没有惋惜。

怒号的暴风猛击着它巨大的身躯,
沙石交战出哭泣的音响②;
野草由青绿褪到枯黄,
在悚杀③的原野里它们战栗。

古墙施出了顽固的抵抗,
暴风冲过它的残阙!
苍老的腰身痛楚地倾斜,
它的颈项用力伸直,瞭望着夕阳。

晚霞在紫色里无声地死亡,

---

① 诗文集版,"的"作"地"。
② 诗文集版,"音响"作"声响"。
③ 诗文集版,"悚杀"作"肃杀"。

黑暗击杀了最后的光辉,
当一切伏身于残暴和淫威,
矗立在原野的是坚忍的古墙。

（初刊于《文学》第 8 卷第 1 期,1937 年 1 月,署名慕旦,后收入《穆旦诗文集》。现录《文学》版。）

野　兽

黑夜里叫出了野性的呼喊，
是谁，谁噬咬它受了创伤？
在坚实的肉里那些深深的
血的沟渠，血的沟渠灌溉了
翻白的花，在青铜样的皮上！
是多大的奇迹，从①紫色的血泊中②
它抖身，它站立，它跃起，
风在鞭挞它痛楚的喘息。

然而，那是一团猛烈③的火焰，
是对死亡蕴积的野性的凶残，
在狂暴的原野和荆棘的山谷里，
像一阵怒涛绞着无边的海浪，
它拧起全身的力。
在暗黑中，随了④一声凄厉的号叫，
它是以如星的锐利的眼睛，
射出那可怕的复仇的光芒。

一九三七，十一月。

（初刊于《柳州日报·布谷》第3期，1942年2月2日；后刊于《甘肃民国日报》，1942年2月26日；后收入《探险队》《穆旦自选诗集》《穆旦诗文集》。现录《探险队》版。）

---

① 《柳州日报》版、《甘肃民国日报》版，"从"作"在"。
② 《柳州日报》版、《甘肃民国日报》版，多"，"。
③ 《柳州日报》版，缺"猛烈"。
④ 自选集版、诗文集版，"随了"作"随着"。

在 秋 天

在秋天,我们走出了家乡,
像纷纷的落叶到处去飘荡,
尽管远处是荒凉的沙漠,
我们只要离开我们的家乡。
在秋天,没有一片枯叶留在树上,
没有一个孩子,
　　不是在异乡的秋风里飘荡。

我们只要离开我们的家乡,
像黄昏时的乌鸦向南飞翔;
为着要把秋夜留在后面,
飞到了这陌生而凄凉的远方。
在秋天,没有一片枯叶留在树上,
没有一颗母亲的心,
　　不是在怀念的夜里彷徨。

飞到了这陌生而凄凉的远方,
我们带来自由,自由的歌唱,
虽然我们的心是痛苦的,
我们不能回到自己的家乡。
在秋天,没有一片枯叶留在树上,
没有一片叹息,
　　不是飘向那可爱,可爱的家乡。

我们不能回到自己的家乡,

幸福在我们心那是块创伤，
　　我们，我们是群无家的孩子，
　　等待由秋天走进严冬和死亡。
　　在秋天，没有一片枯叶落留在树上，
　　但也没有一片枯叶，
　　　不是在孕育着明年的春光。

　　（初刊于《火线下》第15号，1937年12月28日。按：此诗属佚作，从未收入穆旦的任何一部诗集。诗末未署写作时间，从内容看，当是1937年秋天所写，此时，穆旦已随校从北平迁往湖南。此据发表时间编入。）

1938 年

祭

在黑夜里,激起来不断的吼声,
挟起千万吨的泥沙飞越长城,
从太行山脉疯狂地向平原里①涌,
桑干河,你永不驯良的桑干河!(注一)
从远古来滋养着我们的祖先,
用肥沃的土,雄浑的力,你灌溉:
三千年的祖国,从你的谷里成长,
洪大的泛滥时时警醒着生之灾害!

就是那夜里,古国在你的脚下抖索,
黑的风,黑的云,击起狂暴的漩涡②,
铁的枪,铁的炮,要从你的心胸踏过,
桑干河,你启发了祖国的桑干河!
流灌③了多少年从不知道忍耐,
奔涛④着,怒啸着,挥下反抗的臂膊⑤!

---

① 诗文集版,"里"作"上"。
② 诗文集版,"漩涡"作"旋涡"。
③ 诗文集版,"流灌"作"流过"。
④ 诗文集版,"奔涛"作"奔腾"。
⑤ 诗文集版,"臂膊"作"臂膀"。

从此,你把哭泣的祖国点起战火,
从此,屈辱的不再是广大的山河。

　　跨着你的身子,是七百年的石桥,(注二)
那夜里①,祖国的男儿如火样焚烧,
在他们头上仍是盛世的晓月残柳,
古代征马驰过的,而今做他们的暮曹②!
朝着北方! 忠实地追迹着光荣的祖先,
迎着③塞外的风,冲进隆隆的炮火,
怀着四万万颗心的赤血,仇恨,④和狂热,
是在搏斗里他们染红了你,桑干河!

　　冒着红光,烟火,谁说七百年的石桥老,
激热的水在涨,涨,涨;他们去祭扫,
那安息在两岸的战蚩尤的英豪。(注三)
桑干河,你复生了祖国的桑干河!
流吧,不断地流,不断地涌起波涛,
广大的山河在急跳⑤着你的脉膊;
流吧,战死的男儿,你祖国的魂,
我们永远纪念你,不是泪,是自由的国⑥!

一九三八,十月。

---

① 诗文集版,缺"里"。
② 诗文集版,"暮曹"作"慕曹"。
③ 诗文集版,"迎着"作"应着"。
④ 诗文集版,缺","。
⑤ 诗文集版,"急跳"作"激跳"。
⑥ 诗文集版,"国"作"国度"。

（注一）桑干河，又名卢沟河，混河，无定河，清康熙年间改名永定河。

（注二）卢沟桥，修于金，迄今约七百五十年。

（注三）桑干河流经涿鹿，传即黄帝战蚩尤之地。

（初刊于《益世周报》第2卷第3期，1939年3月27日①；未收入初版《穆旦诗文集》，曾重刊于《诗探索》，2006年第3辑，并收入后两版《穆旦诗文集》。现录《益世周报》版。按：重刊版在诗歌分节、标点以及个别字词上略有差漏。）

---

① 诗文集版，误将刊物出版时间记为"1939年1月27日"。

1939 年

CHORUS 二章①

其 一

当夜神扑打古国的魂灵②,
静静地,原野沉视着黑空,
O,③飞奔呵,旋转的星球,
叫光明流洗你苦痛的心胸,
叫远古在你的轮下片片飞扬,
像大旗飘进宇宙的洪荒,④
看怎样的勇敢,虔敬⑤,坚忍,
辟出了华夏辽阔的神州。
O⑥黄帝的子孙,疯狂!
一只魔手闭塞⑦你们的胸膛,
万万精灵已踱出了模糊的

---

① 《穆旦诗集》版、自选集版,题作《合唱》;诗文集版,题作《合唱二章》。
② 《大公报》版,"魂灵"作"灵魂"。
③ 《穆旦诗集》版、诗文集版,均缺",";自选集版,"O,"作"呵,"。按:《大公报》版、《探险队》版中,多处以"O"起首的诗句,仅此处作"O,",其余各处均没有","。
④ 《大公报》版,","作":"。
⑤ 《大公报》版,"虔敬"作"虔诚"。
⑥ 自选集版,"O"作"噢,"。
⑦ 《大公报》版,"闭塞"作"堵塞"。

碑石,在守候,①渴望里彷徨。
一阵暴风,波涛,急雨——潜伏,
等待强烈的一鞭投向深谷,
埃及,雅典,罗马,②从这里殒落③,
O④这一刻你们在岩壁上抖索!
说不,说不,这不是古国的居处,
O⑤庄严的圣殿,以鲜血祭扫,
亮些,更亮些,如果你倾倒……

其 二

让我歌唱帕米尔的荒原,⑥
用它峰顶⑦静穆的声音,
混然的倾泻如远古的溶岩⑧,
缓缓⑨迸涌出坚强的骨干,
像钢铁编织起亚洲的海棠。⑩
O⑪让我歌唱,以欢愉的心情,
浑圆⑫天穹下那野性的海洋,
推着它倾跌的喃喃的波浪,

---

① 诗文集版,","作"、"。
② 《大公报》版,缺","。
③ 诗文集版,"殒落"作"陨落"。
④ 自选集版,"O"作"呵,"。
⑤ 自选集版,"O"作"噢,"。
⑥ 《大公报》版,缺","。
⑦ 《大公报》版,多"的"。
⑧ 诗文集版,"溶岩"作"熔岩"。
⑨ 《大公报》版,"缓缓"作"悄悄"。
⑩ 《大公报》版,"。"作","。
⑪ 自选集版,"O"作"呵,"。
⑫ 《大公报》版,"浑圆"作"幽深"。

像嫩绿的树根伸进泥土里,
它柔光的手指①抓起了神州的心房。②
当我呼吸,在山河的交铸里,
无数个晨曦,黄昏,彩色的光,
从昆仑,喜马,天山的傲视,
流下了干燥的,卑湿的草原,
当黄河,扬子,珠江终于憩息,
多少欢欣,忧郁,澎湃的乐声
随着红的,绿的,天蓝色的水,
向远方的山谷,森林,荒漠里消溶。③
O④热情的拥抱!让我歌唱,
让我扣着你们的节奏舞踏⑤,
当人们痛哭,死难,睡进你们的胸怀,
摇曳,摇曳,化入无穷的年代,
他们的精灵,O⑥你们坚贞的爱!

一九三九,二月。

(初刊于香港版《大公报·文艺》第 724 期,1939 年 10 月 27 日,后收入《探险队》《穆旦诗集》《穆旦自选诗集》《穆旦诗文集》。现录《探险队》版。)

---

① 《大公报》版,"手指"作"手掌"。
② 《大公报》版,"。"作","。
③ 《大公报》版,"。"作","。
④ 自选集版,"O"作"呵,"。
⑤ 《大公报》版、诗文集版,"舞踏"作"舞蹈"。
⑥ 自选集版,"O"作"呵,"。

一九三九年火炬行列在昆明①

正午。街上走着一个老游击队员
喃喃着,喘着气,吐出连串的诅咒。
没有家的东北人坐在屋隅里,
独自唱着模糊的调子,哭了。

然而这里吹着五月的春风,
五月的春风夹在灰沙里,五月的春风在地沟里流,
五月的春风关在影戏院,五月的春风像疟虫的传播,
在冷战中给你热②,在冷战中给你热。
于是我看见这个年青③人,在阳光下面走,
眼里有茫然的光。你怕什么,朋友?
他急走,没有回答,有一个黑影
在紧紧地追随。你看,你看,
老人的诅咒!
他靠在④咖啡店的皮椅里,濛⑤了一层烟,
开始说,我想有个黑烟锁住了我……
于是一方丝帽轻轻扶上了红色的嘴唇,笑,这是正午……
于是他看见海,明亮的海,自由的海,
在一杯朱古力在一个疲乏的笑在谈着生命的意义和苦难的

---

① 该诗在《平明》初刊时,标题误为《一九三四年火炬行列在昆明》,6月2日副刊第14期刊登了"更正启事"。
② 诗文集版,"热"作"熟"。
③ 诗文集版,"年青"作"年轻"。
④ 诗文集版,多"大"。
⑤ 诗文集版,"濛"作"蒙"。

话声的节奏里,
他想要睡,在一阵香里。

这①是正午!让我们打开报纸,
像低头祭扫远族的坟墓——
血债敌机狂炸重庆我攻城②部队
全数壮烈牺牲难民扶老携幼
大别山脉洪大山脉歼敌血战即将
展开!……
让我们记住死伤的人数,
用一个惊叹号,做为③谈话的资料;
让我们歌唱起来,不愿做奴隶的人们

当他们挤在每条小巷,街角,和码头,
挑着担子,在冷清的路灯下面走,
早五点起来,空着肚子伏在给他磨光的桌案上,
用一万个楷书④涂黑了自己的时候,
枯瘦的脸,搬运军火,把行李送上了火车,
交给你搬到香港去的朋友——来信说,
这儿很安全,你买不买衣料,和 Squibb 牌的牙膏!
当他们整天的两腿泡在田里,阴湿的灵魂,
几千年埋在地下——抽芽,割去;抽芽,割去;
如今仍旧垂着头,抹黑走到家里,
打着自己的老婆,听到弟弟战死的消息。

---

① 诗文集版,行首未空格。
② 诗文集版,"攻城"作"守城"。
③ 诗文集版,"做为"作"作为"。
④ 诗文集版,多"画"。

我们坐在影戏院里,我们坐在影戏院里,
你把幕帷拉开,看见这些明亮的眼睛向前,
然而这些黑影,这些黑影

　　　　消①溶,溶进了一个黄昏,
　　　　朦胧,像昏睡里的梦呓,
　　　　喻嗜②着诅咒和哭泣;
　　　　带着恶兆③,城在黄昏里摇,
　　　　向祖国低诉着一百样心情,
　　　　沉醉的,颤动的,娇弱的。
　　　　也许下一刻狂风把她吹起,
　　　　满天灰烬——谁能知道!

于是我看见祖国向我们招手,用她粗壮的手臂——
你们广东音,湖南音,江北音,云南音,东北音,河南音,
　　北京音,上海音,福州音,④……
你们抛了家来的,海外来的,逃难来的,受严格的训练来的,
　　为神圣的呼唤而穿上军衣的,勇敢的站在青天白日底下的,
你们小孩子,青年人,中年人,老人,妇女,你们就要牺牲在炸
　　弹下面的,你们就要失掉一切又得一切的人们,
歌唱!
从你们的朱古力杯起来,从你们的回忆里起来,从你们的锁
　　链里起来,从你们沉重的思索里起来,从你们半热的哭泣

---

① 诗文集版,行首仅空两格。
② 诗文集版,"喻嗜"作"喻嘤"。
③ 诗文集版,"恶兆"作"噩兆"。
④ 诗文集版,缺","。

的心里起来,
脱下你们的长衫,忘去你们高贵的风度,踢开你们学来的礼
　　节,露出来你们粗硬的胡须,苦难的脸,白弱的手臂
我需要我们热烈的拥抱,我需要你们大声的欢笑,
我需要你们燃起,燃起,燃起,燃起,
向黄昏里冲去。
　　　　祖国在歌唱,祖国的火在燃烧,
　　　　新生的野力涌出了祖国的欢笑,
　　　　轰隆,轰隆,轰隆,轰隆——
　　　　城池变做了废墟,房屋在倒塌,
　　　　衰老的死去,年青①的一无所有;
　　　　祖国在歌唱,对着强大的敌人,
　　　　投出大声的欢笑,一列,一列,一列;
　　　　轰隆,轰隆,轰隆,轰隆——
(我看见阳光照遍了祖国的原野,
温煦的原野,绿色的原野,开满了花的原野)
　　　　用粗壮的手,开阔条条平坦的大路,
　　　　用粗壮的手,转动所有山峰里的钢铁,
　　　　用粗壮的手,拉倒一切过去的堡垒,
　　　　用粗壮的手,写出我们新的书页,
(从原始的森林里走出来亚当和夏娃,
他们忘了文明和野蛮,生和死,光和暗)
挤进这火炬的行列,我们从酒店里走出来,
酒浸着我们的头脑,我们的头脑碎裂,
像片片的树叶摇下,在心里交响。
我说,让我们微笑,轻松地拿起火把,

---

① 诗文集版,"年青"作"年轻"。

然而浓烟迷出了你的泪。一双素手
闭上了楼窗,
她觉得她是穿过了红暗的走廊。
这时候你走到屋里,又从屋里跑到街上,
仍旧揉着眼,向着这些人们喊——
等你吹着口哨走回。

当我回过头去,我看见路上满是烟灰,烟灰……

我们的头顶着夜空,夜空美丽而蔚蓝,
在夜空里上帝向我们笑,要有光,就有了光,
我们的头脑碎裂,像片片的树叶,在心里交响。

(初刊于《中央日报·平明》第 9 期,1939 年 5 月 26 日;曾重刊于《中国现代文学研究丛刊》,1999 年第 3 期,后收入《穆旦诗文集》。现录《中央日报》版。)

防空洞里的抒情诗

他向我,笑着,这儿倒凉快,
当我擦着汗珠,弹去①爬山的土,
当我看见他的②瘦弱的身体
战抖,在地下一阵隐隐的风里。
他笑着,你不应该放过这个消遣的时机,
这是上海的申报,唉这五光十色③的新闻,
让我们坐过去,那里有一线暗黄的光。
我想起大街上疯狂的跑着的人们,
那些个残酷的,为死亡恫吓的④人们,
像是蜂踊的昆虫⑤,向我们的洞里挤。

谁知道农夫把什么种子洒在这土里?
我正在高楼上睡觉,一个说,我在洗澡。
你想最近的市价会有变动吗?⑥ 府上是?
哦哦,改日一定拜访,我最近很忙。
寂静。他们像觉到了氧气的缺乏,⑦
虽然地下是安全的。互相观望着:
O⑧ 黑色的脸⑨,黑色的身子,黑色的手!

---

① 《大公报》版,"去"作"着"。
② 《大公报》版,缺"的"。
③ 《大公报》版,"五光十色"作"五花八门"。
④ 《大公报》版,"为死亡恫吓的"作"为恐怖拥护的"。
⑤ 《大公报》版,"蜂踊的昆虫"作"飞来的剑锋"。
⑥ 《大公报》版,"最近的市价会有变动吗?"作"他会把我的孩子治好吗?"。
⑦ 诗文集版,","作"。"。
⑧ 《大公报》版,缺"O",但行首空一格。
⑨ 《大公报》版,"脸"作"脸孔"。

这时候我听见大风在阳光里
附在①每个人的耳边吹出细细的呼唤,
从他的屋檐,从他的书页,从他的血里。

  炼丹的术士落下沉重的②
  眼睑③,不觉堕入④了梦里,⑤
  无数个阴魂跑出了地狱,
  悄悄收摄了,火烧,剥皮,
  听他号出极乐国的声息。
  O⑥看,在古代的大森林里,
  那个渐渐冰冷了的僵尸!

我站起来,这里的空气太窒息,
我说,一切完了吧,让我们出去!
但是他拉住我,这是不是你的好友,
她在上海的饭店结了婚,看看这启事!

我已经忘了摘一朵洁白的丁香夹在书里⑦
我已经忘了在公园里⑧摇一只⑨手杖,

---

① 《大公报》版,"附在"作"向着"。
② 《穆旦诗集》版关于炼丹术士的段落均空四格,下同,不另出校。
③ 诗文集版,"眼睑"作"眼脸"。
④ 《穆旦诗集》版,"堕入"作"墜入";自选集版作"墜(坠)入"。按:"墜"即"坠"的繁写体,此处用"坠入"更恰当。
⑤ 《大公报》版,","作";"。
⑥ 《大公报》版,缺"O",但行首空一格。
⑦ 《大公报》版、自选集版、诗文集版,多","。
⑧ 《大公报》版,缺"里"。
⑨ 《大公报》版,"一只"作"一支"。

在霓虹灯下飘过,听 LOVE PARADE① 散播,
O② 我忘了用淡紫的墨水,在红茶里加一片柠檬。
当你低下头,重又抬起,
你就看见眼前的这许多人,你看见原野上的那许多人,
　你看见你再也看不见的无数的人们,
于是觉得你染上了黑色,和这些人们一样。

　那个僵尸在痛苦地动转,
　他轻轻地起来烧着炉丹,
　在古代的森林漆黑的夜里,③
　"毁灭,毁灭④"一个声音喊,
　"你那枉然的古旧的炉丹。⑤
　死在梦里!坠入你的苦难!
　听你极乐的嗓子多么洪亮!"

谁⑥胜利了,⑦他说,打下几架敌机?⑧
我笑,是我。
当人们回到家里,弹去青草和泥土,⑨
　从他们⑩头上所编织的大网里,

---

① 《大公报》版、《穆旦诗集》版、自选集版,"LOVE PARADE"作"Love Parade"。
② 《大公报》版,行首空一格;《大公报》版、《穆旦诗集》版、自选集版,缺"O"。
③ 《大公报》版,缺","。
④ 《大公报》版,多","。
⑤ 《大公报》版,"。"作","。
⑥ 诗文集版,缺"谁"。
⑦ 《大公报》版,","作"?"。
⑧ 《大公报》版,"打下几架敌机?"作"□□□□□□?"按:这应是和新闻检查有关,当期所载厂民的《龙游河之歌》有6处文字、曾遒敦的诗歌《送征人》有两处文字被"□"代替。
⑨ 《大公报》版,本行作"当那些人们回到家里,轻轻弹去青草和泥土,"。
⑩ 《大公报》版,"他们"作"自己"。

我是独自走上了被炸毁的楼①，
而发见我自己死在那儿②
僵硬的，满脸上是欢笑，眼泪，和叹息。

一九三九，四月。③

（初刊于香港《大公报·文艺》第755期，1939年12月18日，后收入《探险队》《穆旦诗集》《穆旦自选诗集》《穆旦诗文集》。现录《探险队》版。）

---

① 《大公报》版，"被炸毁的楼"作"□□□□□"。
② 《大公报》版，多"，"。
③ 《大公报》版，署为"一九三九，南荒社。"

劝　友　人

在一张白纸上描出个①圆圈，
点个黑点，就算是城市吧，
你知道②我画的正在天空上，
那儿呢，那颗闪耀的蓝色小星！③
于④是你想着你丢失的爱情，⑤
独自走进卧室里踱来踱去。
朋友，天文台上有人用望远镜
正在寻索你千年后的光辉呢，
也许你招招手，也许你睡了？

一九三九，六月。

（初刊于《柳州日报·布谷》第 3 期，1942 年 2 月 2 日，后收入《探险队》《穆旦自选诗集》《穆旦诗文集》。现录《探险队》版。）

---

① 《柳州日报》版，"描出个"作"画一个"。
② 《柳州日报》版，"知道"作"看见"。
③ 《柳州日报》版，"！"作"。"。
④ 《柳州日报》版，行首多…，且缺"于"。
⑤ 《柳州日报》版，缺"，"。

从空虚到充实

（一）

饥饿，寒冷，寂静无声，
广漠如流沙，在你脚下……

让我们在岁月流逝的滴响中①
固守着自己的孤岛。
无聊？可是让我们谈话，
我看见谁在客厅里一步一步②走，
播弄他的嘴，流出来无数火花。

一些影子，愉快又恐惧，③
在无形的墙里等待着福音，④
"来了！"然而当洪水
张开臂膊向我们呼喊，
这⑤时候我碰见了 Henry 王⑥，

---

① 《大公报》版，本行及下两行（共三行）仅作两行：
　　让我们在流沙里搭一个帐篷，
　　死寂，可是让我们谈话；
② 诗文集版，多"地"。
③ 《大公报》版，本行及下三行（共四行）作五行：
　　黑影，抓不住，也摸不到，
　　贴在冬天的墙上向前移动，
　　我想跳起，我要大声喊，
　　因为隔墙我听到了泛滥的声音
　　万马奔腾，向我这儿涌。
④ 诗文集版，"，"作"。"。
⑤ 《大公报》版，行首多"然而"。
⑥ 《大公报》版，"Henry 王"作"青年 B"。

他和家庭争吵了两三天，还带着①
残留的水的涩味，②
疲倦③的④，走进咖啡店里，
又舒适地靠在松软的皮椅上，⑤
我该，我做⑥什么好呢⑦他想。
对面是两颗梦幻的眼睛⑧
沉没了，在圈圈的烟雾里，
我不能再迟疑了，烟雾又旋进
脂香里。一只递水果的手
握紧了沉思在眉梢：
我们谈谈吧，我们谈谈吧。
生命的意义和苦难，

---

① 《大公报》版，本行及下行（共两行）作：
他病过两三天，还带着残留的
水的咸味，
② 《穆旦诗集》版、自选集版、诗文集版，本行作"潮水上浪花的激动，"。
③ 《大公报》版，"疲倦"作"消瘦"。
④ 诗文集版，"的"作"地"。
⑤ 《大公报》版，本行作"又疲乏地靠在沙发椅背上，"；诗文集版，行末","作"。"。
⑥ 《大公报》版，"我该，我做"作"我还该做"。
⑦ 《大公报》版，多"，"；诗文集版，多"？"。
⑧ 《大公报》版，从本行一直到第1章结束作：
苦涩的蒸气袅袅上腾，钻进了
圈圈的烟雾，我不能再迟疑了！
烟雾又旋进脂香里，他轻轻地
指尖蹙上了眉梢，一双水晶的眼
闪射着他：
我们谈谈吧
我们谈谈吧
生命的意义，苦难，朱古力，快乐的往日。
他看见海了，那样平静，明亮的呵。
街上，成队的人们在歌唱，
起来，不愿做奴隶的……
他的血沸腾

朱古力,快乐的往日。①
于是他看见了
海,那样平静,明亮的呵,
在自己的银杯里在一果敢后,
街上,成队的人们正歌唱,
起来,不愿做奴隶的……
他的血沸腾,他把头埋进手中。

(二)②

呵,谁知道我曾怎样寻找③
我的一些可怜的化身,
当一阵狂涛涌来了
扑打我,流卷我,淹没我,
从东北到西南我不能
支持了④

这儿是一个沉默的女人,

---

① 诗文集版,行首未空格。
② 《大公报》版虽然也是分章排列,但全诗仅分两章,此处未列章节号。
③ 《大公报》版,本节作:
　　奔啸,澎湃,海水的声音!
　　我说觉得有一阵狂涛
　　扑打我,流卷我,淹没我
　　从东北到西南我不能
　　支持了,谁听见我求救的
　　呼喊?
　　然而什么也没有,你说,
　　我仍是贴在冬天的墙上走,
　　我的眼前昏暗而且窒息,
　　于是在观众热烈的掌声以后,
　　我看一个帷幕从灰土上拉起。
④ 诗文集版,多"。"

"我不能支持了援救我！"①
然而她说得②过多了，她旋转
转得太晕了，如今是
张公馆的少奶奶。
这个人是我的朋友，
对我说，你怕什么呢？③
这不过是一场梦④。这个人
流浪到⑤太原，南京，西安，汉口，
写完《中国的新生》，放下笔，
唉，我多么渴望一间温暖⑥的住屋，
和明净的书几！这又是一个人⑦
他的家烧了，痛苦地喊，
战争！战争！在轰炸的时候，
（一片洪水又来把我们淹没，）⑧
整个城市⑨投进毁灭，卷进了
海涛里，海涛里有血
的浪花，浪花上有光。⑩

---

① 《大公报》版，本行及下两行（共三行）仅作两行：
她说得过多，转得太晕了，
如今当了张公馆的少奶奶。
② 《穆旦诗集》版、自选集版，"得"作"的"。
③ 《大公报》版，"？"作"，"。
④ 《大公报》版，"是一场梦"作"是个恶梦"。
⑤ 《大公报》版，"到"作"过"。
⑥ 《大公报》版，"温暖"作"固定"。
⑦ 《大公报》版、诗文集版，多"，"。
⑧ 《大公报》版，本行作"我看见所有的居民跑出来，"。
⑨ 《大公报》版，"整个城市"作"这个城"。
⑩ 《大公报》版，缺"。"。

然而①这样不讲理的人我没有②见过，
他不是你也不是我，③
请进我们得救的华宴吧我说，
这儿有硫磺的气味裂碎的神经。
他笑了，他不懂得忏悔，④
也不会饮下这杯回忆，
彷徨，动摇的甜酒。
我想我也许可以得到他的同情⑤，
可是在我们的三段论法里，
我不知道⑥他是谁。

（三）⑦

只有你们⑧是我的弟兄，我的朋友，
多久了，我们曾经沿着无形的墙⑨
一块走路。暗暗的，温柔的⑩，
（为了生活⑪也为了幸福，⑫）

---

① 《大公报》版，"然而"作"但是"。
② 《大公报》版，缺"有"。
③ 《大公报》版，本行行首和行末多"( )"，即"(他不是你也不是我)"。
④ 《大公报》版，本行及下两行(共三行)仅作两行：
　　他笑了，他不懂得忏悔，也不会
　　饮这杯回忆，彷徨，动摇的苦酒。
⑤ 《大公报》版，"得到他的同情"作"猜知他的心"。
⑥ 《大公报》版，"不知道"作"剖不出"。
⑦ 《大公报》版，此处未列章节号。
⑧ 《穆旦诗集》版、自选集版、诗文集版，缺"们"。
⑨ 《大公报》版，本行作"那么让我们沿着灰色的墙"。
⑩ 《大公报》版，"暗暗的，温柔的"作"轻轻地，温柔地"；诗文集版，作"暗暗地，温柔地"。
⑪ 《大公报》版，"生活"作"活着，"。
⑫ 《大公报》版，缺"，"。

再让我们交换冷笑,阴谋,①和残酷。
然而什么!

大风摇过林木,②
从我们③的日记里摇下露珠,
在旧④报纸上汇成了一条细流,
(流不长久也不会流远,⑤)
流过了荒凉⑥的两岸,在岸上
我坐着哭泣。
艳丽的歌声流过去了,
祖传的契据流过去了,
茶会后两点钟的雄辩,故园⑦,
黄油面包,家谱,长指甲的手,
道德法规都流去了⑧无情地,⑨
这样深的根它们向我诉苦。⑩
枯寂的大地让我把住你
在泛滥以前,因为我曾是⑪

---

① 《大公报》版、诗文集版,缺","。
② 《大公报》版,"林木,"作"帐篷"。
③ 《大公报》版,"我们"作"你们"。
④ 《穆旦诗集》版、自选集版、诗文集版,缺"旧"。
⑤ 《大公报》版,缺","。
⑥ 《大公报》版,"荒凉"作"枯寂";《穆旦诗集》版、自选集版、诗文集版,作"残酷"。
⑦ 《大公报》版,"故园"作"灰烬"。
⑧ 诗文集版,多","。
⑨ 《大公报》版,","作";"。
⑩ 《大公报》版,缺本行。
⑪ 《大公报》版,本行及下四行(共五行)作:
　　在春来以前,因为我所灌溉的
　　冬天里开过青色的
　　和紫色的花,披满我一身,
　　可是枯黄了,不久也要流去。

你的灵魂,得到你的抚养,
我把一切在你的身上安置,
可是水来了,站脚的地方,
也许,不久你也要流去。

(四)①

洪水越过了无声的原野,②
漫过了山角,切割,暴击;
展开,带着庞大③的黑色轮廓,④
和恐怖,和我们失去的自己。
死亡的符咒⑤突然碎裂了⑥
发出崩溃的巨响,在一瞬间⑦
我⑧看见了⑨遍野的白骨⑩
旋动,我听见了传开的笑声,⑪
粗野,洪亮⑫,不像我们嘴角上

---

① 《大公报》版,上面的诗行均为第(一)章,此处以下为第(二)章,章号为"(二)"。
② 《大公报》版,本行及下行(共两行)作:
　　三千年的原野,无声的原野,
　　核心里充满了暴力的原野
③ 《大公报》版,"庞大"作"干燥"。
④ 《大公报》版、诗文集版,缺","。
⑤ 《大公报》版,"死亡的符咒"作"冬天的魔咒"。
⑥ 《大公报》版,多","。
⑦ 《大公报》版,"在一瞬间"作"在朦胧中"。
⑧ 《大公报》版,行首多"于是"。
⑨ 《大公报》版,缺"了"。
⑩ 《大公报》版,多","。
⑪ 《大公报》版,本行有异文,且多两行:
　　转动,我听见了原野的声音,
　　当海风刮过,切割,鞭打,
　　　苏醒的笑声!
⑫ 《大公报》版,"洪亮"作"沉重"。

疲乏的笑,(当世界在我们的
舌尖揉成一颗飞散的小球,
变成白雾吐出,①)它张开像一个新的国家,②
要从绝望的心里③拔出花,拔出草。④
我听见这样的笑声在矿山里,
在火线下永远不睡⑤的眼里,
在各样勃发的组织里,⑥
在一挥手里
谁知道一挥手后我们在哪儿,⑦
我们是这样厚待了这些白骨!

德明太太对老张⑧的儿子说,⑨
(他一来到我家我就对他说,⑩)
你爹爹⑪一辈子忠厚老实人,⑫

---

① 《大公报》版,缺","。
② 《大公报》版,"它张开像一个新的国家,"作"它爆开像春天,"。
③ 《大公报》版,"要从绝望的心里"作"要从枯寂的地上"。
④ 《穆旦诗集》版、诗文集版,"。"作","。
⑤ 《大公报》版,"永远不睡"作"人们愤怒"。
⑥ 《大公报》版,本行作"在绝望打硬的心里!"。
⑦ 《穆旦诗集》版、自选集版、诗文集版,","作"?"。又,《大公报》版,本行及下行(共两行)移作四行:
　　我不知道一挥手后我将在那儿,
　　你说我们期待也害怕这一挥手?
　　但是你总该看见我们储藏的
　　这些白骨
⑧ 《大公报》版,"老张"作"老王"。
⑨ 《大公报》版,缺","。
⑩ 《大公报》版,缺","。
⑪ 《大公报》版,"爹爹"作"爸爸"。
⑫ 《大公报》版,缺","。

你好好地①我们也不错待你,②
可是小张③跑了,④他的哥哥
(他哥哥比他有出息多了,⑤)
是庄稼人,⑥天天摸黑走回家里,⑦
我常常给他棉絮⑧跟他说,⑨
是这种年头你何必老打你的老婆,⑩
昨天他来请安,带来了他弟弟⑪
战死的消息……

然而这不值得挂念,我知道⑫
一个更紧的死亡追在后头,
因为我听见了洪水,随着巨风⑬,
从远而近,在我们⑭的心里拍打,

---

① 《大公报》版、《穆旦诗集》版、自选集版、诗文集版,"地"作"的"。
② 《穆旦诗集》版,缺",";诗文集版,","作"。"。
③ 《大公报》版,"小张"作"小王"。
④ 《大公报》版,缺","。
⑤ 《大公报》版,缺","。
⑥ 《大公报》版,"庄稼人,"作"田里人"。
⑦ 《大公报》版,缺","。
⑧ 《大公报》版,"棉絮"作"东西"。
⑨ 《穆旦诗集》版,缺","。
⑩ 诗文集版,","作"。"。
⑪ 《大公报》版,本行及下行(共两行)合作一行:"昨天他来给我请安带来了他弟弟战死的消息……"。
⑫ 《大公报》版,本行及下行(共两行)合作一行:"然而这不值得挂念,让我们走沿着灰色墙;死亡正在后头。"。
⑬ 《大公报》版,"巨风"作"春风"。
⑭ 《大公报》版,"我们"作"我"。

吞蚀①着古旧的血液和骨肉!②

一九三九,九月。(残)③

(初刊于香港版《大公报·文艺》第806期,1940年3月27日,后收入《探险队》《穆旦诗集》《穆旦自选诗集》《穆旦诗文集》。现录《探险队》版。)

---

① 诗文集版,"吞蚀"作"吞噬"。
② 《大公报》版,"!"作"。",且此后另有17行:
　　于是我病倒在游击区里,在原野上,
　　原野上丢失的自己正在滋长!
　　因为这时候你在日本人的面前,
　　必须教他们唱,我听见他们笑,
　　中华民族到了最危险的时候,
　　为了光明的新社会快把斗争来展开,

　　起来,起来,起来,

　　我梦见小王的阴魂向我走来,
　　(他拿着西天里一本生死簿)
　　你的头脑已经碎了,跟我走,
　　我会教你怎样爱怎样恨怎样生活。
　　不不,我说,我不愿意下地狱,
　　只等在春天里缩小,溶化,消失。
　　海,无尽的波涛,在我的身上涌,
　　流不尽的血磨亮了我的眼睛,
　　在我死去时让我听见鸟的歌唱,
　　虽然我不会和,也不愿谁看见我的心胸。(南荒社)
③ 《穆旦诗集》版、自选集版、诗文集版,均缺"(残)"。按:《探险队》版之所以标出"(残)",应该和《大公报》版这一初刊本原有的17行诗有关。后出的版本删去"(残)",应表明作者已认可了对这个结尾的删除。

1940 年

童 年①

秋晚灯下,我翻阅一页历史②……
窗外是今夜的月,今夜的人间,
一条蔷薇花路伸向无尽远,
色彩缤纷,珍异的浓香扑散。③
于是有奔程的旅人以手,脚
贪婪地抚摸④这毒恶的花朵,
(呵,他的鲜血在每一步⑤上滴落!⑥)
他青色的心浸进辛辣的汁液
腐酵着,也许要酿成一盅古旧的
醇酒?一饮而丧失了本真。
也许他终会⑦像一匹老迈的战马,⑧
披戴无数的伤痕,木然嘶鸣。

---

① 手稿版,题作《怀念》;《今日评论》版,题作《写在郁闷的时候》。
② 手稿版、《今日评论》版,多"。"。
③ 《今日评论》版,"。"作","。
④ 手稿版、《今日评论》版,"抚摸"作"摸抚"。
⑤ 《今日评论》版,"每一步"作"每步"。
⑥ 手稿版,"!"作";"。
⑦ 诗文集版,"终会"作"终于"。
⑧ 《今日评论》版,","作"。"。

而此刻我停伫①在一页历史上,②
摸索自己未经世故的足迹
在荒莽的年代,当人类还是
一群淡淡的,从远方③投来的影,
朦胧④,可爱,投在我心上。⑤
天雨⑥天晴,一切是广阔无边,
一切都开始滋生,互相交溶⑦。
无数荒诞的野兽游行云雾里,
(那时候云雾盘旋在地上,)
矫健而自由,嬉戏地泳进了
从地心里不断涌出来的
火热的熔岩⑧,蕴藏着多少野力,
多少跳动着的雏形的山川,⑨
这就是美丽的化石。而今那野兽
绝迹了,⑩火山口经时日折磨
也冷涸了,⑪空留下暗黄的一页,
等待十年前的友人和我讲说。

---

① 自选集版,"停伫"作"停贮"。按:"贮"即"貯"的繁写体,但在古汉语中,"貯"亦与"佇"(即"伫"的繁写)相通,"贮"今作储存、积存之意,"停贮"不词,应作"停伫"。
② 《今日评论》版,缺","。
③ 手稿版,"远方"作"各方"。
④ 《今日评论》版,"朦胧"作"朦朦"。
⑤ 手稿版,本行作"(朦胧,可爱,投射我心上。)";《今日评论》版,行末"。"作","。
⑥ 自选集版,多","。
⑦ 诗文集版,"交溶"作"交融"。
⑧ 手稿版、《今日评论》版,"熔岩"作"溶岩"。
⑨ 手稿版、《今日评论》版,","作"。";自选集版,作":"。
⑩ 《今日评论》版,","作";"。
⑪ 《今日评论》版,","作";"。

灯下,有谁听见在周身起伏①的
那痛苦的,②人世的喧声?
被冲积③在今夜的隅落里,而我
望着等待我的蔷薇花路,沉默。

（1940年1月曾抄赠给友人杨苡,见《穆旦诗文集(1)》书前插页,此称手稿版;初刊于《今日评论》第3卷第24期,1940年6月16日;后收入《探险队》《穆旦自选诗集》《穆旦诗文集》。现录《探险队》版。按:此诗各版所署时间不同,《探险队》版未署日期,《今日评论》版及手稿版均署"一九四〇,一月。",自选集版、诗文集版则署"一九三九,十月",今从《今日评论》这一最早的发表本,编入1940年。）

---

① 《今日评论》版,多"着"。
② 手稿版、《今日评论》版,"那痛苦的"作"那痛苦,呻吟"。
③ 手稿版、《今日评论》版,"冲积"作"冲激"。

窗
——寄日后①方某女士

是不是你又病了,请医生上楼,
指给他那个窗,说你什么也没有?
我知道你爱晚眺,在高倨的窗前,
你楼里的市声常吸有大野的绿色。

从前我在你的楼里和人下棋,
我的心灼热,你害怕我们输赢。
想着你的笑,我在前线受伤了,
然而我守住阵地,这儿是片好风景。

原来你的窗子是个美丽的装饰,
我下楼时就看见了坚厚的墙壁,
它诱惑别人却关住了自己。

(初刊于香港版《大公报·文艺》第923期,1940年9月12日,后收入《穆旦诗文集》。现录《大公报》版。按:该版未署写作时间,不过,当期《大公报》该诗之后另有《"有钱出钱,有力出力"》——后收入《探险队》时改名为《祭》,而在该诗集中,《祭》被编排在《童年》和《蛇的诱惑》之间,写作时间当在1940年初;这里亦将《窗》编排在1940年初的位置,并且依发表顺序,置于《祭》之前。)

---

① 诗文集版,"日后"作"敌后"。

祭①

阿大在上海②某家工厂里劳作了十年，
贫穷，枯槁。只因为还余下了③一点力量，
一九三八年他战死于台儿庄沙场。
在他瞑目的时候天空中④涌起了彩霞，
染去⑤他的血，等待一早复仇的太阳。⑥

昨夜我碰见了年青的厂主，我的朋友，
而慨叹着报上的伤亡⑦。我们跳了一句钟
狐步，又喝些酒。忽然他觉得自己身上
长了刚毛，脚下濡着血，门外起了大风。
他惊问这是什么，我不知道这是什么。

（初刊于香港版《大公报·文艺》第923期，1940年9月12日，后收入《探险队》《穆旦诗文集》。现录《探险队》版。按：此诗的两个版本均未署写作时间，此处依《探险队》的发表顺序编入。）

---

① 《大公报》版，题作《"有钱出钱，有力出力"》。
② 《大公报》版，"上海"作"沪上"。
③ 《大公报》版，缺"了"。
④ 《大公报》版，"中"作"上"。
⑤ 《大公报》版，多"了"。
⑥ 《大公报》版，本行后未空行。
⑦ 《大公报》版，"伤亡"作"工潮"。

蛇 的 诱 惑
——小资产阶级的手势之一①

创世以后②,人住在伊甸乐园里,而撒旦变成了一条蛇来对人说,上帝岂是真说,不许你们吃园当中那棵树上的果子么?

人受了蛇的诱惑,吃了那棵树上的果子,就被放逐到地上来。

无数年来③,我们还是住在这块地上。可是在我们生人④群中,为什么有些人不见了⑤呢?在惊异中,我就⑥觉出了第二次蛇的出现。

这条蛇⑦诱惑我们。有些人就要被放逐到这贫苦的⑧土地以外去了。

夜晚是狂欢的季节⑨,⑩
带一阵⑪疲乏,穿过⑫污秽的小巷,
细长的小巷像是一支洞箫,
当黑暗伏在巷口,缓缓吹完了

---

① 《大公报》版,副题作"(小资产阶级的手势之一)";自选集版,缺副题。
② 《大公报》版,诗前的文字题作《引子》;自选集版,缺诗前的整段文字。
③ 《大公报》版,"无数年来"作"几千年来"。
④ 《大公报》版,"生人"作"的"。按:无论是《探险队》版和其他各版的"在我们生人群中",还是《大公报》版的"在我们的群中",皆不通,更合理的表达为"在我们的人群中"。
⑤ 《大公报》版,"不见了"作"忽然失去了"。
⑥ 《大公报》版,多"突然"。
⑦ 《大公报》版,多"正在"。
⑧ 《大公报》版,缺"这贫苦的"。
⑨ 自选集版,"狂欢的季节"作"烧尽的烟头"。
⑩ 《大公报》版,多"——"。
⑪ 《大公报》版,"带一阵"作"带着一天的"。
⑫ 自选集版,"穿过"作"燃过"。

它的曲子:家家门前关着死寂。
而我也由啜泣而沉静①。呵,光明
(电灯,红,蓝,绿,反射又反射,)
从大码头到中山北路现在
亮在我心上! 一条街,一条街,
闹声翻滚着,②狂欢的季节③。
这时候我陪德明太太坐在汽车里
开往百货公司;

这时候天上亮着晚霞,
黯淡,紫红,是垂死人脸上
最后的希望,是一条鞭子
抽出的伤痕,(它扬起,落在
每条街道行人的脸上,④)⑤
太阳落下去了,落下去了,
却又打个转身,望着世界:
"你不要活吗? 你不要活得⑥
好些吗?"⑦
   我想要有一幅地图⑧
指点我,在德明太太的汽车里,

---

① 自选集版,"而我也由啜泣而沉静"作"但我的追求还没有完"。
② 《大公报》版,","作":"。
③ 自选集版,"狂欢的季节"作"另一个世界"。
④ 《大公报》版,","作"。"。
⑤ 自选集版,上一行和本行的"( )"缺。
⑥ 《大公报》版,本行和下一行未断开,合作一行,即"你不要活吗? 你不要活得好些吗?"。
⑦ 除《探险队》版外,其他各版此处均有回引号。按:此处应是排印之误,应订正,补充回引号。
⑧ 《大公报》版、诗文集版,行首均只空两格。

经过无数"是的是的"无数的
痛楚的微笑,微笑里的阴谋,
一个廿世纪的哥伦布,走向他
探寻的墓地①

在妒羡的目光交错里,垃圾堆,
脏水洼②,死耗子,从二房东租来的
人同骡马的破烂旅居旁,在
哭喊,叫骂,粗野的笑的大海里,③
(听!喋喋的海浪在拍击着岸沿。)
我终于来了——

老爷和太太站在玻璃柜旁④
挑选着珠子,这颗配得上吗?
才⑤二千元。无数年青的先生⑥
和小姐,在玻璃⑦夹道里,
穿来,穿去,和英勇的宝宝
带领着飞机,大炮,和一队骑兵。
衣裙蟋蟀⑧□响着⑨,混合了

---

① 《大公报》版,"墓地"作"陆地"。
② 自选集版,"脏水洼"作"积水洼"。
③ 《大公报》版,","作"。"。
④ 《大公报》版,多","。
⑤ 《大公报》版,"才"作"卖"。
⑥ 自选集版,"先生"作"绅士"。
⑦ 《大公报》版,多"的"。
⑧ 诗文集版,"蟋蟀"作"窸窣"。按:"蟋蟀"一词用在此处明显不当,可订正为"窸窣"。
⑨ 《探险队》版,"响着"前脱落一字,《大公报》版、自选集版,均作"擦响着";诗文集版,作",响着"。此处可从较早的表达,作"擦响着"。

细碎,嘈杂的话声,无目的地
随着虚晃的光影飘散,如透明的
灰尘,不能升起也不能落下。
"我一向就在你们这儿买鞋,
七八年了,①那个老伙计呢?
这双样式还好,只是贵些。②"
而店员打恭微笑,像块里程碑
从虚无到虚无③

而我只是夏日④的飞蛾,
凄迷无处。哪儿⑤有我的⑥一条路
又平稳⑦又幸福?是不是我就
啜泣在光天化日下⑧,或者,
飞,飞,跟在德明太太身后?
我要盼望黑夜⑨,朝电灯光上扑。

虽然生活是疲惫的,我必须追求,
虽然观念的丛林缠绕我,
善恶的光亮在我的心里明灭,⑩

---

① 《大公报》版,缺","。
② 《大公报》版,"。"作","。
③ 《大公报》版,多"。"。
④ 《大公报》版,"夏日"作"夏夜里";自选集版,作"冬日"。
⑤ 自选集版,"哪儿"作"那儿"。
⑥ 《大公报》版,缺"的"。
⑦ 自选集版,"平稳"作"温暖"。
⑧ 《大公报》版,"在光天化日下"作"在阴暗的角落里"。
⑨ 《大公报》版,"盼望黑夜"作"躲避危害";自选集版,作"活在黑夜"。
⑩ 《大公报》版,本行作"许多观点钻进我的头里围剿。"。

自从撒旦①歌唱的日子起,②
我只想园当中那个智慧的果子③:
阿谀,倾轧,慈善事业,④
这是可喜爱的,如果我吃下,
我会微笑着在文明的世界里游览,⑤
戴上遮阳光的墨镜,在雪天,⑥
穿一件轻羊毛衫围着火炉,
用⑦巴黎香水,培植着暖房的花朵。

那时候我就会离开了亚当后代的宿命地⑧,
贫穷,卑贱,粗野,无穷⑨的劳役和痛苦……⑩

但是为什么在我看去的时候,
我总看见二次被逐的人们中,⑪
另外一条鞭子在我们的⑫身上扬起:⑬
那是诉说不出的疲倦,灵魂的
哭泣⑭——德明太太这么快的

---

① 《大公报》版,"撒旦"作"小巷"。
② 《大公报》版,本行后多一行:"(撒旦的新的歌唱,新的×探,)"。
③ 《大公报》版,"那个智慧的果子"作"那棵树上的果子"。
④ 《大公报》版,本行作"咖啡,火腿,糖果,奶油饼干。";自选集版,作"阿谀,倾轧,辉煌的成功,"。
⑤ 《大公报》版,本行作"我要披着丝绸在风中招展,"。
⑥ 《大公报》版,缺","。
⑦ 《大公报》版,"用"作"同"。
⑧ 《大公报》版,"宿命地"作"宿地"。按:"宿地"不词,可订正为"宿命地"。
⑨ 自选集版,"无穷"作"枉然"。
⑩ 诗文集版,本行后未空行。
⑪ 自选集版,此一行和下一行合作一行:"我总看见有一条蛇在他们身上抬头:"。
⑫ 《大公报》版,"我们的"作"他们"。
⑬ 《大公报》版,":"作"?";又,本行后空一行。
⑭ 《大公报》版,多":"。

失去的青春,无数年青的先生①
和小姐,在玻璃的夹道里,
穿来,穿去,带着陌生的亲切,
和亲切中永远的隔离。② 寂寞,
锁住③每个人。生命树被剑守住了,
人们渐渐离开它④,绕着圈子走。
而感情和理智⑤,枯落的空壳,
播种在日用品上,也开了花,⑥
"我是活着吗?我活着吗?我活着
为什么?"⑦
　　　　　　为了⑧第二条鞭子的抽击。⑨
墙上有□音机⑩,异域的乐声,
扣着脚步的节奏,向着被逐⑪的
"吉普西"⑫,唱出了他们流荡的⑬不幸。

---

① 自选集版,"先生"作"绅士"。
② 《大公报》版,"。"作"!"。
③ 自选集版,"锁住"作"囚禁"。
④ 《大公报》版,"渐渐离开它"作"扬在半天中";自选集版,作"远远离开它"。
⑤ 自选集版,"理智"作"思想"。
⑥ 《大公报》版,","作":"。
⑦ 本行及稍后几行的引号使用情况,各版有差异。《大公报》版的回引号至下四行末,即本节最末一行"'吉普西',唱出了他们鞭下的不幸。";《探险队》版本行缺回引号;自选集版,上一行和本行缺引号。按:综合来看,诗文集版的处理更为合理。
⑧ 《大公报》版,本行行首空两格;自选集版、诗文集版,行首空4格。
⑨ 自选集版,本行作"为了树木从它的根逃避。"
⑩ 《探险队》版,"音机"前脱落一字,《大公报》版、自选集版,均作"播音机";诗文集版,作"收音机"。此处可从较早的表达,作"播音机"。
⑪ 自选集版,"被逐"作"逃亡"。
⑫ 自选集版,"吉普西"三字前后的引号缺。
⑬ 《大公报》版,"流荡的"作"鞭下的"。

呵,①我觉得自己在两条鞭子的夹击中,②
我将承受哪个?阴暗的生的命题……

一九四〇,二月。

(初刊于香港版《大公报·文艺》第830期,1940年5月4日,后收入《探险队》《穆旦自选诗集》《穆旦诗文集》。现录《探险队》版。)

---

① 《大公报》版,缺"呵,"。
② 自选集版,本行作"呵,世界正摆在日和夜的夹击中,"。

玫 瑰 之 歌①

(一)②一个青年人站在现实和梦的桥梁③

我已经疲倦了,我要去寻找异方的梦,④
那儿有碧绿的大野⑤,有成熟的果子,有清朗⑥的天空,
大野⑦里永远发散⑧着日炙的气息,使季节滋长,⑨
那时候我得以自由⑩,我要在蔚蓝的天空下酣睡。⑪

谁说这儿⑫是真实的?你带我在你的梳装⑬室里旋转,
告诉我这一样是爱情,这一样是希望,这一样悲伤⑭,⑮
无尽的涡流飘荡你⑯,你让我躺在你的胸怀,
当黄昏溶进了夜雾,吞蚀⑰的黑影悄悄地爬来。

---

① 自选集版,题作《梦幻之歌》。
② 自选集版,3 小节均没有标题,而是仅仅标为(一)、(二)、(三)。
③ 诗文集版,多"上"。
④ 诗文集版,","作"。"。
⑤ 自选集版,"大野"作"原野"。
⑥ 诗文集版,"清朗"作"晴朗"。
⑦ 自选集版,"大野"作"原野"。
⑧ 诗文集版,"发散"作"散发"。
⑨ 《今日评论》版,本行作"大野里有人等候我,她将为我摘下滋养的果子,"。
⑩ 自选集版,"自由"作"呼吸"。
⑪ 《今日评论》版,本行作"那时候我会强健,我要在蓝天的覆盖下酣睡。"。
⑫ 《今日评论》版,"这儿"作"这里"。
⑬ 自选集版、诗文集版,"梳装"作"梳妆"。
⑭ 从本行的句式来看,"这一样悲伤"作"这一样是悲伤"更为合理,但各版均缺"是"。
⑮ 《今日评论》版,","作":"。
⑯ 《今日评论》版,"无尽的涡流飘荡你"作"这些骷骨抚爱着你"。
⑰ 自选集版,"吞蚀"作"窒息"。

〇① 让我离去,既然这儿②一切都是枉然,
我要去寻找异方的梦,我要走出凡是落絮飞扬的地方③,
因为我的心里常常下着初春④的霉雨⑤,现在就要放晴,
在云雾的裂纹里,我看见了一片腾起的,像梦。

(二)现实的洪流冲毁了桥梁,他躲在真空里

什么都显然褪色了,一切是病恹而虚空,
朵朵盛开的大理石似的百合,伸在土壤的欲望里颤抖,
土壤的欲望是裸露而赤红的,但它已是我们的仇敌,
当生命化做⑥了轻风,而风丝在百合忧郁的芬芳上飘流。

自然我可以跟着她走,走进一座诡秘的迷宫,
在那里像一头吐丝的蚕,抽出青春的汁液来团团地自缚;⑦
散步,谈电影,吃馆子⑧,组织体面的家庭,请来最懂⑨礼貌的朋友茶会,⑩
然而我是期待着野性的呼喊,我卷伏⑪在无尽的乡愁里过活。

---

① 自选集版,多","。
② 《今日评论》版,"这儿"作"这里"。
③ 《今日评论》版,"凡是落絮飞扬的地方"作"你的装饰荫遮的地方"。
④ 《今日评论》版,"初春"作"季候"。
⑤ 诗文集版,"霉雨"作"梅雨"。
⑥ 诗文集版,"化做"作"化作"。
⑦ 《今日评论》版,";"作":";自选集版,作","。
⑧ 自选集版,"吃馆子"作"选衣料"。
⑨ 《今日评论》版,"懂"作"有"。
⑩ 《今日评论》版,","作"。"。
⑪ 诗文集版,"卷伏"作"蜷伏";自选集版,作"捲伏"。

而溽暑是这么快地逝去了,①那喷着浓烟和密雨的季候,②
而我已经渐渐老了,你可以看见我整日整夜地围着炉火,
梦寐似地喃喃着,像孤立在浪潮里的一块石头,
当我想着回忆将是一片空白③,对着炉火,感不到一点温热。

(三)新鲜的空气透进来了,他会健康起来吗④

在昆明⑤湖畔我闲踱⑥着,昆明湖的水色澄碧而温暖,
莺燕在激动地歌唱,一片新绿从大地的旧根里熊熊地⑦燃烧,
播种的季节⑧——观念的突进⑨——然而我们的爱情是太古
　老了,
一次颓废列车,沿着细碎之死的温柔,无限生之尝试的苦恼。

我长大在古诗词的山水里,我们的太阳也是太古老了,
没有气流的激变,没有山海的倒转,人在单调疲倦中死去。
突进!因为我看见⑩一片新绿从大地的旧根里熊熊地⑪燃烧,
我要赶到车站⑫搭一九四〇⑬年的车⑭开向最炽热的熔炉里。

---

① 《今日评论》版,","作":"。
② 诗文集版,","作";"。
③ 自选集版,"当我想着回忆将是"作"当回忆是"。
④ 《今日评论》版,本小节标题作"(三)变成一条小踱,他将要浮海而去了"。按:"小踱"不词,可订正为"小路"。
⑤ 自选集版,"昆明"作"明媚的"。
⑥ 《今日评论》版,"闲踱"作"闲蛹"。
⑦ 诗文集版,缺"地"。
⑧ 《今日评论》版,作"季节"作"季候,"。
⑨ 《今日评论》版,多","。
⑩ 《今日评论》版,多"了"。
⑪ 诗文集版,缺"地"。
⑫ 《今日评论》版,多","。
⑬ 自选集版,"0"作"零"。
⑭ 《今日评论》版,多","。

虽然我还①没有为饥寒,残酷,绝望,鞭打出过信仰②来,
没有热烈地喊过同志,没有流过同情泪,没有闻过血腥,
然而我有过多③的无法表现的情感,一颗充满着熔岩的心
期待深沉明晰的固定。一颗冬日的种子期待着新生。

一九四○,三月。④

(初刊于《今日评论》第 3 卷第 14 期,1940 年 4 月 7 日,署名良铮,后收入《探险队》《穆旦自选诗集》《穆旦诗文集》。现录《探险队》版。)

---

① 《今日评论》版,"还"作"并"。
② 《今日评论》版,"信仰"作"野性"。
③ 《今日评论》版,缺"多"。
④ 《今日评论》版,署为"一九三九——一九四○年"。

漫 漫 长 夜

我是一个老人。我默默然①守着
这迷漫一切的,昏乱的黑夜。

我醒了又睡着,睡着又醒了,
然而总是同一的,黑暗的浪潮,
从远远的古京流过了无数小岛,
同一的陆沉的声音碎落在
我的耳岸:无数人活着,死了。

那些淫荡的游梦人,庄严的
幽灵,拖着僵尸在街上走的,
伏在女人耳边诉说着热情的
怀疑分子,冷血的悲观论者,
和臭虫似的,在饭店,商行,
剧院,汽车间爬行的吸血动物,
这些我都看见了不能忍受。
我是一个老人,失却了气力了,
只有躺在床上,静静等候。
然而总传来阵阵狞恶的笑声,
从漆黑的阳光下,高楼窗
灯罩的洞穴下,和"新中国"的
沙发,爵士乐,英语会话,最时兴的

---

① 诗文集版,"然"作"地"。

葬礼。——是这样蜂涌①的一群,
笑脸碰着笑脸,狡狯骗过狡狯,
这些鬼魂阿谀着,阴谋着投生,
在墙根下,我可以听见那未来的
大使夫人,简任秘书,专家,厂主,
已得到了②热烈的喝采③和掌声。
呵,这些我都听见了不能忍受。

但是我的孩子们战争去了,
(我的可爱的孩子们茹着苦辛,
他们去杀死那吃人的海盗。)

我默默然④躺在床上。黑夜
摇我的心使我不能入梦,
因为在一些可怕的幻影里,
我总念着我孩子们未来的命运。
我想着又想着,荒芜的精力
折磨我,黑暗的浪潮拍打我,
蚀去了我的欢乐,什么时候
我再可以⑤寻找回来?什么时候
我可以搬开那块沉沉的碑石,
孤立在墓草沿上⑥的
死的诅咒和生的朦胧?

---

① 诗文集版,"蜂涌"作"蜂拥"。
② 诗文集版,缺"了"。
③ 诗文集版,"喝采"作"喝彩"。
④ 诗文集版,"然"作"地"。
⑤ 诗文集版,缺"以"。
⑥ 诗文集版,"沿上"作"边上"。

在那底下隐藏着许多老人的青春。

但是我的健壮的孩子们战争去了,
(他们去杀死那比一切更恶毒的海盗,)
为了想念和期待,我咽进这黑夜里
不断的血丝……

(初刊于香港版《大公报·文艺》第887期,1940年7月22日,后收入《穆旦诗文集》。现录《大公报》版,并据发表时间编入。按:诗文集版将写作时间署为"1940年4月",不知何据。)

在旷野上

我从我心的旷野里呼喊,
为了我窥见的美丽的真理,
而不幸,彷徨的日子将不再有了,
当我缢死了我的错误的童年,
(那些深情的执拗和偏见!)
我们的世界是在遗忘里旋转,
每日每夜,它有金色和银色的光亮,
所有的①人们生活而且幸福②
快乐又繁茂,在各样的罪恶上,
积久的美德只是为了年幼人③
那最寂寞的野兽一生的哭泣,
从古到今,他在④遗害着他的子孙们⑤。

在旷野上,我独自回忆和梦想:⑥
在自由的天空⑦中纯净的电子
盛着小小的宇宙,闪着光亮,
穿射一切和别的电子的化合,
当隐隐的春雷停伫在天边。

---

① 《大公报》版,缺"的"。
② 《大公报》版,多","。
③ 《大公报》版,多","。
④ 《大公报》版,"他在"作"他们"。
⑤ 《大公报》版:"他的子孙们"作"他们的子孙"。
⑥ 《大公报》版,":"作","。
⑦ 《大公报》版,"天空"作"太空"。

在旷野上,我是驾着铠车骋驰①,
我的金轮在不断②的旋风里急转,
我让碾碎的黄叶片片飞扬,
(回过头来,多少绿色的呻吟和仇怨!)
我只鞭击着快马,为了骄傲于
我所带来的胜利的冬天。

在旷野上,无边的肃杀里,
谁知道暖风和花草飘向何方,
残酷的春天使它们伸展又伸展,
用了碧洁的泉水和崇高的阳光,
挽来绝望的彩色和无助的夭亡。

然而我的沉重,③幽暗的岩层,
我久已深埋的光热④的源泉,
却不断地迸裂,翻转⑤,燃烧,
当旷野上掠过了诱惑的歌声,⑥
O,仁慈的死神呵,给我宁静。⑦

一九四〇,八月。⑧

(初刊于香港版《大公报·文艺》第945期,1940年10月12日,后收入《探险队》《穆旦诗文集》。现录《探险队》版。)

---

① 诗文集版,"骋驰"作"驰骋"。
② 《大公报》版,"不断"作"暴烈"。
③ 诗文集版,","作"、"。
④ 《大公报》版,"光热"作"光和热"。
⑤ 《大公报》版,"迸裂,翻转"作"翻转,爆发"。
⑥ 《大公报》版,","作"。"。
⑦ 《大公报》版,缺本行。
⑧ 《大公报》版,署为"一九四〇,九月,×塘镇。"

不幸的人们

我常常想念着①不幸的人们，
如同暗室的囚徒窥伺着光明，
自从命运和神祇失②去了主宰，③
我们更痛地抚摸着我们的伤痕，④
在遥远⑤的古代里有野蛮⑥的战争，
有春闺的怨女和自溺的诗人，⑦
是谁的安排荒诞到让我们讽笑，
笑过了千年，千年中更大的不幸。

诞生以后我们就学习着忏悔，⑧

---

① 诗文集版，缺"着"。
② 《穆旦诗集》版，缺"失"。
③ 《柳州日报》版，缺"，"。
④ 《大公报》版、《柳州日报》版，"，"作"；"。
⑤ 《穆旦诗集》版、自选集版，"遥远"作"遗忘"。
⑥ 《穆旦诗集》版、自选集版，"野蛮"作"血肉"。
⑦ 《穆旦诗集》版、自选集版，本行均作"是非和成败到今天还没有断定，"；《大公报》版，"自溺的诗人"作"×血的诗行"。按：此处疑为"呕血"，但字迹漫衍，难以确断。
⑧ 《大公报》版，从本行开始直到第3节第4行，即"一定的，我们会在那里得到憎恨"一行，几乎完全不同：
　　古代的信仰懈散在黑暗里，
　　我想念着不息的虔敬的人们，
　　我们看见了火，他们热狂地奔跑，
　　永远摸索着更多的苦幸和生活，
　　于是我听见了践踏，互击，和呻吟，
　　多少踯躅在黄昏的街头的正是他们，
　　在茶座上呆痴着无数阴郁的脸，
　　在酒楼里多少疯狂的苦笑和嘶声。

　　没有什么希望我们能够分享，
　　为了慰藉，人们必须远远地分离：
　　在憎恨的人群里，我常得到温暖，
　　而我所爱的却给了我伤痕。

我们也曾哭泣过为了自己的侵凌,①
这样多的是彼此的过失,②
仿佛人类就是愚蠢加上愚蠢——
是谁的分派③?一年又一年,
我们共同的天国④忍受着割分,
所有的智慧不能够收束⑤起,
最好的愿心⑥已⑦在倾圮下无声。

像一只逃奔的小鸟⑧,我们的生活
孤单⑨着,永远在恐惧下进行,
如果这里集腋起一点温暖⑩,
一定的,我们会在那里得到憎恨,⑪
然而在漫长的梦魇惊破的地方,
一切的不幸汇合,像汹涌的海浪,
我们的大陆将被残酷来冲洗,
洗去人间多年的山恋的图案——⑫

---

① 《穆旦诗集》版,本行作"我们又固执得像无数的真理和牺牲,";自选集版,作"我们又固执得像无数的'真理'和牺牲,"。
② 《柳州日报》版,缺","。
③ 《柳州日报》版,"分派"作"安排"。
④ 《柳州日报》版,"共同的天国"作"未来的乐园"。
⑤ 《柳州日报》版,"收束"作"收拾"。
⑥ 诗文集版,"愿心"作"心愿"。
⑦ 《柳州日报》版,"已"作"是"。
⑧ 《柳州日报》版,"鸟"作"鸟儿"。
⑨ 《柳州日报》版,"孤单"作"掩遮"。
⑩ 《柳州日报》版,"集腋起一点温暖"作"有一声疲弱的呼喊";《穆旦诗集》版、自选集版,"温暖"作"爱情"。
⑪ 《柳州日报》版,"我们会在那里得到憎恨,"作"那里就会得到刚强的憎恨;"。
⑫ 《柳州日报》版,"——"作"。"。

是那里①凝固着我们的血泪和阴影。
而海,这解救我们的猖狂的母亲,
永远地溶解,永远地②向我们呼啸,
呼啸着山峦间隔离的儿女们,③
无论在黄昏④的路上,或从碎裂⑤的心里,⑥
我都听见了她的不可抗拒的声音,
低沉的,摇动在睡眠和睡眠之间,
当我想念着所有不幸的人们。

一九四〇,九月。⑦

(初刊于香版港《大公报·文艺》第 948 期,1940 年 10 月 16 日;后刊于《柳州日报·布谷》第 6 期,1942 年 3 月 15 日;后收入《探险队》《穆旦诗集》《穆旦自选诗集》《穆旦诗文集》。现录《探险队》版。)

---

① 《穆旦诗集》版、自选集版,缺"里"。
② 《柳州日报》版,缺"地"。
③ 《柳州日报》版,","作";"。
④ 《大公报》版,"黄昏"作"灰色";《柳州日报》版,作"炭色"。
⑤ 《大公报》版,"碎裂"作"痛裂"。
⑥ 《大公报》版,缺","。
⑦ 《大公报》版,署为"一九四0,九月,×塘镇。"

出　发
——三千里步行之一

澄碧的沅江滔滔地注进了祖国的心脏，
丛密①的桐树，马尾松，丰美②的丘陵地带，
欢呼着又沉默着，奔跑在江水的③两旁。

千里迢遥，春风吹拂，流过了一个城脚，
在桃李纷飞的城外，它摄了一个影：
黄昏，——寒冷，——④一群站在海岛上的鲁滨孙⑤
失去了一切，又把茫然的眼睛望着远方，

凶险的海浪澎湃，映红着往日的灰烬。
（噢⑥！如果有 Guitar，悄悄弹出我们的感情！）
一扬手，就这样走了，我们是年青的一群。

而江水滔滔流去了，割进幽暗的夜，
一条抖动的银练⑦振鸣着大地的欢欣。

---

① 诗文集版，"丛密"作"浓密"。
② 诗文集版，"丰美"作"丰富"。
③ 诗文集版，缺"的"。
④ 诗文集版，"黄昏，——寒冷，——"作"黄昏，幽暗寒冷，"。
⑤ 诗文集版，"鲁滨孙"作"鲁滨逊"。
⑥ 诗文集版，"噢"作"哟"。
⑦ 诗文集版，"银练"作"银链"。

在清水潭,我看见一个老船夫撑过了急滩①,笑……②
在军山铺,孩子们坐在阴暗的高门槛上
晒着太阳,从来不想起他们的命运……
在太子庙,枯瘦的黄牛翻起泥土和粪香,
背上飞过双蝴蝶躲进了开花的菜田……
在石门桥,在桃源,在郑家驿,在毛家溪……
我们宿营地里住着广大的中国的人民,
在一个节目里,他们流汗,挣扎③,繁殖!

我们有不同的梦,薄雾④似地覆在沅江上,
而每日每夜,沅江是一条明亮的道路,
不尽的滔滔的感情,伸在土地里扎根!
噢⑤,痛苦的黎明!让我们起来,让我们走过
丛密⑥的桐树,马尾松,丰美⑦的丘陵地带,
欢呼着又沉默着,奔跑在江水的两旁。

(初刊于重庆版《大公报·战线》第664期,1940年10月21日,后收入《穆旦诗文集》。现录《大公报》版,并据发表时间编入。按:本诗和下一首同以1938年从长沙到昆明的步行迁徙经历为描写对象,发表时均未署写作时间,从穆旦1940年诗歌的发表情况来看,此前各版《大公报》已刊登了他的数首诗歌,这表明他已有一定的发表渠道,据此推断,这两首诗歌的写作时间多半已是1940年中段。)

---

① 诗文集版,"急滩"作"急流"。
② 诗文集版,此一行归入上一节。
③ 诗文集版,"流汗,挣扎"作"流着汗挣扎"。
④ 诗文集版,"薄雾"作"浓雾"。
⑤ 诗文集版,"噢"作"哟"。
⑥ 诗文集版,"丛密"作"浓密"。
⑦ 诗文集版,"丰美"作"丰富"。

原野上走路
——三千里步行之二

我们终于离开了渔网似的城市,
那以窒息的,干燥的,①空虚的格子
不断地捞我们到绝望去的城市呵!

而今天,这片自由阔大的原野
从茫茫的天边把我们拥抱了,
我们简直可以在浓郁的绿海上浮游。

我们泳进了蓝色的海,橙黄的海,棕赤的海……
欧②! 我们看见透明的大海拥抱着中国,
一面玻璃圆镜对着鲜艳的水果;
一个半弧形的甘美的皮层③上憩息着村庄,
转动在阳光里,转动在一队蚂蚁的脚下,
到处他们走着,倾听着春天激动的歌唱!
听! 他们的血液在和原野的心胸交谈,
(这从未有过的清新的声音说些什么呢?)
欧④! 我们说不出是为什么(我们这样年青)
在我们的血里流泻着不尽的欢畅。⑤
我们起伏在波动又波动的油绿的田野,

---

① 诗文集版,两处","均作"、"。
② 诗文集版,行首空一格。
③ 诗文集版,"皮层"作"皮肤"。
④ 诗文集版,行首空一格。
⑤ 诗文集版,本行后空一行。

一条柔软的红色带子投进了另外一条
系着另外一片祖国土地的宽长道路，
圈圈风景把我们缓缓地簸进又簸出，
而我们总是以同一的进行的节奏，
把脚掌拍打着松软赤红的泥土。

我们走在热爱的祖先走过的道路上，
多少年来都是一样的无际的原野，
（噢！蓝色的海，橙黄的海，棕赤的海……）
多少年来都澎湃着丰盛牧获①的原野呵，
如今是你，展开了同样的诱惑的图案
等待着我们的野力来翻滚。所以我们走着，②
我们怎能抗拒呢？噢！我们不能抗拒
那曾在无数代祖先心中燃烧着的希望。

这不可测知的希望是多么固执而悠久，
中国的道路又是多么自由和辽远呵……

（初刊于重庆版《大公报·战线》第 666 期，1940 年 10 月 25 日，后收入《穆旦诗文集》。现录《大公报》版。）

---

① 诗文集版，"牧获"作"收获"。按："牧获"不词，可订正为"收获"。
② 诗文集版，缺","。

五 月

五月里来菜花香①
布谷流连催人忙
万物滋长天明媚
浪子远游思家乡

勃朗宁,毛瑟,三号手提式,
或是爆进人肉去的左轮,
它们能给我绝望后的快乐,
对着漆黑的枪口,你们②会看见
从历史的扭转的弹道里,
我是得到了二次的诞生。
无尽的阴谋;生产的痛楚是你们的,
是你们教了我鲁迅的杂文。

负心儿郎多情女
荷花池旁订誓盟
而今独自倚栏想
落花飞絮满天空

而五月的黄昏是那样的朦胧③!
在火炬的行列叫喊过去以后,
谁也不会看见的

---

① 《贵州日报》版,各处旧诗段落行首均只空一格,《穆旦诗集》版则均空三格。
② 《穆旦诗集》版、自选集版、诗文集版,"你们"作"你就"。
③ 《穆旦诗集》版,"朦胧"作"朦朦"。

被恭维的街道就把他们倾出，
在报上登过救济民生的谈话后，
谁也不会看见的
愚蠢的人们就扑进泥沼①里，
而谋害者②，凯歌着③五月的自由，
紧握一切无形电力的总枢纽。

春花秋月何时了
郊外墓草又一新
昔日前来痛哭者
已随轻风化灰尘

还有五月的黄昏轻网着银丝，
诱惑，溶化，捉捕多年的记忆，
挂在柳梢头，一串光明的联想……
浮在空气的小溪里，把热情拉长……
于是吹出些泡沫，我沉到底，
安心守住了你们古老的监狱，
一个封建社会浅搁④资本主义的历史里。

一叶扁舟碧江上
晚霞炊烟不分明
良辰美景共饮酒
你一杯来我一盅

---

① 《贵州日报》版，"泥沼"作"泥"。
② 《贵州日报》版，"谋害者"作"谋害着"。
③ 《贵州日报》版，多"，"。
④ 诗文集版，"浅搁"作"搁浅在"。

而我是来飨宴五月的晚餐,
在炮火映出的影子里①
有我交换着敌视,大声谈笑,
我要在你们之上,做一个主人,
直到提审的钟声敲过了十二点。
因为你们知道的,在我的怀里
藏着一个黑色小东西,
流氓,骗子,匪棍,我们一起,
在混乱的街上走——

  他们梦见铁拐李
  丑陋乞丐是仙人
  游遍天下厌尘世
  一飞飞上九层云

一九四〇,十一月。

(初刊于《贵州日报·革命军诗刊》第3期,1941年7月21日,后收入《探险队》《穆旦诗集》《穆旦自选诗集》《穆旦诗文集》。现录《探险队》版。)

---

① 《贵州日报》版、《穆旦诗集》版、自选集版、诗文集版,多","。

我

从子宫割裂,失去了温暖,
是残缺①的部分渴望着救援,
永远是自己,锁在荒野里,②

从静止的梦离开了群体,
痛感到时流,没有什么抓住,
不断的回忆带不回自己,③

遇见部分时在一起哭喊,
是初恋的狂喜,想冲出樊篱,
伸出双手来抱住了自己④

幻化的形象,是更深的绝望,
永远是自己,锁在荒野里,
仇恨着母亲给分出了梦境。

一九四〇,十一月。

(初刊于重庆版《大公报·战线》第767期,1941年5月16日,后收入《探险队》《穆旦诗集》《穆旦自选诗集》《穆旦诗文集》。现录《探险队》版。)

---

① 《大公报》版,"残缺"作"迷失"。
② 《大公报》版,","作"。"。
③ 《大公报》版,","作"。"。
④ 《大公报》版,多"。"。

还原作用

污泥①里的猪梦见生了翅膀,
从天降生的渴望着飞扬,
当他醒来时悲痛②地呼喊③。

胸里④燃烧了⑤却不能起床,
跳蚤,耗子,在他的身上黏⑥着:⑦
你爱我吗?我爱你,他说。

八小时工作,⑧挖成⑨一颗⑩空壳,⑪
荡⑫在尘网里,⑬害怕把丝弄断,
蜘蛛嗅过了,知道没有用处。

他的安慰是求学时的朋友,

---

① 桂林《大公报》版,"污泥"作"泥沼"。
② 致董信版,"悲痛"作"悲疼"。
③ 致孙信版,"呼喊"作"哭喊"。
④ 重庆《大公报》版、致孙信版,"胸里"作"心里";致郭信版,作"心中"。
⑤ 致郭信版,"了"作"着"。
⑥ 重庆《大公报》版、致董信版、致郭信版、诗文集版,"黏"作"粘"。
⑦ 重庆《大公报》版,缺":"作","。
⑧ 桂林《大公报》版、重庆《大公报》版、《现代诗钞》版,","作"。"。
⑨ 重庆《大公报》版,"挖成"作"回来"。
⑩ 致孙信版,"一颗"作"一只"。
⑪ 重庆《大公报》版,缺","。
⑫ 桂林《大公报》版,"荡"作"浮"。
⑬ 致孙信版,缺","。

三月的花园怎么样①盛里②,③
通信联④起了一大片荒原。⑤

那里⑥看出了变形的枉然,
开始学习着在地上走步⑦,
一切是无边的,无边的迟缓。

一九四〇,十一月。

（初刊于桂林版《大公报·文艺》第1期,1941年3月16日;后刊于重庆版《大公报·战线》第766号,1941年5年15日;后收入《探险队》《穆旦诗集》《现代诗钞》《穆旦自选诗集》《穆旦诗文集》;载入1975年9月19日致郭保卫的信、1975年10月9日致刘承祺、孙志鸣的信[此信归入"致孙志鸣"名下,故称"致孙信版"]⑧、1976年4月29日致董言声的信[信件均见《穆旦诗文集（2）》]。现录《探险队》版。）

---

① 重庆《大公报》版,"怎么样"作"怎末样"。
② 除《探险队》版外,各版"盛里"均作"盛开"。按:"盛里"不词,可订正为"盛开"。
③ 重庆《大公报》版,缺",";致孙信版,","作"?"。
④ 诗文集版,"联"作"连"。
⑤ 桂林《大公报》版,"。"作"——"。
⑥ 《现代诗钞》版、致董信版,"那里"作"渐渐";致孙信版,作"于是"。
⑦ 致孙信版,"走步"作"走路"。
⑧ 《蛇的诱惑》所录穆旦致孙志鸣的信,与诗文集版略有文字出入,当是誊录之误,此处不另说明。

1941 年

智慧的①来临

成熟②的葵花朝着阳光移转,
太阳走去③时他还有感情,
在被遗留的地方忽然是黑夜,

对着永恒的像片④和来信,
破产者回忆到可爱的债主,
刹那的欢乐是他一生的偿付,

然而渐渐看到了⑤运行的星体,
向自己微笑,为了旅行的兴趣,⑥
和他们⑦——握手⑧自己是主人,

---

① 手稿版,"的"作"底"。
② 《大公报》版、手稿版,"成熟"作"盛开"。
③ 《大公报》版,"太阳走去"作"星体流去"。
④ 自选集版、诗文集版,"像片"作"相片"。
⑤ 手稿版,"看到了"作"看见"。
⑥ 手稿版,本行作"孤独的在各自的轨道上,"。
⑦ 《大公报》版,"他们"作"它们"。
⑧ 《大公报》版,多","。

从此便残酷地望着前面，①
送人上车，掉回头来背弃了
动人的忠诚，不断分裂的个体②

稍一沉思会③听见失去的生命，
薄④在时间的激流里，向他呼救。

一九四一，一月⑤

（初刊于香港版《大公报·文艺》第1051期，1941年3月15日；后刊于桂林版《大公报·文艺》第1期，1941年3月16日；两版《大公报》所载该诗仅相隔一天，版式和内容基本相同，统称《大公报》版。1944年1月30日，曾抄赠给友人杨苡，见《穆旦诗文集（1）》书前插页，此称手稿版；后收入《探险队》《穆旦诗集》《穆旦自选诗集》《穆旦诗文集》。现录《探险队》版。

---

① 手稿版仅4节12行，各节均是3行，前3节与现行版本相同，其第4节的3行作：
　　　　于是便残酷地从他们走过，
　　　　稍一沉思会听见过去的生命，
　　　　在时间的激流里，向他呼救。
② 《大公报》，多"，"。
③ 《穆旦诗集》、自选集版，缺"会"。
④ 诗文集版，"薄"作"落"。按："薄"字用在此处，似不通。
⑤ 此诗各版所署时间不同，《大公报》版署为"一九四一年二月"，自选集版、诗文集版署为"一九四零，十一月"。

潮 汐①

(一)

当庄严的神殿充满了贵宾,
朝拜的山路成了天启②的教条,
我们知道万有只是干燥的泥土,
虽然,③塑在宝座里,他的容貌

仍旧闪着伟业的,降服的光芒,
已在谋害里贪生。④ 而那些有罪的
以无数错误铸成历史的男女,
那些匍匐着献出了神力的,⑤

他们终于哭泣了,自动离去了
放逐在正统的,传世的诅咒中,
有的以为是致命的,死在殿里,
有的则跋涉着漫长的路程,

看见到处的繁华原来是地狱⑥,
不能够挣脱,爱情将变做仇恨,
是在自己的废墟上,以卑贱的泥土,
他们匍匐着竖起了异教的神。

---

① 《贵州日报》版,有副题"——给运燮——"。
② 《青年文艺》版,"天启"作"天降"。
③ 《贵州日报》版,缺","。
④ 《贵州日报》版,"。"作";"。
⑤ 诗文集版,缺","。
⑥ 《青年文艺》版,"地狱"作"罪恶"。

（二）

这时候在中原上，唪经的人
在无可①挽留中送走了贵宾，②
表现了正直。而对于那些有罪的，③
从经典里④引出来无穷的憎恨；⑤

回忆起卖身后得到的恩惠，⑥
他叹息⑦，要为自杀的尸首招魂：
宇宙间是充满了太多的血泪，
你们该忏悔，存在一颗宽恕的心。

而愚昧不断地在迫害里伸展⑧，
密集的暗云下不使人放心，
唪经人做了⑨法事，回到鼠穴⑩里，
庄严的神殿原不过一种猜想，

而雷终于说话了，自杀的尸首
虽然他们也歌唱而且欢欣，
却无奈地随着贵宾和唪经者，

---

① 《青年文艺》版，"无可"作"无法"。
② 《穆旦诗集》版，本行作"像思想和行为一样的离开了贵宾，"；自选集版作"像思想和行为一样地离开了贵宾"。
③ 《贵州日报》版，缺"，"。
④ 《贵州日报》版、《穆旦诗集》版，缺"里"。
⑤ 《贵州日报》版、《穆旦诗集》版、自选集版，"；"作"，"。
⑥ 《穆旦诗集》版、自选集版，本行作"重新看见人的力量的伟大，"。
⑦ 《青年文艺》版、《穆旦诗集》版、自选集版，"叹息"作"战栗"。
⑧ 《贵州日报》版，"伸展"作"生长"。
⑨ 《贵州日报》版，"做了"作"做完"。
⑩ 《穆旦诗集》版、自选集版，"鼠穴"作"孤独"。

是①在一个星球上,向着西方移行。

一九四一,一月。

(初刊于《贵州日报·革命军诗刊》第 6 期,1941 年 11 月 27 日;后刊于《青年文艺》新第 1 卷第 3 期,1944 年 10 月;后收入《探险队》《穆旦诗集》《穆旦自选诗集》《穆旦诗文集》。现录《探险队》版。)

---

① 《穆旦诗集》版,缺"是"。

在寒冷的腊月的夜里

在寒冷的腊月的夜里,风扫着北方的平原,
北方的田野是枯干①的,大麦和谷子已经推进了村庄,
岁月尽竭了,牲口憩息了,村外的小河冻结了,
在古老的路上,在田野的纵横里②闪着一盏灯光,
　一③副④厚重的,多纹的脸,
　　他想什么?他做什么?
　在这亲切的,为吱哑的轮子压死的路上。

风向东吹,风向南吹,风在低矮的小街上旋转,
木格的窗纸堆⑤着沙土,我们在泥草⑥的屋顶下安眠,
谁家的儿郎吓哭了,哇——呜——呜⑦——从屋顶传过屋顶,⑧
他就要长大了⑨渐渐和我们一样地⑩躺下,一样地打鼾,
　从⑪屋顶传过屋顶风,⑫
　这样大⑬岁月这样悠久,
　我们不能够听见,我们不能够听见。

----

① 《贵阳日报》版,"枯干"作"干枯"。
② 《贵阳日报》版,"在田野的纵横里"作"在浓黑的田野里"。
③ 《贵阳日报》版,本行及下两行(共三行),均前移一格。
④ 《贵阳日报》版,"一副"作"一付"。
⑤ 《贵阳日报》版,"堆"作"挡"。
⑥ 《贵州日报》版,"泥草"作"多草"。
⑦ 《大公报》版,"呜"作"哇";《贵州日报》版,"哇—呜—呜"作"呜—呜—哇"。
⑧ 《大公报》版,缺","。
⑨ 《大公报》版,多","。
⑩ 《贵州日报》版,缺"地"。
⑪ 《贵阳日报》版,本行及下两行(共三行),均前移一格。
⑫ 《大公报》版、《贵州日报》版、《穆旦诗集》版、自选集版、诗文集版,"风,"作",风"。
⑬ 《贵州日报》版,多","。

火熄了么？在蓬盖着。① 红的炭火拨灭了么？一个声音说，②
我们的祖先也已③睡了，睡在离我们不远的地方，
所有的故事已经讲完了，只剩下了灰烬的遗留，④
在我们没有安慰⑤的梦里，在他们走来又走去⑥以后，
　　在⑦门口，那些用旧了的镰刀，
锄头，牛轭⑧，石磨⑨，大车，
静静地，正承接着雪花的飘落。

一九四一，二月。

（初刊于香港版《大公报·文艺》第1036期，1941年2月22日；后刊于《贵州日报·革命军诗刊》第2期，1941年6月9日；后收入《探险队》《穆旦诗集》《穆旦自选诗集》《穆旦诗文集》。现录《探险队》版。）

---

① 《穆旦诗集》版、自选集版、诗文集版，缺"在蓬盖着。"。
② 《大公报》版，本行作"'去呀，去呀，去到海上的国度！'一个声音这样喊，"；《贵州日报》版，作"'去呀，去呀，去到海上的国度！'一个声音这样叫喊，"。
③ 《贵州日报》版，"也已"作"已经"；《穆旦诗集》版、自选集版、诗文集版，作"是已经"。
④ 《大公报》版、《贵州日报》版，本行作"他们有时候和我们一起，当云絮低压着枯桠的树枝，"。
⑤ 《贵州日报》版，"安慰"作"慰安"。
⑥ 《大公报》版、《贵州日报》版，"走来又走去"作"走去又走来"。
⑦ 《贵阳日报》版，本行及下两行(共三行)，均前移一格。
⑧ 《大公报》版，"牛轭"作"牛桠"。
⑨ 《贵州日报》版，"牛轭，石磨"作"石磨，牛轭"。

夜晚的告别

她说再见,一笑带上了门,
她是活泼,美丽,而且多情的,
在门外我听见了一个声音,
风在怒号,海上的舟子嘶声地①喊:
什么是你认为真的,美的,善的?
什么是你的理想的探求?
一付②毒剂。我们失去了安乐。

风粗暴地吹打,海上这样凶险,
我听不见她的细弱③的抗议④了,
风粗暴地吹打,当我
在冷清的街道一上一下,
多少亲切的,可爱的,微笑的,
是这样的面孔让她向我说,
你是冷酷的。你是不是冷酷的?

我是太爱,太爱那些面孔了,
他们谄媚我,耳语我,讽笑我,
鬼脸,阴谋,和纸糊的假人,
使我的一拳落空,使我想起

---

① 《穆旦诗集》版,"地"作"的"。
② 诗文集版,"一付"作"一副"。
③ 自选集版,"细弱"作"温柔"。
④ 《穆旦诗集》版、自选集版、诗文集版,"抗议"作"呼求"。

老年人将怎样地①枉然地②太息。
因为青春是短促的。当她说,
你是冷酷的。你是不是冷酷的?

一个活泼,美丽,多情的女郎,
她愿意知道③海上的风光,
那些坦白后的激动和心跳,
热情的眼泪,互相④,温暖……
谁知道,在可爱的⑤面孔中,
也许将多了她的动人的脸!⑥
我不奇异。这样的世界没有边沿。

在冷清的⑦街道上,我独自
走回多少次了:多情的思索
是不好的,它要给我以伤害,
当我有了累赘的良心。
嘶声的舟子驾驶着船,
他不能倾覆和人去谈天,
在海底,一切是那样的安闲!

一九四一,三月。

(收入《探险队》《穆旦诗集》《穆旦自选诗集》《穆旦诗文集》。现录《探险队》版。)

---

① 《穆旦诗集》版、自选集版、诗文集版,缺"地"。
② 《穆旦诗集》版、诗文集版,"地"作"的"。
③ 自选集版,"知道"作"幻想"。
④ 《穆旦诗集》版、自选集版、诗文集版,"互相"作"互助"。
⑤ 《穆旦诗集》版、自选集版、诗文集版,"可爱的"作"海潮似的"。
⑥ 《穆旦诗集》版、诗文集版,"!"作"——"。
⑦ 《穆旦诗集》版、诗文集版,缺"的"。

鼠 穴

我们的父亲,祖父,曾祖,
多少古人藉他们还魂,
多少个骷髅露齿冷笑,
当他们探进丰润的面孔,
计议,诋毁,或者祝福,

虽然现在他们是死了,
虽然他们从没有活过,
却已留下了不死的记忆,
当我们乞求自己的生活,
在形成我们的一把灰尘里,

我们是沉默,沉默,又沉默,
在祭祖的发霉的顶楼里,
用嗅觉摸索一定的途径,
有一点异味我们逃跑,
我们的话声说在背后,

有谁敢叫出更大的乞求?①
向着死人。我们要放逐
这个恩给我们的仇敌,
一切的繁华是我们做出,

---

① 《穆旦诗集》版、诗文集版,本行及下行作(按:自选集版同此,但第二行行末",''作"——"):
  有谁敢叫出不同的声音?
  不甘于恐惧,他终要被放逐,

我们被称为社会的砥柱,

因为,你知道,我们是
不败的英雄,有一条软骨,
我们也知道①什么是对错,②
虽然我们是在啃啮,啃啮
所有的新芽和旧果。

一九四一,三月。

(收入《探险队》《穆旦诗集》《穆旦自选诗集》《穆旦诗文集》。现录《探险队》版。)

---

① 《穆旦诗集》版、诗文集版,"知道"作"听过"。
② 自选集版,本行作"我们也愿意我们不敢愿意的,"。

我向自己说

我不再祈求那不可能的了,上帝,
当可能还在不可能的时候,
生命的变质①,爱的缺陷,纯洁的冷却②
这些我都承继下来了,我所祈求的

因为越来越显出了你的威力,
从学校一步③就跨进你的教堂里,④
是在这里过去变成了罪恶⑤,
而我匍匐着,在命定的绵羊的地位,

不不,虽然我已⑥渐渐被你收回⑦了,
虽然我已知道了学校的残酷⑧
在无数的绝望以后,别让我
把那些课程在你的坛下忏悔,

虽然不断的暗笑在周身传开,⑨
而恩赐我的人绝望地叹息,

---

① 《大公报》版、《贵州日报》版,"变质"作"遗忘"。
② 《大公报》版、《贵州日报》版、《穆旦诗集》版,多","。
③ 《大公报》版、《贵州日报》版,多","。
④ 《贵州日报》版,缺","。
⑤ 《贵州日报》版,"过去变成了罪恶"作"我承认了你的光辉"。
⑥ 《大公报》版、《贵州日报》版,缺"已"。
⑦ 《穆旦诗集》版,"收回"作"摧毁"。按:自选集版有注释:本行"修改前为:'不不,虽然我已经渐被你摧毁了。'"但从目前所发现的版本来看,尚没有一个完全与此相同的,疑为抄写错误。
⑧ 《贵州日报》版,多","。
⑨ 《贵州日报》版,缺","。

不不,当①可能还在不可能的时候,
我仅存的血正②毒恶地澎湃。

一九四一,三月。

(初刊于香港版《大公报·文艺》第 1073 期,1941 年 4 月 14 日;后刊于《贵州日报·革命军诗刊》第 5 期,1941 年 10 月 6 日;后收入《探险队》《穆旦诗集》《穆旦自选诗集》《穆旦诗文集》。现录《探险队》版。)

---

① 《贵州日报》版,"当"作"尚"。按:"尚"用在此处不通,应是排印之误。
② 《穆旦诗集》版,多"在"。

中国在哪里

（一）

有新的声音要从心里迸出，
(他们说是春天的到来①)
住在城市的人张开口,厌倦了，
他们去到天外的峰顶上觉得自由，
路上有孤独的苦力,零零落落，
下着不稳的脚步,在田野里，
粗黑的人忘记了城里的繁华,扬起
久已被扬起的泥土②，

在河边,他们还是蹬着干燥的石子，
俯着身,当船只逆行着急水，
唉唷,——唉唷,——唉唷,——
多思的人替他们想到了在西北，
在一望无际的风沙之下，
正有一队骆驼"艰苦地"前进，

而他们是俯视着了，
静静的③,千古淘去了屹立的人，
不动的田垅却如不动的山岭，
在历史上,也就是在报纸上，
那里记载的是自己代代的父亲，

---

① 桂林《大公报》版,多","。
② 诗文集版,"泥土"作"尘土"。
③ 诗文集版,缺"的"。

地主,商人,各式的老爷,
没有他们儿子那样的聪明,
他们是较为粗鲁的,
他们仔细地,短指头数着钱票,
把年轻的女人搂紧,哈哈地笑,

躺下他们睡了,也不会想到
(每一代也许迟睡了三分钟①,
因而他们的儿子渐渐学知了
自己的悲观的,复杂的命运。

(二)

那里②是母亲的痛苦?那里
母亲的悲哀?——春天?
在受孕的时期,
看进没有痛苦的悲哀,那沉默,③

虽然孩子的队伍站在清晨的广场,
有节拍地④歌唱,他们纯洁的高音
虽然使我激动而且流泪了,
虽然,堕入沉思里,我是怀疑的,

希望,系住我们。希望
在没有希望,没有怀疑

---

① 桂林《大公报》版、诗文集版,行末多一括弧。按:《大公报》版此处缺括弧,应是排印之误,应订正。
② 诗文集版,缺"里"。
③ 诗文集版,本行后未空行。
④ 桂林《大公报》版、诗文集版,"地"作"的"。

的力量里，

在永远被蔑视的，沉冤的床上，
在隐藏了欲念的，干瘪①的乳房里，②

我们必需扶助母亲的生长
我们必需扶助母亲的生长
我们必需扶助母亲的生长
因为在史前，我们得不到永恒，
我们的痛苦永远地飞扬，
而我们的快乐
在她的腹里③，是继续着……

一九四一，三月。④

（初刊于香港版《大公报·文艺》第1070期，1941年4月10日；后刊于桂林版《大公报·文艺》第17期，1941年4月25日；后收入《穆旦诗文集》。现录香港《大公报》版。）

---

① 诗文集版，"干瘪"作"枯瘪"。
② 诗文集版，本行后未空行。
③ 诗文集版，"腹里"作"母腹里"。
④ 诗文集版，未署写作时间。

华参先生的疲倦

这位是杨小姐,这位是华参先生,
微笑着,公园树荫下静静的三杯茶
在试探空气变化自己的温度。
我像是个幽暗的洞口,虽然倾圮了,
她的美丽找出来我过去的一个女友,
"让我们远离吧①"在蔚蓝的烟圈里消失。
谈着音乐,社会问题,和个人的历史,
顶欢喜的和顶讨厌的都趋向一个目的,
片刻的诙谐,突然的攻占和闪避,
就从杨小姐诱出可亲近的人,无疑地,
于是随便地拜访,专心于既定的策略,
像宣传的画报一页页给她展览。
我看过还价讨价②,如果折衷成功,
是在丑角和装样中显露的聪明。

春天的疯狂是在花草,虫声,和蓝天里,
而我是理智的,我坐在公园里谈话,

虽然——
我曾经固执着像一架推草机,
曾经爱过,在山峦有③起伏上奔走,
我的脸和心是平行的距离,

---

① 诗文集版,多","。
② 诗文集版,"还价讨价"作"讨价还价"。
③ 诗文集版,"有"作"的"。按:此处用"有"不通,用"的"更合理。

我曾经哭过笑过,里面没有一个目的,
我没有用脸的表情串成阴谋
寻得她的欢喜①,践踏在我的心上
让她回忆是在泥沼上软软的没有底……

天际之外②,如果小河还是自在地流着,
那末就别让回忆的暗流使她凝滞。
我吸着烟,这样的思想使我欢喜。

在树荫下,成双的人们散③着步子。
他们是怎样成功的?
他们要谈些什么?我爱你吗?
有谁终于献出了那一献身的勇气?
(我曾经让生命自在地流去了,
崇奉,牺牲,失败,这是容易的。)
而我是和杨小姐,一个善良的人,
或许是我的姨妹,我是她的弟兄,
或许是负伤的鸟,可以倾心地抚慰,
在祝福里,人们会感到憩息和永恒。④
然而我看见过去,推知了将来,
我必须机警,把这样的话声放低:
你爱吃樱桃吗?不。你爱黄昏吗?
不。
诱惑在远方,且不要忘记了自己,

---

① 诗文集版,"欢喜"作"喜欢"。
② 诗文集版,"之外"作"以外"。
③ 诗文集版,"散"作"踱"。
④ 诗文集版,本行后空一行。

在化合公式里,两种原素①敌对地演习!

而事情开头了,就要没有结束,
风永远地吹去,无尽的波浪推走,
"让我们远离吧②"在蔚蓝的烟圈里消失。

我喝茶。在茶喝过了以后,
在我想横在祭坛上,又掉下来以后,
在被人欣羡的时刻度去了以后,
表现出一个强者,这不是很合宜吗?
我约定再会,拿起了帽子。
我还要去办事情,会见一些朋友,
和他们说请你……或者对不起,我要……
为了继续古老的战争,在人的爱情里。

孤独的时候,安闲在陌生的人群里,
在商店的窗前我整理一下衣襟,
我的精神是好③的,没有机会能够放松。

(初刊于重庆版《大公报·战线》第754号,1941年4月24日,后收入《穆旦诗文集》。现录《大公报》版,并据发表时间编入。)

---

① 诗文集版,"原素"作"元素"。
② 诗文集版,多","。
③ 诗文集版,"好"作"我"。

神魔之争（诗剧体）
──呈董庶兄──
(《大公报》版)

神
魔
林妖（男女各六）
东风

幕：

绿叶茂密的森林中。我们听见泉流，树泻，泥土的呼吸，鸟兽虫鱼的呓语。一切纳入自然的节奏。

东风

太阳出来了，海已经静止，
苏醒的大地朝向我转移。
欧光明，欧生命，欧宇宙，
我是诞生者，在一个夜晚，
退却的繁星触我而流去。

来自虚无，我轻捷地飞跑，
哪里是方向？方向的脚步
呆疑的，正在随我而扬起。
在篱下有一枝新鲜的玫瑰，
为色泽燃烧着，寂寞地哭泣，

虽然我和她一样的古老,
恋语着,不知道多少年了,
虽然我生了又死,死了又生,
疲倦着,为了自己的永恒,
在那腐蚀了不久的岩石上,

在亚洲,欧洲,非洲的平原,
我胸里充满了痛苦的呻吟,
为什么我要腾起又绊倒,
一如有连绵的荆棘的波涛,
刺我流出血,我受伤的胸怀,

欧欢跳!虽然人类在翻腾,
在为生命折磨着自己。
我愿在年幼的风景前,
一个老年人看着他的子孙争闹,
憩息着,轻拂着枝叶微笑。

(下)

神

一切合谐的顶点,这里是我。

魔

而我,永远的破坏者,

神

不。它不能破坏,一如
爱的誓言。它不能破坏,
当远古的圣殿屹立在海岸,
承受风浪的吹打,拥抱着
多少英雄的血,多少歌声
流去了,留下了膜拜者,
当心心联起像一座山,
永远的生长,为幸福荫蔽
直耸到云霄,美德的天堂,
是弱者的渴慕,不屈的
恩赏。
　　你不能。

魔

是的,我不能。
因为你有这样的力。你有
双翼的铜像,指挥在
大理石的街心。你有胜利的
博览会,古典的文物,
聪明,高贵,神圣的契约。
你有自由,正义,和一切
我不能有的。
　　欧!我有什么!
在各样的山地,荒漠,和草原,
当东风耳语着树叶,当你

启示给你的子民，散播了
最快乐的一年中最快乐的季节，
他们有什么？那些轮回的
牛，马，和虫豸。我看见
空茫，一如在被你放逐的
凶险的海上，在那无法的
眼里，被你逃出的渣滓，
他们枉然，向海上的波涛
倾泻着疯狂。欧！我有什么！
无言的机械按在你脚下，
充塞着煤烟，烈火，听从你
在饥饿的阴影下，在网里，
呆板地轧响着空茫的日程，
他们是铁钉，木板。相互
磨出来你的营养。
　　欧！天啊！
不，这样的呼喊有什么用？
因为就是在你的奖励下，
他们得到的，是耻辱，灭亡。①

神

仁德在哪里？责任，本分，
永远逝去了！反抗书写在
你的脸上。而你的话语，
那一锅滚沸的水泡下
奔窜着烈火，是自负，

---

① 以上为1941年8月2日所载。

盲动,地狱的花果。
你已铸出了自己的灭亡,
那爱你的将为你的忏悔
喜悦,为你的顽固悲伤。
我是谁?在时间的河流里,
一盏起伏的,永远的明灯。
我听过希腊诗人的歌颂,
浸过以色列的圣水,印度的
佛光。我在曲阜赐给了
光荣的诞生。在幽明的天空下,
我引导了多少游荡的民族,
从高原到海岸,从死到生,
无数帝国的吸力,千万个庙堂
因我的降临而欢乐。
　　　　　现在,
我错了吗?当暴力,混乱,罪恶,
要来胀满时间的河流。一切
光辉的再不能流过,就是小草
也将在你的治下呻吟。
我错了吗?所有的荣誉,
法律,美丽的传统,回答我!

魔

黑色的风,如果你还有牙齿,
诅咒!
暴燥的波涛也别在深渊里
　　滚转着你毒恶的泛滥,
让奸诈的,凶狠的,饥渴的死灵,

蟒蛇，刀叉，冰山的化身，
整个地泼去，
　　在盗窃的遗产上，
凡是母亲的孩子，拿你的一份！

神

畏惧是错的，我所恐怕的
已经来临了。
　　欧纵横的山脉，
在我的威力下奔驰的，你们
拧起我的筋骨来！在我胸上，
让炸弹，炮火，混乱的城市，
喷出我洁净的，合谐的感情。
站在旋风的顶尖上，我等待
你涌来的血的河流——沉落，
当我收束起暴风雨的天空，
而阴暗的重云再露出彩虹。

（下）

林妖
（歌舞）

谁知道我们什么做成？
啄木鸟的回答：叮！当！

我们知道自己的愚蠢，
一如树叶永远的红。

谁知道生命多么长久?
一半是醒着,一半是梦。
今天过去了,来了昨天,
呵,我们比花草长了聪明。
小河的流水向我们说,
谁能够数出天上的星?
但是在黑夜,你只有摇头,
当太阳照耀着,我们能。
东风游荡着,光在流散,
谁知道它们怎样生活?
欧没有,没有,没有一个,
我们知道自己的愚蠢。

林妖男

白日是长的,虽然生命
缩在一句叹息里。我们怎样
消磨这光亮? 亲爱的羊,
小鹿,鼹鼠,蚯蚓,告诉我。
深入羞性的山谷,我们将要
换去她的衣裳? 还是追逐
嗡荫里,蜜蜂的梦? 或者,
溶进了泥土听年老的树根
讲它的故事?
　　　欧谁在那儿?
你是谁?
来呀,如果你愿意!

林妖女

看！他在那儿，一个优美的
身形。①

林妖男

并且，他是闪耀着
多么庄严的光彩。

林妖女

不要扰乱了。我听见他说，
"谁愿意站在啃啮一方？
哪一个民族？政党？刊物？"
树叶颤动着，传过来他的
低沉的回声像遥远的雷：
"走开！你说谎的什么是
你的画像？啊，你被骗了。
去吧，我不需要，我请求你。"
他说的什么？他的声音
这样的陌生，当它激荡在
空中，我的衣服振落了，
我脚下的泥土也突然凝冷。
然而他说的是什么？

---

① 以上为1941年8月3日所载。

林妖男

我们去问。

魔

别来分去我悲惨的孤独，
即使你们的欢乐病一样传播，
没有同情，没有一只温暖
的手，抚慰我的创痕。
　　　　　　但是，
为什么我要渴求这些？
为什么我要渴求茫昧的笑，
一句哄骗的话语，或者热望
成列的天使歌舞在墓前
掷洒着花朵？全世的繁华
不为我而生，当忧苦，失败，
随我每一个地方，张开口，
我的吞没是它的满足，渗合着
使我痛裂的冷笑。然而幸免，
诅咒又将在我头上，我不能
取悦又不能逃脱。因为我是
过去，现在，将来，死不悔悟的天神的仇敌。
　　　　那些在乐园里
豢养的猫狗，鹦鹉，八哥，
为什么我不是？娱乐自己，
他们就得到了权势的恩宠，
当刀山，沸油，绝望，压出来

我终日终年的叹息,还有什么
我能期望的?天庭的合谐
关我在外面,让幽暗
和我讽笑,每一次愤怒,
给我雕出更可憎的容颜。
而我的眼泪,欧!不!为什么
我要哭泣?那只会得到
他的厌恶。
　　　我比他更坏吗?
全宇宙的生命,你们回答我,
当我领有了天国。
　　　　欧!战争!

(下)

林妖

(歌舞)

他去了,一个永远的不,
走进白热的对错的网,
欧,他的勇敢我们欢颂,
他的失迷是我们的悲伤,
因为日月在圆瓮里旋转,
把自在永远交给了自然,
林中的鸟儿从不诽谤,
它们的声音只为了歌唱,
草上的露珠由自己观看,
这里或那里,永不会食言,
所以晨光,树林,天空,山谷,
欢欣地,在一颗泪里团圆,

欧回来呀,希望!你的辽阔
给我们罩下更浓的幽暗,
诚实的爱情也不要走远,
它是危险的,给人以伤亡,
在那朦胧的,稀薄的空间,
星体漫游着,微笑在山上,
谁能够知道生命的尊严?
相隔千万里,无边的荒凉,
然而东风吹来了血腥,
如丛密的蔷薇,是人的叫声,
欧,过去!在天地的友情中,
让我们得到大海的澄净,

因为,在闷热的梦魇里,
一切和我们有什么关连?
这一个痛喊,那一个鞭鞑,
在一秒钟里,他们沉寂。①

幕:

尘沙飞扬,天地昏暗。我们听见树林的呼啸声雷声,和低哑的喃喃,由高而低渐近渐远。林妖伏于地上。

东风

我的孩子,虽然这一切
由我创造,我对我爱的

---

① 以上为1941年8月4日所载。

最为残忍。我知道,我
给了你
过早的诞生,而你的死亡,
也没有血痕,因为你是
孕育在每一个人的头脑中,
你是终止的,最后的完整。
当宇宙开始,岩石的热
拒绝雨水的侵蚀,所以
永远
地球上凝皱着阴霾的面孔,
暴击,坚硬,于是有海,
海里翻动着交搏的生命,
弱者不见了,那些暗杀者
伸出水外,依旧腐蚀着
地层。历史还没有久远,
在泥土里,你可以看见
树根和树根的缠绕——
虽然它们的枝叶,在轻闲地
摇摆,是胜利的骄傲。到处
微菌和微菌,力和力,
存在和虚无,无情地战斗。

没有地方你能够逃脱,
正如我把种子到处去播散,
让烈火烧遍,均衡着力量,
于是岩石上将会得到
温煦的老年。然而现在
即使在笑脸里,你看见
阴谋,在欢乐里,冷酷,

在最好的友情里要挟着
彼此的幸福。你所渴望的
远不能来临。你只有死亡,
我的孩子,你只有死亡。

幕:

林中火起,树木的黑色头发的显露,向上飘扬,红色的舌头也到处卷动。暗云还停留在半空,不能下来。我们听到倾倒的声音。林妖伏在地上,不能动转。当火焰把他们卷去以后,神出现在幕前。

林妖男

走呵,跑出去!在这炙烤中
我们的死亡没有人知道!

林妖女

死亡是痛苦的吗?我不愿
再看见世界!

林妖男

欧!我们死去。
那不完美的应该生存!

神

你们不愿意死去,正如同
那些骷骨,在远的城市里,
他们曾是儿子,弟兄,丈夫,
现在,他们的母亲向他们招手,
欧,复仇!我们没有话说,
当魔鬼到处燃起了烽火,
在一个夜晚,多少名城
殒落了,还有多少快乐的家庭,
我悲伤的源泉无法截止,
它流过了城市又流进草原,
我爱的机械,牛马,虫豸,
为什么不奋起,跟着我走,
向着东方,那里是太阳,
完美,安乐,理想的国度,
在那里,我允许你们一切,
欧,奋起!和魔鬼战斗!
　　(幕落)

(初刊于重庆版《大公报·战线》,第 803—807 期,1941 年 8 月 2—5 日。因该版与后出版本大有差异,故单独列出。)

神 魔 之 争
——赠董庶——①

东风:②

太阳出来了,海已经静止,
苏醒的大地朝向我转移。
O光明！O生命！O宇宙！
我是诞生者,在一拥抱间,
退却③的繁星触我而流去,

来自虚无,我轻捷的飞跑,
那里④是方向？方向的脚步
迟疑的,正在随我而扬起。
在篱下有一枝新鲜的玫瑰,
为我燃烧着,寂寞的哭泣,

虽然我和她⑤一样的古老,
恋语着,不知道多少年了,
虽然她生了又死,死了又生,

---

① 诗文集版,缺副题。
② 《穆旦诗集》此诗的版式明显有错排之处,典型如两处"林妖合唱"部分,第一处是整体后移三格;而第二处的第二节"我们活着是死,死着是生,"之前,也是行首空三格,但之后却又都是顶格排列,因此,相关空格、空行的问题,不一一出校;且对第二处"林妖合唱"部分的格式进行微调,与第一部分相一致。
③ 自选集版、诗文集版,"退却"作"无力"。
④ 自选集版、诗文集版,"那里"作"哪里"。
⑤ 自选集版、诗文集版,"我和她"作"她和我"。

游荡着,穿过那不见的①地方,
重到这腐烂了一层的岩石上,

在山谷,河流,绿色的平原,
那最难说服的②是人类的乐声,
因我的吹动,每一年更动听,
但我不过扬起古老的愚蠢:
正义,公理,和世代的纷争——

O 旋转!虽然人类在毁灭
他们从腐烂得来的生命:
我愿站在年幼的风景前,
一个老人看着他的儿孙争闹,
憩息着,轻拂着枝叶微笑。

神:

一切合谐③的顶点,这里
是我。

魔:

而我,永远的破坏者。

---

① 自选集版、诗文集版,"不见的"作"没有爱憎的"。
② 自选集版、诗文集版,"最难说服的"作"最后诞生的"。
③ 自选集版、诗文集版,"合谐"作"和谐"。

神:

不。它不能破坏,一如
爱的誓言。它不能破坏,
当远古的圣殿屹立在海岸,
承受风浪的吹打,拥抱着
多少英雄的血,多少歌声
流去了,留下了膜拜者,
当心心联起像一座山,
永远的生长,为幸福荫蔽
直耸到云霄,美德的天堂,
是弱者的渴慕,不屈的
恩赏。
　　你不能。

魔:

　　是的,我不能。
因为你有这样的力!你有
双翼的铜像,指挥在
大理石的街心。你有胜利的
博览会,古典的文物,
聪明,高贵,神圣的契约。
你有自由,正义,和一切
我不能有的。
　　　O,我有什么!
在寒冷的山地,荒漠,和草原,
当东风耳语着树叶,当你

启示给你的子民,散播了
最快乐的一年中最快乐的季节,
他们有什么?那些轮回的
牛,马,和虫豸。我看见
空茫,一如在被你放逐的
凶险的海上,在那无法的
眼里,被你抛弃的渣滓,
他们枉然,向海上的波涛
倾泻着疯狂。O我有什么!
无言的机械按在你脚下,
充塞着煤烟,烈火,听从你
当毁灭每一天贪婪的等待,
他们是铁钉,木板。相互
磨出来你的营养。
　　　　　O,天!
不,这样的呼喊有什么用?
因为就是在你的奖励下,
他们得到的,是耻辱,灭亡。

神:

仁义在哪里①?责任,理性,
永远逝去了!反抗书写在
你的脸上。而你的话语,
那一锅滚沸的水泡下,
奔窜着烈火,是自负,
无知,地狱的花果。

---

① 诗文集版,"哪里"作"那里"。

你已铸出了自己的灭亡,
那爱你的将为你的忏悔
喜悦,为你的顽固悲伤。

我是谁?在时间的河流里,
一盏起伏的,永远的明灯。
我听过希腊诗人的歌颂,
浸过以色列的圣水,印度的
佛光。我在中原赐给了
智慧的诞生。在幽明的天空下,
我引导了多少游牧的民族,
从高原到海岸,从死到生,
无数帝国的吸力,千万个庙堂
因我的降临而欢乐。
　　　　　　现在,
我错了吗?当暴力,混乱,罪恶,
要来充塞时间的河流。一切
光辉的再不能流过,就是小草
也将在你的统治下呻吟。
我错了吗?所有的荣誉,
法律,美丽的传统,回答我!

魔:

黑色的风,如果你还有牙齿,
诅咒!
暴躁的波涛也别在深渊里
　　滚转着你毒恶的泛滥,
让奸诈的,凶狠的,饥渴的死灵,

蟒蛇,刀叉,冰山的化身,
整个的泼去,
　　　　　在错误和错误上,
凡是母亲的孩子,拿你的一份!

神:

畏惧是不当的,我所恐怕的
已经来临了。
　　　O,纵横的山脉,
在我的威力下奔驰的,你们
拧起我的筋骨来!在我胸上,
让炸弹,炮火,混乱的城市,
喷出我洁净的,合谐①的感情。
站在旋风的顶尖,我等待
你涌来的血的河流——沉落,
当我收束起暴风雨的天空,
而阴暗的重云再露出彩虹。

林妖合唱:

谁知道我们什么做成?
啄木鸟的回答:叮当!
我们知道自己的愚蠢,
一如树叶永远的红。

谁知道生命多么长久?

---

① 自选集版、诗文集版,"合谐"作"和谐"。

一半是醒着，一半是梦，
　　我们活着是死，死着是生，
　　呵，没有人过得更为聪明①

　　小河的流水向我们说，
　　谁能够数出天上的星？
　　但是在黑夜，你只好摇头，
　　当太阳照耀着，我们能。

　　这里是红花，那里是绿草，
　　谁知道它们怎样生存？
　　呵没有，没有，没有一个，
　　我们知道自己的愚蠢。

林妖甲：

　　白日是长的，虽然生命
　　短得像一句叹息。我们怎样
　　消磨这光亮？亲爱的羊，
　　小鹿，鼹鼠，蚯蚓，告诉我。
　　深入羞怯的山谷，我们将
　　换上②她的衣裳？还是追逐
　　嗡营里，蜜蜂的梦？或者，
　　钻入泥土听年老的树根
　　讲它的故事？
　　　　　　O 谁在那儿？

---

① 诗文集版，多"。"。
② 诗文集版，"换上"作"换去"。

那是什么?

林妖乙:

那是火!
　　　　　从四面像①我们扑来。
O 看! 树木已露出黑色的头发
向上飘扬,它的温柔的胸怀
也卷动着红色的舌头!
　　　　　　O 火! 火!

魔:

不要躲避我残酷的拥抱,
这空虚的心正期待着血的满足!
没有同情,没有一只温暖
的手,抚慰我的创痕。
　　　　　　　但是,
为什么我要渴求这些?
为什么我要渴求茫昧的笑,
一句哄骗的话语,或者等待
成列的天使歌舞在墓前
掷洒着花朵? 全世的繁华
不为我而生,当忧苦,失败,
随我每一个地方,张开口,
我的吞没是它的满足,渗合②着

---

① 自选集版、诗文集版,"像"作"向"。按:此处用"像"不通,可订正为"向"。
② 诗文集版,"渗合"作"掺和"。

　　　　　　使我痛裂的冷笑。然而幸免，
　　　　　　诅咒又将在我头上，我不能
　　　　　　取悦又不能逃脱。因为我是
　　　　　　过去，现在，将来，死不悔悟的
　　　　　　天神的仇敌。
　　　　　　　　　　那些在乐园里
　　　　　　豢养的猫狗，鹦鹉，八哥，
　　　　　　为什么我不是？娱乐自己，
　　　　　　他们就得到了权力的恩宠，
　　　　　　当刀山，沸油，绝望，压出来
　　　　　　我终日终年的叹息，还有什么
　　　　　　我能期望的？天庭的合谐①
　　　　　　关我在外面，让幽暗
　　　　　　向我讽笑，每一次愤怒
　　　　　　给我雕出更可憎的容颜。
　　　　　　而我的眼泪，O 不！为什么
　　　　　　我要哭泣，那只会得到
　　　　　　他的厌恶。
　　　　　　　　　　我比他更坏吗？
　　　　　　全宇宙的生命，你们回答我，
　　　　　　当我领有了天国。
　　　　　　　　　　O，战争！

林妖：

　　　　　　他来了，一个永远的不，
　　　　　　走进白热的占有的网，

---

① 自选集版、诗文集版，"合谐"作"和谐"。

O 他来了点起满天的火焰,
和刚刚平息的血肉的纷争。

O 永明的太阳! 你的温暖
枉然的在我们的心里旋转,
自然的爱情朝一处茁生,
而人世却把它不断的割分。

像草上的露珠,O 和平!
教给我们无边的扩展,
当晨光,树林,天空,飞鸟,
欢欣的,在一颗泪里团圆。

那给我们带来光亮的眼睛
还要向着地面的灰尘固定,
一颗种子也不能够伸叶,开花,
为现实抱紧,它做着空虚的梦。

O 回来吧,希望! 你的辽阔
已给我们罩下更浓的幽暗,
诚实的爱情也不要走远,
它是危险的,给人以伤痛。

在那短暂的,稀薄的空间,
我们的家成了我们的死亡。
O,谁能够看见生命的尊严?
和我们去,和我们去,把一切遗忘!

东风：

我的孩子，虽然这一切
由我创造，我对我爱的
最为残忍。我知道，我给了你
过早的诞生，而你的死亡，
也没有血痕，因为你是
留存在每一个人的微笑中，
你是终止的，最后的完整。

当宇宙开始，□①石的热
拒绝雨水的侵蚀，所以长久
地球上凝皱着阴霾的面孔，
暴击，坚硬，于是有海，
海里翻动着交搏的生命，
弱者不见了，那些暗杀者
伸出水外，依旧侵蚀着
地层。历史还正年青，
在泥土里，你可以看见
树根和树根的缠绕——
虽然它的枝叶，在轻闲的
摇摆，是胜利的骄傲。到处
微菌和微菌，力和力，
存在和虚无，无情的战斗。

---

① 《穆旦诗集》版，"石"前脱落一字。重庆《大公报》版、诗文集版，均作"岩石"，故此处也应是作"岩石"。

没有地方你能够逃脱,
正如我把种子到处去播散,
让烈火烧遍,均衡着力量,
于是岩石上将合①得到
温煦的老年。然而现在
既然在笑脸里,你看见
阴谋,在欢乐里,冷酷,
在至高的理想隐藏着
彼此的杀伤。你所渴望的,
远不能来临。你只有死亡,
我的孩子,你只有死亡。

林妖合唱:

谁知道我们什么做成?
啄木鸟的回答:叮,②当!
我们知道自己的愚蠢,
一如树叶永远的红。

谁知道生命多么长久?
一半是醒着,一半是梦。
我们活着是死,死着是生,
呵,没有谁过得更为聪明。

小河的流水向我们说,
谁能够数出天上的星?

---

① 诗文集版,"合"作"会"。
② 诗文集版,缺","。

但是在黑夜,你只有摇头,
当太阳照耀着,我们能。

这里是红花,那里是绿草,
谁知道它们怎样生存?
呵没有,没有,没有一个,
我们知道自己的愚蠢。

一九四一,六月作。
一九四七,三月重订。①

(《探险队》有该诗目录,但未见正文,后收入《穆旦诗集》《穆旦自选诗集》《穆旦诗文集》。现录《穆旦诗集》版。)

---

① 自选集版,仅署"一九四一,六月"。

小镇一日

在荒山里有一条公路,
公路扬起身,看见宇宙,
像忽然感到了无限的苍老;
在谷外的小平原上,有树,
有树荫下的茶摊,
有茶摊旁聚集的小孩,
这里它歇下来了,在长长的
绝望的叹息以后,
重又着绿,舒缓,生长。

可怜的渺小。凡是路过这里的
也暂时得到了世界的遗忘:
那幽暗屋檐下穿织的蝙蝠,
那染在水洼里的夕阳,
和那个杂货铺的老板,
一脸的智慧,慈祥,
他向我说"你先生好呵,"
我祝他好,他就要路过
从年青①的荒唐
到那小庙旁的山上,
和韦护,韩湘子,黄三姑,
同来拔去变成老树的妖精,
或者在夏夜,满天星,
故意隐约着,恫吓着行人。

---

① 诗文集版,"年青"作"年轻"。

现在他笑着,他说,
(指着一个流鼻涕的孩子,)①
一个煮饭的瘦小的姑娘,
和吊在背上的憨笑的婴孩,)
"咳,他们耗去了我整个的心!"
一个渐渐地学会插秧了,
就要成为最勤快的帮手,
就要代替,主宰,我想,
像是无记录的帝室的更换。
一个,谁能够比她更为完美?
缝补,挑水,看见媒婆,
也会低头跑到邻家,
想一想,疑心每一个年青人,
虽然命运是把她嫁给了
呵,城市人的蔑视?或者是
一如她未来的憨笑的婴孩,
永远被围在百年前的
梦里,不能够出来!

一个旅人从远方而来,
又走向远方而去了。②
这儿,他只是站站脚,
看一看蔚蓝的天空
和天空中升起的炊烟,
他知道,这不过是时间的浪费,

---

① 各版仅《探险队》版此处多一括弧。按:因下两行另有一括弧,此处应是排印之误,属衍出。

② 《穆旦诗集》版、自选集版、诗文集版,"。"作","。

仿佛是在办公室,他抬头
看一看壁上①油画的远景,
值不得说起,也没有名字,
在他日渐繁复的地图上,
沉思着,互扭着,然而黄昏
来了,吸净了点私②线,
当在城市和城市之间,
落下了广大的,甜静的黑暗。
没有观念,也没有轮廓,
在虫声里,田野,树林,
和石铺的村路有一个声音,
如果你走过,你知道,
朦胧的,郊野在诱唤
老婆婆的故事,——
很久了。异乡的客人
怎能够听见?那是讲给
迟归的胆怯的农人,
那是美丽的,信仰的化身。
他惊喜③,心跳,或者奔回
从一个妖仙的王国
穿进了古堡似的村门,
那里④防护的,是微菌,
疾病,和生活的艰苦。
皱眉吗?他们更不幸吗,

---

① 除《探险队》版外,各版"壁上"均作"壁上"。按:此处用"壁上"不通,可订正为"壁上"。
② 除《探险队》版外,各版"私"均作"和"。按:此处用"私"不通,可订正为"和"。
③ 《穆旦诗集》版、自选集版、诗文集版,"惊喜"作"惊奇"。
④ 《穆旦诗集》版、自选集版、诗文集版,行首多"在"。

比那些史前的穴居的人？
也许，因为正有歇晚的壮汉
是围在诅咒的话声中，
也许，一切的挣扎都休止了，
只有鸡，狗，和拱嘴的小猪，
从它们白日获得①印象，
迸出了一点②零碎的
酣声③和梦想。

所有的市集的嘈杂，
流汗，笑脸，叫骂，骚动，
当公路渐渐地向远山爬行，
别了，我们快乐地逃开
这旋转在贫穷和无知中的人生。
我们叹息着，看着
在朝阳下，五光十色的
一抹白雾下笼罩下④的屋顶，
抗拒着荒凉，丛聚着，
就仿佛大海留下的贝壳，
是来自一个刚强的血统。
从一个小镇旅行到大城，先生，
变换着年代，你走进了
文明的顶尖——
在同一的天空下也许
回忆起终年的斑鸠，

---

① 《穆旦诗集》版、自选集版、诗文集版，多"的"。
② 《穆旦诗集》版、自选集版、诗文集版，"一点"作"一些"。
③ 诗文集版，"酣声"作"鼾声"。
④ 《穆旦诗集》版、自选集版，缺"下"。

鸣啭在祖国的深心，
当你登楼，憩息，或者躺下
在一只巨大的黑手上，
这影子，是正朝向着那里爬行。

一九四一，七月。

（收入《探险队》《穆旦诗集》《穆旦自选诗集》《穆旦诗文集》。现录《探险队》版。）

摇 篮 歌①
——赠阿咪

流②呵,流呵,
　馨③香的体温,
　安④静,安静,
流进宝宝小小的生命,
你的开始在我的心里⑤,
　当我和你的父亲
　洋⑥溢着爱情。

合起你的嘴来呵,
别学成人造做⑦的声音,⑧
让我的被时流⑨冲去的面容
远远亲近着你的⑩,乖乖!
　去了,去了⑪
　我们多么羡慕你

---

① 《文学报》版,题作《催眠曲》。按:《穆旦诗集》版及现行版本的《摇篮歌》为6节42行,《催眠曲》全诗未分节,共28行,格式不如《诗集》版错落有致。
② 《文学报》版,行首仅空一格。
③ 《文学报》版,行首顶格,自选集版,行首仅空一格。
④ 《文学报》版,行首仅空一格。
⑤ 《文学报》版,"心里"作"怀里"。
⑥ 《文学报》版,行首仅空一格,与上一行平齐。
⑦ 《文学报》版,"造做"作"嘶哑";自选集版、诗文集版,作"造作"。
⑧ 《文学报》版,","作";"。
⑨ 《文学报》版,"时流"作"时间流"。
⑩ 《文学报》版,缺"的"。
⑪ 《文学报》版,本行及下两行(共三行)缺。

柔和的声带。

　　摇①呵,摇呵,
　　初生的火焰,②
虽然我黑长的头发把你覆盖,
虽然我把你放进小小的身体,
你也就要来了,来到成人的世界里,③
　　摇呵,摇呵,④
　　我的忧郁,我的欢喜。

　　来呵,来呵,
　　无事的梦,
　　轻⑤轻,轻轻,
落上宝宝微笑的眼睛,⑥

等长大了你就要带着罪名,⑦
　　从四面八方的嘴里
笼⑧罩来的批评。

但愿你有无数的黄金

---

① 诗文集版,行首空两格;《文学报》版,本行及下行行首均只空一格。
② 《文学报》版,","作"。"。
③ 《文学报》版,缺","。
④ 《文学报》版,本行及下三行(共四行)缺。
⑤ 《文学报》版,行首只空一格。
⑥ 自选集版、诗文集版,本行后未空行。
⑦ 《文学报》版,本节及下节(共十行)缺,另有完全不同的三行:
　　当我一步步地走向无有,
　　　谁知道那些散碎的颜色重又
　　　在你起伏的胸上聚拢。
⑧ 自选集版,行首空四格。

使你享到美德的永存，
　　一半掩遮，一半认真，
　　　睡呵，睡呵，
在你的隔离的世界里，
别让任何敏锐的感觉
使你迷惑，使你苦痛。

睡呵，睡呵，我心的化身，
恶意的命运已和你同行，
它就①要和我一起抚养
你的一生，你的纯净。
　　去吧，去吧，②
　　为了幸福，③
　　　宝宝，先不要苏醒。

一九四一，十月。

（初刊于《文学报》第 1 号，1942 年 6 月 20 日，收入《穆旦诗集》《穆旦自选诗集》《穆旦诗文集》。现录《穆旦诗集》版。）

---

① 《文学报》版，"就"作"正"。
② 《文学报》版，本行作"飞呵，飞呵，"，且行首仅空一格。
③ 《文学报》版，本行及下一行（共两行）作：
　　为了幸福，宝宝，
　　　先不要苏醒。

控 诉①

（一）

冬天的寒冷聚集在这里②，朋友，
对于孩子一个忧伤的季节，
因为他还笑着春天的笑容③——
当勇敢的④穿过落叶之中

瑟缩，变小，骄傲于自己的血；⑤
为什么世界剥落在遗忘里，
去了去了⑥是彼此的召呼，
和那充满了浓郁⑦信仰的空气。

而有些走在残酷的⑧土地上⑨
跋涉着经验，失迷的灵魂⑩
再不能安于一个角度
的温暖，怀乡的痛楚⑪枉然；

有些关起了心里的门窗，

---

① 《自由中国》版，题作《给后方的朋友》。
② 《自由中国》版、《旗》版，"冬天的寒冷聚集在这里"作"现在冬天已经到了"。
③ 《自由中国》版，"还笑着春天的笑容"作"尚不能够劝服自己"；《旗》版，作"尚不能够适应自己"。
④ 《自由中国》版、《旗》版、诗文集版，"勇敢的"作"叛逆者"。
⑤ 《旗》版，"；"作"，"。
⑥ 诗文集版，多"，"。
⑦ 《自由中国》版、《旗》版，多"的"。
⑧ 《自由中国》版、《旗》版、诗文集版，"残酷的"作"无家的"。
⑨ 《自由中国》版、《旗》版，多"，"。
⑩ 《自由中国》版，本行漏排，而是出现在隔两页的第一行，当是排印之误。
⑪ 《自由中国》版，"痛楚"作"痛苦也"。

逆着风,走上失败的路程,
虽然他们忠实在任何情况,
春天的花朵,落在时间的后面;①

因为我们的背景是千万人民,
悲惨②,热烈,或者愚昧地③,
他们和恐惧并肩而战争,
自私的,是被保卫的那些个城:

我们看见无数的耗子,人——
避开了,计谋着,走出来,
压榨④了勇敢的,或者捐助
财产获得了荣名,社会的梁木,⑤

我们看见,这样现实的态度
强过你任何的理想,只有它⑥
不毁于⑦战争。服从,喝采⑧,受苦,
是哭泣的良心唯一的责任——

无声。⑨ 在这样的背景前,
冷风吹进了今天和明天,
冷风吹散了我们长住的
永久的家乡和暂时的旅店。

---

① 《旗》版、诗文集版,";"作"。"。
② 《自由中国》版、《旗》版,"悲惨"作"冷酷"。
③ 《旗》版、诗文集版,"地"作"的"。
④ 《自由中国》版、《旗》版、诗文集版,"压榨"作"支配"。
⑤ 诗文集版,","作"。"。
⑥ 《自由中国》版,本行作"比你任何的理想都更有用,"。
⑦ 《自由中国》版,"不毁于"作"为了"。
⑧ 诗文集版,"喝采"作"喝彩"。
⑨ 《自由中国》版,"无声。"作"谁知道?"。

(二)

我们做什么？我们做什么？
生命永远诱惑着我们
在苦难里，渴寻安乐的陷阱，
唉，为了它只一次，不再来临；

也是立意的复仇，终于合法地
自己的安乐践踏在别人心上
的蔑视，欺凌，和嫉妒①里，
虽然陷下，彼此的损伤。

或者半死？每天侵来的欲望
隔离它，勉强在腐烂里②寄生，
假定你的心里是有一座石像，
刻画它，刻画它，用省下的力量，

而每天的报纸将使它吃惊，
以恫吓来劝说它③顺流而行，
也许它就要感到不支④了
倾倒，当世的讽笑；

但不能断定它就是未来的神，
这痛苦了我们整日，⑤整夜，
零星的知识已使我们不再信任

---

① 《旗》版、诗文集版，"嫉妒"作"敌意"。
② 《自由中国》版，"在腐烂里"作"在蛆上"。
③ 《旗》版、诗文集版，"它"作"他"。
④ 《自由中国》版，"不支"作"疲倦"。
⑤ 《自由中国》版，缺"，"。

血里的爱情,而其①残缺

我们为了补救,②安全的③流放,
什么也不做,因为什么也不信仰,
阴霾的日子,在知识④的期待中,
我们想着那样有力的童年。

这是死。历史的矛盾压着我们,
平衡:⑤毒戕我们每一个冲动。
那些盲目的会发泄他们所想的,
而智慧使我们懦弱无能。

我们做什么?我们做什么?
O⑥谁该负责这样的罪行:
一个平凡的人,里面蕴藏着
无数的暗杀,无数的诞生。

一九四一,十月。⑦

(初刊于《自由中国》新第2卷第1—2合期,1942年5月1日,收入《穆旦诗集》《旗》《穆旦自选诗集》《穆旦诗文集》。现录《穆旦诗集》版。)

---

① 诗文集版,"其"作"它的"。
② 《自由中国》版,","作"——"。
③ 《自由中国》版、诗文集版,"安全地"作"自动地";《旗》版,作"自动的";自选集版,作"安全地"。
④ 《自由中国》版,"知识"作"智识"。
⑤ 《自由中国》版、《旗》版,":"作";";诗文集版,作","。
⑥ 《自由中国》版,缺"O";诗文集版,"O"作"呵,"。
⑦ 《旗》版、诗文集版,署为"一九四一,十一月"。

赞 美

走不尽的山峦的起伏,河流和草原,
数不尽的密密的村庄①鸡鸣和狗吠,
接连在原是荒凉的亚洲的土地上,
在野草的茫茫中呼啸着干燥的风,
在低压的暗云下唱着单调的东流的水,
在忧郁的森林里有无数埋藏的年代
它们静静的②和我拥抱:
说不尽的故事是说不尽的灾难,沉默的
是爱情,是在天空飞翔的鹰群,
是忧伤③的眼睛期待着泉涌的热泪,
当不移的灰色的行列在遥远的天际爬行;
我有太多的话语,太悠久的感情,
我要以荒凉的沙漠,坎坷的小路,骡子车,
我要以槽子船,④蔓山⑤的野花,阴雨的天气,
我要以一切拥抱你,你⑥
我到处看见的人民呵,⑦
在耻辱里生活的人民,佝偻的人民,
我要以带血的手和你们一一拥抱,⑧
因为一个民族已经起来。

---

① 诗文集版,多","。
② 自选集版、诗文集版,"的"作"地"。
③ 《旗》版,"忧伤"作"枯干";诗文集版,作"干枯"。
④ 《文聚》版,缺","。
⑤ 诗文集版,"蔓山"作"漫山"。
⑥ 《旗》版、诗文集版,多","。
⑦ 《旗》版,缺","。
⑧ 《旗》版,缺","。

一个农人①，他粗糙的身躯移动在田野中，
他是一个女人的孩子，许多孩子的父亲，
多少朝代在他的身边升起又降落了
而把希望和失望压在他身上，
而他永远无言地②跟在犁后旋转，
翻起同样的泥土溶解过他祖先的，
是同样的受难的形象凝固在路旁。
在大路上多少次愉快的歌声流过去了，
多少次跟来的是临到他的忧患，③
在大路上人们演说，叫嚣，欢快，
然而他没有，他只放下了古代的锄头，
再一次相信名辞④，溶进了大众的爱，
坚定地⑤，他看着自己移进⑥死亡里，
而这样的路是无限的悠长的，⑦
而他是不能够流泪的，
他没有流泪，因为一个民族已经起来。

在群山的包围里，在蔚蓝的天空下，
在春天和秋天经过他家园的时候，
在幽深的谷里隐着最含蓄的悲哀：
一个老妇期待着孩子，许多孩子期待着
饥饿，而又在饥饿里忍耐，

---

① 《旗》版、诗文集版，"农人"作"农夫"。
② 《旗》版，"地"作"的"。
③ 诗文集版，","作"；"。
④ 诗文集版，"名辞"作"名词"。
⑤ 《旗》版，"地"作"的"。
⑥ 《旗》版、诗文集版，"移进"作"溶进"。
⑦ 《旗》版、诗文集版，缺"，"。

在路旁仍是那聚集着黑暗的茅屋,
一样的是不可知的恐惧,一样的是
大自然中那侵蚀着生活的泥土,
而他走去了从不回头①诅咒。
为了他我要拥抱每一个人,
为了他我失去了拥抱的安慰,
因为他,我们是不能给以幸福的,
痛哭吧,让我们在他的身上痛哭吧,
因为一个民族已经起来。

一样的是这悠久的年代的风,
一样的是从这倾圮的屋檐下散开的
无尽的呻吟和寒冷,
它歌唱在一片枯栖②的树顶上,
它吹过了荒芜的沼泽,芦苇和虫鸣,
一样的是这飞过的乌鸦的声音
当我走过,站在路上踟蹰,
我踟蹰着为了多年耻辱的历史
仍在这广大的山河中等待,
等待着,我们无言的痛苦是太多了,
然而一个民族已经起来,
然而一个民族已经起来。

一九四一,十二月。

(初刊于《文聚》第 1 卷第 1 期,1942 年 2 月 16 日,收入《穆旦诗集》《旗》《穆旦自选诗集》《穆旦诗文集》。现录《穆旦诗集》版。)

---

① 《文聚》版,"回头"作"回首"。
② 《旗》版、诗文集版,"枯栖"作"枯槁"。

黄 昏

逆着太阳①，我们一切影子就要告别了。
一天的侵蚀也停止了，像惊骇的鸟②
欢笑从门口逃出来，③从化学原料，
从电报条的紧张和它拼凑的意义，
从我们辩证的唯物的世界里，④
欢笑悄悄地踱出⑤在城市的路上⑥
浮在时流上⑦吸饮。O现实的⑧主人，
来到神奇里歇一会吧，⑨枉然的⑩水手，⑪
可以凝止了。我们的周身已是现实的倾覆，⑫
突立的树和高山，淡蓝的空气和炊烟，
是上帝的建筑在刹那中显现，⑬
这里，⑭生命另有它的意义等你揉圆。⑮

---

① 《贵州日报》版、《平明日报》版，"逆着太阳"作"从西到东"。
② 《平明日报》版，多"。"，且本行后空一行。
③ 《贵州日报》版，"从门口逃出来，"作"从瓶口倒出来："；《平明日报》版，作"从瓶口倒出来；"。
④ 《平明日报》版，本行后空一行。
⑤ 《贵州日报》版、《平明日报》版，"悄悄地踱出"作"疲倦地拖出"。
⑥ 《贵州日报》版、《平明日报》版，多"，"。
⑦ 《贵州日报》版、《平明日报》版，"浮在时流上"作"沿着时流"。
⑧ 《贵州日报》版，"O现实的"作"O窒息它的"；《平明日报》版，作"窒息它的"。
⑨ 《贵州日报》版，缺"，"。
⑩ 《贵州日报》版、《平明日报》版，"枉然的"作"永行的"。
⑪ 《平明日报》版，本行后空一行。
⑫ 《贵州日报》版、《平明日报》版，"周身已是现实的倾覆，"作"四周已是墙壁："。
⑬ 《贵州日报》版、《平明日报》版，本行作"是炙烤的画面向你逼近，朦胧，逼近，"。
⑭ 《贵州日报》版、《平明日报》版，缺"，"。
⑮ 《平明日报》版，本行后空一行。

你没有抬头吗看①那燃烧着的窗?
那满天的火舌就随一切归于黯淡,②
O③让欢笑跃出在灰尘外翱翔,④
当太阳,月亮,星星,伏在燃烧的窗外,
在无边的夜空⑤等我们一块儿旋转。

一九四一,十二月。

(初刊于《贵州日报·革命军诗刊》第10期,1942年7月13日;后刊于《平明日报·风雨》第266期,1948年7月24日;收入《穆旦诗集》《穆旦自选诗集》《穆旦诗文集》。现录《穆旦诗集》版。)

---

① 《平明日报》版,"看"作","。
② 《贵州日报》版、《平明日报》版,本行作"吐出金花边的火舌来渐渐暗淡,"。
③ 《平明日报》版,缺"O"。
④ 《贵州日报》版、《平明日报》版,"跃出在灰尘外翱翔,"作"飞来在这静止锻铸。"。
⑤ 《贵州日报》版,多"里。";《平明日版》版,作"里,"。

洗 衣 妇

一天又一天,你坐在这里,
重复着,你的工作终于
枉然,因为人们自己
是①脏污的,分泌的奴隶!
飘②在日光下的鲜明的衣裳,
你的慰藉和男孩女孩的
好的印象,多么快就要
暗中回到你的手里求援。
于是世界永远的光烫,
而你的报酬是无尽的日子
在痛苦的洗刷里
在永久不反悔里永远地循环。③
你比你的主顾要洁净一点。④

一九四一,十二月。

(收入《穆旦诗集》《穆旦自选诗集》《穆旦诗文集》。现录《穆旦诗集》版。)

---

① 自选集版,"是"作"就是"。
② 自选集版,"飘"作"穿"。
③ 自选集版,本行作"在永不反悔里把人世装扮。"。
④ 自选集版,本行作"你给一切旧的点缀上希望。"。

1942 年

春底降临

现在野花从心底荒原里生长,
坟墓里再不是牢固的梦乡,
因为沉默和恐惧底季节已经过去,
所有凝固的岁月已经飘扬,
虽然这里,它留下了无边的空壳,
无边的天空和无尽的旋转:①
过去底回忆已是悲哀底遗忘,
而金盅里装满了燕子底呢喃;

而和平底幻象重又在人间聚拢,
经过醉饮的爱人在树林的边缘,
他们只相会于较高的自己,
在该幻灭的地方痛楚地分离;②
但是初生的爱情更浓于理想,
再一次相会他们怎能不奇异:
人性里的野兽已不能把我们吞食,
只要一跃,那里连续着梦神底足迹;

---

① 诗文集版,":"作";"。
② 诗文集版,";"作","。

而命运溶解了在它古旧的旅程,
纷流进两岸试着疲弱的老根①,
这样的圆珠! 滋润,嬉笑,随它上升,
于是世界充满了千万个机缘,
桃树,李树,在消失的命运里吸饮,
是芬芳的花园围着到处的旅人。
因为我们是在新的星象下行走,
那些死难者,要在我们底身上复生;

而幸福存在着再不是罪恶,
小时候想像②的,现在无愧地拼合,
牵引着它而我们牵引着一片风景:
谁是播种的? 他底笑声追过了哭泣,
一如这收获着点首的③,迅速的春风,
一如月亮在荒凉的黑暗里招手,
那起伏的大海是我们底感情,
再没有灾难:感激把我们吸引;

从田野到田野,从屋顶到屋顶,
一个绿色的秩序,我们底母亲,
带来自然底合音,不颠倒的感觉,
冬底谎,甜蜜的睡,怯弱的温存,
在她底心里是一个懒散的世界:
因为日,夜,将要溶进堇色的光里

---

① 此处"试着疲弱的老根"不通,但没有其他版本可供对照。
② 诗文集版,"想像"作"想象"。
③ 此处"这收获着点首的"不通,但没有其他版本可供对照。

永不停歇；而她底男女的仙子倦于
享受,和平底美德和适宜的欢欣。

一九四二,一月。

（初刊于《文聚》第 1 卷第 2 期,1942 年 4 月 20 日,后收入《穆旦诗文集》。现录《文聚》版。）

春

绿色的火焰在草上摇曳，
他①渴求着拥抱你，花朵。
反抗着土地，花朵伸出来，②
当暖风吹来烦恼，或者欢乐③。
如果你是醒了④，推开窗子，⑤
看这满园的⑥欲望多么美丽。

蓝天下，为永远的谜迷惑着⑦
是我们⑧二十岁的紧闭的肉体，⑨
一如那泥土做成的鸟的⑩歌，
你们被点燃，⑪却无处归依。⑫
呵，⑬光，影，声，色，⑭都⑮已经赤裸，

---

① 《贵州日报》版、手稿版、《大公报》版，"他"作"它"。
② 《贵州日报》版、手稿版，本行作"一团花朵挣出了土地，"。
③ 《大公报》版，"欢乐"作"快乐"。
④ 《大公报》版，"你是醒了"作"你寂寞了"。
⑤ 《贵州日报》版，本行作"如果你是女郎，把脸仰起，"；手稿版，作"如果你是少女，把脸仰起，"。
⑥ 《贵州日报》版，"看这满园的"作"看你鲜红的"；手稿版，作"看你鲜艳的"。
⑦ 《贵州日报》版，"为永远的谜迷惑着"作"为关紧的世界迷惑着"；手稿版，作"为紧闭的世界迷惑着"；诗文集版，行末多"的"。
⑧ 《大公报》版，"我们"作"人们"。
⑨ 《贵州日报》版、手稿版，本行作"是一株廿岁的燃烧的肉体，"。
⑩ 《贵州日报》版，"的"作"底"。
⑪ 《大公报》版，"被点燃，"作"燃烧着"。
⑫ 《贵州日报》版、手稿版，本行作"你们是火焰卷曲又卷曲。"。
⑬ 《贵州日报》版，缺"，"。
⑭ 《大公报》版，行中五处"，"均作"、"。
⑮ 《贵州日报》版、手稿版，"都"作"现在"。

痛苦着,①等待伸入新的组合。

一九四二,二月。

(初刊于《贵州日报·革命军诗刊》第 9 期,1942 年 5 月 26 日;1944 年 8 月,以《To Margaret》为总题抄赠给友人曾淑昭,为其第 1 章,并有手稿见于《穆旦诗文集(1)》书前插页,此称手稿版;后刊于天津版《大公报·星期文艺》第 22 期,1947 年 3 月 12 日;收入《穆旦诗集》《穆旦自选诗集》《穆旦诗文集》。现录《穆旦诗集》版。)

---

① 《贵州日报》版,","作";"。

诗 八 章①

（一）

你底②眼睛看见这一场火灾，
你看不见我，虽然我为你点燃：③
唉，那燃烧着的不过是成熟的年代，
你底，我底④。我们相隔如重山！

从这自然底蜕变底⑤程序里，
我却爱了一个暂时的⑥你。
即使我哭泣，变灰，变灰又新生，
姑娘，那只是上帝玩弄他自己。

（二）⑦

水流山石间沉淀下你我，
而我们成长⑧，在死底⑨子宫里。
在无数的可能里⑩一个变形的生命⑪

---

① 《文聚》版，题作《诗》；《旗》版、《现代诗钞》版、诗文集版，题作《诗八首》。
② 《现代诗钞》版，"底"作"的"。
③ 《文聚》版、《旗》版、《现代诗钞》版、自选集版、诗文集版，"："作"；"。
④ 《现代诗钞》版，本行两处"底"均作"的"。
⑤ 《文聚》版，"底"作"的"。
⑥ 《文聚》版、《现代诗钞》版，"暂时的"作"被并合的"。
⑦ 《现代诗钞》版，本章和下一章互换位置。
⑧ 《文聚》版，"成长"作"未生"。
⑨ 《现代诗钞》版，"底"作"的"。
⑩ 《现代诗钞》版，多"，"。
⑪ 《文聚》版，"变形的生命"作"变形虫"。

永远不能①完成他自己。
我和你谈话,相信你,爱你,
这时候就听见我的②主暗笑,
不断的③他添来另外的你我,④
使我们丰富而且危险。

（三）

你底⑤年龄里的小小野兽,⑥
它和春草一样地⑦呼息⑧,
它带来⑨你底⑩颜色,芳香,丰满,
它要你疯狂在温暖的黑暗里。⑪

我越过⑫你大理石的理智底⑬殿堂,⑭
而为它⑮埋藏的生命珍惜;⑯
你我的⑰手底接触是一片草场,

---

① 《现代诗钞》版,"不能"作"无法"。
② 《文聚版》、《旗》版、《现代诗钞》版、自选集版、诗文集版,"的"作"底"。
③ 《文聚》版、自选集版、诗文集版,"的"作"地";《现代诗钞》版,作"底"。
④ 《旗》版、诗文集版,缺","。
⑤ 《现代诗钞》版,"底"作"的"。
⑥ 《文聚》版,缺","。
⑦ 《文聚》版、《现代诗钞》版,"地"作"的"。
⑧ 《文聚》版、《现代诗钞》版、诗文集版,"呼息"作"呼吸"。
⑨ 《文聚》版,"带来"作"送来"。
⑩ 《现代诗钞》版,"底"作"的"。
⑪ 《文聚》版,"。"作","。
⑫ 《现代诗钞》版,"越过"作"经过"。
⑬ 诗文集版,缺"底"。
⑭ 《文聚》版,本行作"我轻轻关起你理智的殿堂"。
⑮ 《现代诗钞》版,"它"作"他"。
⑯ 《文聚》版,";"作","。
⑰ 《文聚》版、《旗》版、《现代诗钞》版、自选集版、诗文集版,"的"作"底"。

那里有它底固执,我的①惊喜。

(四)

静静地②,我们拥抱在
用言语所能照明的世界里,
而那未成形的黑暗是可怕的,
那可能和不可能的使我们沉迷,

那窒息着我们的
是甜蜜的未生即死的言语,
它底③幽灵笼罩,④使我们游离,
游进混乱的爱底自由和美丽。

(五)

夕阳西下,一阵微风吹拂着田野,
是多么久的原因在这里积累。
那移动了景物的移动我底⑤心
从最古老的开端流向你,安睡。⑥

那形成了树木和屹立的岩石的⑦

---

① 《文聚》版、《旗》版、《现代诗钞》版、自选集版、诗文集版,"的"作"底"。
② 《旗》版,"地"作"的"。
③ 《现代诗钞》版,"底"作"的"。
④ 《现代诗钞》版,缺","。
⑤ 《现代诗钞》版,"底"作"的"。
⑥ 《文聚》版,"。"作";"。
⑦ 《旗》版、诗文集版,多","。

将使我此时的渴望永存;①
一切在它底过程中流露的美
教我爱你的方法,教我变更。

（六）

相同和相同溶为②怠倦,③
在差别间又凝固着陌生;④
是一条多么危险的窄路⑤里⑥
我制造自己在那上⑦旅行。

他存在,听从我底⑧指使,
他保护,而把我留在孤独里,⑨
他底⑩痛苦是不断地⑪寻求
你底⑫秩序,求得了又必须⑬背离。

（七）

风暴,远路,寂寞的夜晚,
丢失,记忆,永续的时间,

---

① 《文聚》版、《旗》版、诗文集版,";"作","。
② 《现代诗钞》版,"溶为"作"融为"。
③ 《文聚》版,","作";";《旗》版,缺","。
④ 《文聚》版,";"作"。";《旗》版,作","。
⑤ 《文聚》版、《现代诗钞》版,"窄路"作"狭路"。
⑥ 《旗》版、诗文集版,多","。
⑦ 诗文集版,"上"作"上面"。
⑧ 手稿版、《现代诗钞》版,"底"作"的"。
⑨ 手稿版、《文聚》版,本行作"而把我永远留在单恋里;";《现代诗钞》版,行末","作";"。
⑩ 手稿版,"底"作"的"。
⑪ 《旗》版、《现代诗钞》版、诗文集版,"地"作"的"。
⑫ 手稿版,"底"作"的"。
⑬ 《文聚》版,"必须"作"必需"。

所有科学不能祛除的恐惧①
让我在你的②怀里得到安憩③——④

呵，在你底⑤不能自主的心上，
你底⑥随有随无的美丽的形像⑦,⑧
那里，我看见你孤独的爱情
笔立着，和我底⑨平行着生长！

（八）

再没有⑩更近的接近，
所有的偶然在我们间定型；⑪
只有阳光透过缤纷的枝叶
分在两片情愿⑫的心上，相同。

等季候一到，⑬就要各自飘落，
而赐生我们的巨树永青，⑭
它对我们的不仁的嘲弄

---

① 《文聚》版，多","。
② 《文聚》版、《旗》版、《现代诗钞》版、自选集版、诗文集版，"的"作"底"。
③ 《现代诗钞》版，"安憩"作"安眠"。
④ 《文聚》版，"——"作"："。
⑤ 手稿版，"底"作"的"。
⑥ 手稿版，"底"作"的"。
⑦ 《文聚》版、手稿版、《现代诗钞》版、自选集版、诗文集版，"形像"作"形象"。
⑧ 《文聚》版，","作"；"；《现代诗钞》版，作"："。
⑨ 手稿版，"底"作"的"。
⑩ 《文聚》版、手稿版、《现代诗钞》版，"没有"作"不能有"。
⑪ 《现代诗钞》版，"；"作"，"。
⑫ 《旗》版，"情愿"作"同样"。
⑬ 《旗》版、诗文集版，缺","。
⑭ 《现代诗钞》版，","作"。"。

（和哭泣）在合一的老根里化为平静。

一九四二,二月。

（初刊于《文聚》第 1 卷第 3 期,1942 年 6 月 10 日;1944 年 8 月,以 *To Margaret* 为总题抄赠给友人曾淑昭,为其第 3—5 章,并有手稿见于《穆旦诗文集(1)》书前插页,此称手稿版;收入《穆旦诗集》《旗》《现代诗钞》《穆旦自选诗集》《穆旦诗文集》。现录《穆旦诗集》版。)

出　发①

告诉我们和平又必需②杀戮，
而那可厌的我们先得去欢喜。③
知道了"人"不够，我们再学习
蹂躏它④的方法，排成机械的阵式，
智力体力蠕动着像一群野兽，

告诉我们这是新的美。因为
我们吻过的已经失去了自由；⑤
好的日子去了，可是接近未来，⑥
给我们失望和希望⑦，给我们死，
因为那死底⑧制造必需摧毁。⑨

给我们善感⑩的心灵又要它歌唱
僵硬⑪的声音。个人的哀喜
被大量制造又该⑫被蔑视⑬

---

① 《大公报》版，题作《诗》。
② 《现代诗钞》版，"必需"作"必须"。
③ 《现代诗钞》版，"。"作"；"。
④ 《现代诗钞》版，"它"作"他"。
⑤ 《大公报》版，"；"作"，"。
⑥ 《现代诗钞》版，"，"作"："。
⑦ 《大公报》版、《现代诗钞》版，"失望和希望"作"希望和失望"。
⑧ 《旗》版、诗文集版，"底"作"的"。
⑨ 《大公报》版、《旗》版、《现代诗钞》版、自选集版，"。"作"，"。
⑩ 《大公报》版，"善感"作"渺小"。
⑪ 《大公报》版，"僵硬"作"雄壮"；《现代诗钞》版，作"粗糙"。
⑫ 《现代诗钞》版，缺"该"。
⑬ 《现代诗钞》、自选集版，多"，"。

被否定,被僵化,是人生的①意义;
在你底②计划里有毒害的一环,

就把我们囚进现在,呵③上帝!
在犬牙的④角道⑤中让我们反覆⑥
行进,让我们相信你句句的紊乱
是一个真理。而我们是皈依的,
你给我们丰富,和丰富底⑦痛苦。

一九四二,二月。

(初刊于重庆版《大公报·战线》第919号,1942年5月4日,收入《穆旦诗集》《旗》《现代诗钞》《穆旦自选诗集》《穆旦诗文集》。现录《穆旦诗集》版。)

---

① 《大公报》版、自选集版、诗文集版,"的"作"底"。
② 《旗》版、《现代诗钞》版、诗文集版,"底"作"的"。
③ 《大公报》版,",呵"作"。"。《旗》版,"呵"作"啊";《现代诗钞》版,缺"呵"。
④ 《大公报》版,"的"作"底"。
⑤ 《旗》版、《现代诗钞》版、自选集版、诗文集版,"角道"作"甬道"。按:"角道"不词,"甬道"即通道,穆旦后来的诗歌如《发现》《葬歌》中也有"甬道"一词,因此,此处"角道"可订正为"甬道"。
⑥ 诗文集版,"反覆"作"反复"。
⑦ 《旗》版、诗文集版,"底"作"的"。

阻滞的路

我要回去,回到我已失迷的故乡,
趁这次绝望给我引路,在泥淖里,
摸索那为时间遗落的一块精美的糖①,

虽然它的轮廓生长,溶化,消失了,
在我的额际,它拍击污水的波纹②
你们知道正在绞痛着我的回忆和梦想,

我要回去,因为我还可以
孩子,在你们的身上③舐到甜蜜,
即使你们歧视我来自一个陌生的远方,

一个谜,一个恶兆,一个坏名誉,
趁我还没有为诽谤完全吞没,
而我追寻的一切却④已经避远,

孩子,我要沿着你们望出的地方退回,
虽然我已曾鉴定不少异地的古玩:
为我憎恶的,狡猾,狠毒,虚伪,什么都有

这些是应付敌人的必需的勇敢,

---

① 诗文集版,"糖"作"宝藏"。
② 诗文集版,多","。
③ 诗文集版,"身上"作"脸上"。
④ 诗文集版,"却"作"都"。

保护你们的希望,实现你们的理想;
然而我只想回到那已失迷的故乡,

因为我曾是和你们一样的,孩子,
我要向世界笑,再一次闪着幸福的光,
我是永远地,被时间冲向寒凛的地方。

（初刊于重庆版《大公报·战线》第936号,1942年8月23日,后收入《穆旦诗文集》。现录《大公报》版,并据发表时间编入。）

自 然 底 梦

我曾经迷误在自然底梦中,①
我底身体由白云和花草做成,
我是吹过林木的叹息,早晨底颜色,
当太阳染给我刹那的年青,

那不常在的是我们②拥抱的情怀,③
它让我甜甜的④睡:一个少女底热情,⑤
使我⑥这样⑦骄傲⑧又这样的柔顺⑨。
我们谈话,自然底朦胧的呓语,⑩

美丽的呓语把它自己说醒,
而将我暴露⑪在密密的人群中,
我知道它醒了正无端地哭泣,
鸟底歌,水底歌,正绵绵地回忆,

---

① 手稿版(杨苡),","作":"。
② 自选集版,"我们"作"一片"。
③ 手稿版,作"一个少女它底思想底化身,"。
④ 自选集版,"的"作"地"。
⑤ 《文聚》版,本行作"啊为了我毒害的,诱人的热情,";手稿版,作"呵,为了我毒害的,诱人的热情,"。
⑥ 手稿版,"使我"作"是"。
⑦ 《文聚》版、手稿版,多"的"。
⑧ 自选集版,"骄傲"作"丰富"。
⑨ 《文聚》版、手稿版,"柔顺"作"柔驯"。
⑩ 手稿版(杨苡),","作"——"。
⑪ 《文聚》版、手稿版,"暴露"作"逐出了";自选集版,作"推出"。按:无论是"逐出了"还是"推出",与"在密密的人群中"都不够连贯。

因为我曾年青①的一无所有,
施与者领向人世的②智慧皈依,
而过多的忧思现在才刻露了
我是③有过蓝色的血,星球④底世系。

一九四二,十一月。

(曾抄送给友人杨苡,见《穆旦诗文集(1)》书前插页,此称手稿版;初刊于冯至等著《文聚丛刊》第1卷第5、6期合刊《一棵老树》,1943年6月;1944年8月,以《To Margaret》为总题抄赠给友人曾淑昭,为其第6章,并有手稿见于《穆旦诗文集(1)》书前插页;收入《穆旦诗集》《穆旦自选诗集》《穆旦诗文集》。现录《穆旦诗集》版。按:当期《文聚丛刊》所载穆旦诗题为《诗三首》,即《自然底梦》《记忆底都城》《自然底乘客》。三首诗仅最末一首处署为"一九四一年十一月",但本诗见于其他诗集,写作时间同《文聚》所署,因此,推断《记忆底都城》的写作时间亦为1941年11月,三首诗依《文聚丛刊》的发表顺序编入。又,因前后两份手稿的异文仅有两处标点和一个词,为避免过于繁琐,后一份手稿不另标示,两者统称手稿版,仅在异文处注明手稿来源。)

---

① 手稿版(杨苡)、诗文集版,"年青"作"年轻"。
② 手稿版,"的"作"底"。
③ 《文聚》版、手稿版,"是"作"曾"。
④ 《文聚》版、手稿版,"星球"作"贵族"。

幻想底①乘客

从②幻想底航线卸下的乘客,③
永远走上了错误的一站,④
而他,这个铁掌下的牺牲者,⑤
当他意外地投进别人的⑥愿望,

多么迅速他底光辉的概念
已化成琐碎的日子不忠而纡缓,
是巨轮的⑦一环⑧他渐渐旋进了
一个奴隶制度附带一个理想,⑨

这里的恩惠是彼此恐惧⑩,
而温暖他的是自动的流亡,⑪
那使他自由的只有忍耐的微笑,
秘密地回转,秘密的⑫绝望。

亲爱的读者,你就会赞叹:

---

① 《现代诗钞》版,"底"作"的"。
② 《文聚》版、《现代诗钞》版,"从"作"由"。
③ 《文聚》版、《现代诗钞》版,缺","。
④ 《现代诗钞》版,缺","。
⑤ 《现代诗钞》版,缺","。
⑥ 《文聚》版、自选集版,"的"作"底"。
⑦ 《现代诗钞》版,"的"作底"。
⑧ 《现代诗钞》版,多","。
⑨ 《现代诗钞》版,","作"。"。
⑩ 《文聚》版、《现代诗钞》版,"是彼此恐惧"作"憎恨陌生"。
⑪ 《文聚》版、《现代诗钞》版,本行作"而婉留他的是临别的赠言,"。
⑫ 《文聚》版、自选集版,"的"作"地"。

爬行在懦弱的,人和人的①关系间,
化无数的恶意为自己营养,
他已②开始学习做主人底尊严。

一九四二,十二月。③

（初刊于冯至等著《文聚丛刊》第 1 卷第 5、6 期合刊《一棵老树》,1943 年 6 月,收入《穆旦诗集》《现代诗钞》《穆旦自选诗集》《穆旦诗文集》。现录《穆旦诗集》版。）

---

① 《文聚》版、《现代诗钞》版、自选集版,"的"作"底"。
② 《文聚》版、《现代诗钞》版,"已"作"已经"。
③ 《文聚》版、《现代诗钞》版,署为"一九四二年十一月"。

1943 年

祈神二章①

(一)

如果我们能够看见他
如果我们能够看见
不是这里或那里的茁生
也不是时间能够占领或者放弃的,②

如果我们能够给出我们的爱情
不是射在物质和物质间③把它自己消损,④
如果我们能够洗涤⑤
我们小小的恐惧我们的惶惑和暗影
放在大的光明中,⑥

如果我们能够挣脱
欲望的暗室和习惯的硬壳

---

① 《文聚》版,题作《合唱二章》。
② 《文聚》版,缺","。
③ 《文聚》版,"间"作"上"。
④ 《文聚》版,缺","。
⑤ 《文聚》版,"洗涤"作"看见"。
⑥ 《文聚》版,缺","。

迎接他——①

如果我们能够尝到

不是一层甜皮下的经验的苦心,②

他③是静止的生出动乱,④

他是众力的一端生出他的违反。

O 他给安排的歧路和错杂!

为了我们倦了以后渴求⑤

原来的地方。⑥

他是这样的喜爱我们⑦

他让我们分离

他给我们一点权力等它自己变灰,⑧

O⑨ 他正等着我们以损耗的全热

投回他慈爱的胸怀。

(二)

如果我们能够看见他

如果我们能够看见

我们的童年所不意拥有⑩的

---

① 《文聚》版,缺"——"。
② 《文聚》版,缺","。
③ 《文聚》版,行首多"O"。
④ 《文聚》版,"动乱,"作"虚妄"。
⑤ 《文聚》版,本行作"我们为了更知道渴求"。
⑥ 《文聚》版,本行后空一行。
⑦ 《文聚》版,本行作"所以,他是这样喜爱"。
⑧ 诗文集版,","作"。",且本行后空一行。
⑨ 《文聚》版,多"!"。
⑩ 《文聚》版,"拥有"作"触到"。

而后远离了,却又是成年一切的辛劳①
同所寻求失败的,②

如果人世各样③的尊贵和华丽
不过④是我们片面的窥见所赋予⑤
如果我们能够看见他
在欢笑后面的哭泣⑥哭泣后面的
最后一层欢笑里,⑦

在虚假的真实底下
那真实的灵活的源泉,⑧
如果我们不是自禁⑨于
我们费力与半真理的密约里⑩
期望那达不到的圆满的结合,

在我们的前面有一条道路
在道路的前面有一个目标

---

① 《文聚》版,"成年一切的辛劳"作"我们起伏的血液"。
② 《文聚》版,本行作"同所流趋的"。
③ 《文聚》版,"各样"作"一切"。
④ 《文聚》版,"不过"作"都"。
⑤ 《文聚》版,"赋予"作"致予"。
⑥ 诗文集版,多","。
⑦ 《文聚》版,缺","。
⑧ 《文聚》版,缺","。
⑨ 《文聚》版,"自禁"作"囚禁"。
⑩ 《文聚》版,本行及下一行完全不同,并增加1行:
　　我们劳心所获得的片面意识里
　　如果我们不把种子固着

　　　脱离种子树木才能长大……

这条道路引导①我们又隔离②我们
走向那个目标,③
在我们黑暗的孤独④里有一线微光⑤

这一线微光使我们留恋黑暗
这一线微光给我们幻象的骚扰
在黎明确定我们的虚无⑥以前

如果我们能够看见他
如果我们能够看见……⑦

一九四三,三月。

(初刊于《文聚》第2卷第2期,1945年1月1日,收入《穆旦诗集》《穆旦诗文集》。现录《穆旦诗集》版。)

---

① 《文聚》版,"引导"作"隔离"。
② 《文聚》版,"隔离"作"领导"。
③ 《文聚》版,缺","。
④ 《文聚》版,"孤独"作"囚室"。
⑤ 诗文集版,本行后未空行。
⑥ 《文聚》版,"确定我们的虚无"作"透过我们的囚室"。
⑦ 《文聚》版,缺"……"。

隐 现
(《华声》版)

宣道①

(时间的主宰)

白日是我们看见的,黑夜是我们看见的,
我们看不见时间,
未曾存在的出现了,出现的又已隐没,
我们不知道歌颂这真实的主宰,
一年,一月,一分,一秒
喔,我们不知道一秒无限的丰富
我们不知道我们面对的恐怖
时间的占用和放弃,
我们看见的都是它所占用的,
我们看见的是它的意向的满足,
是苍天之下唯一的欢快
当我们的脚下永远崩覆:
一会儿山峰,一会儿草原,
一会儿花开,一会儿死亡,
一会儿相聚,一会儿离散,
一会儿密雨,一会儿燥风,
一会儿憎恨,一会儿妥协,

---

① 从下文的"二 历程""三 祈神"来看,此处亦应作"一 宣道",当是排版时漏印了"一"字,应订正。

一会儿拥抱,一会儿厌倦,

一会儿解脱,一会儿年青,

一会儿克服,一会儿腐烂

(一切摆动)

我们摆动于时间的两极,

我们说,我们是向着前面进行,

因为我们认为真的现在已经变假,

我们曾经哭泣过的,现在已被遗忘。

一切在天空,地上,和水里存在着的我们都看见过了,

我们看见在所有的变动中只有这个不变,

无论你怎样求进只有这个不变,

新奇的已经发生过了正在发生着或者将要发生,然而只有这
个不变:

到处的河水流向大海,但是大海永远没有溢满,海水又交还
河流,

一个世代过去了,一个世代来临了,是在旧有腐烂的地方一
个新的回转,

在日光下我们筑屋,筑路,筑桥:我们所有的劳役不过是祖业
的重复。

或者我们使用大理石塑像,渴求清晰和准确,看它终竟归于
模糊,

我们惋惜美丽的失去了,我们使用文字,照像机和留声机,

我们一切的发明为了保留舒适,但是舒适并不永住。① 我们
和机器同在,可是我们厌倦了,我们追念自然,

以色列之王所罗门曾经这样说:

一切皆虚有,一切令人厌倦。

---

① 《新诗评论》版认为,此处应分为两行。

我们拥护战争与和平,为了固守我们的生活原则和美德,
可是在战争与和平中,它们就把它们的清白卖给我们的敌人,
那曾经有过的将会再有,那曾经失去的再被失去,
我们的心永远扩张,我们心永远退缩,
我们要承受我们施出的恶果

(永恒的静止)

所以我们说
我们能给出什么呢?我们能承受什么呢
一切原因通过我们,又从我们流走,
所以①古老的传统,所有的节日,所有的智慧和愚蠢,所有的树木花草都在等待我们的降生,
有一个生命过去了这所有的让它们等待
智者让智慧流过去,少年让热情流过去,先知者让忧患流过去,农人让田野的五谷流过去,画师让美的形象流过去,统治者让阴谋和残酷流过去,反抗者让新生的痛苦流过去,世俗让稳定的力量流过去,
我们是我们的付与,在我们的付与中折磨,
一切完成它自己;一切奴役我们,流过我们使我们完成。
所以我们说
我们能给出什么呢?我们能承受什么呢,
生从我们流过去,死从我们流过去,善和恶从我们流过去,精灵和物质从我们流过去,
有一个生命这样的诱惑我们,又把我们这样的遗弃,
如果我们举起一只手来
如果因此我们变动了光和影,如果因此花前有一丝微风,或

---

① 从本行句式来看,"所以"当作"所有"。

者我们影响了另外一个星球,
我们说,这只是过去的行动朝着它自己的方向完成。

二、历程

在自然里固定着人的命运
当人从自然的赤裸里诞生
他的命运是不断的获得
隔离了多的去获得那少的
当人从自然的赤裸里诞生
我要要[①]指出他的囚禁,他的回忆
成了他的快乐

(情人自白)
      全是可以触到的
亲爱的,是我脚下的路程:
该来的都已准备了,每一块基石
都已摆稳。父母的辛劳
为了我成长,孩童的约束
为了自尊,自尊为了责任。
可是当我爬过了这一切而来临,
亲爱的,坐在山岗上让我静静地哭泣。

那一切都在战争,亲爱的,
那以真换来的假,以假换来的真,
我和无我,那一切血液的流注
都已和时间同归消隐。

---

① 此处当是衍出了一个"要",应订正。

那每一伫足的胜利的光辉
虽然照耀,当我终于从战争归来,
当我把心的深处呈献你,亲爱的,
为什么那一切发光的领我来到绝顶的黑暗,
坐在山岗上让我静静地哭泣。

(合唱队)

  如果我们能够看见他
  如果我们能够看见
  不是这里或那里的苗生
  也不是时间能够拿起或者放弃的
  如果我们能够给出我们的爱情
  不是射在物质和物质上使它自己消损,
  如果我们能够看见
  我们小小的恐惧我们的惶惑和暗影
  放在大的光明中

  如果我们能够挣脱
  欲望的暗室和习惯的硬壳
  迎接他
  如果我们能够尝到
  不是一层甜皮下的经验的苦心
    他是静止的生出虚妄
  他是众力的一端生出他的违反。
    他给安排的歧路和错杂!
  为了我们知道渴求
  原来的地方。
  所以,他是这样喜爱
  他让我们分离

他给我们一点权力等它自己变灰,
  喔,他正等我们以损耗的全热
投回他慈爱的胸怀。

(爱情的发见)

我曾经生活过,我曾经燃烧过,
我曾经被割裂
在愤怒,悔恨,和间歇的冷漠里。
我曾经憎恶一个人,把他推去,
他有高×①骨,小眼睛,枯干的耳朵,
他用嘶哑的声音喝喊他的同族,
他用辛劳,鞭子,苦笑,来增加自己的一点积蓄。
  他在黄金里看见了什么呢?他的一切为了什么呢?
  宽恕他,为了追寻他所认为最美的,
  他已变得那样可厌,和憔悴。

我曾经把他推去,把我的兄弟推去,
我曾经自立在偏见里,而我没有快乐,
我从一个家系出来,看见他们都是弟兄,
看见这一个欺骗,那一个用口舌
完成一切他的能力所不能完成的。
  他活着为什么呢?他不断的虚空有什么安慰呢?
  宽恕他,因为他觉得他是看见了
  真实,虽然包容在流动的语言里。

我们的家系是一个不幸的家系,
我们追求繁茂,反而因此分离。

---

① 此处有一字漫衍不清,《新诗评论》版推断为"颧"。

我曾经爱过,我的眼睛却未曾明朗,
当我回顾的时候,我看见另外一个我自己……
她曾经说,我永远爱你,永不分离。
虽然她的爱情限制在永变的环境里,
虽然她是走了,在快乐和快乐间隔着悲戚,
  为什么责备呢?为什么不宽恕她的失败呢?
  宽恕她,因为那与"永恒"的结合
  她也是这样渴求却不能求得!

合唱队

如果我们能够看见他
如果我们能够看见
我们的童年所不意角到①的
而后远离了,却又是我们起伏的血液
同所流趋的

如果人世一切的尊贵和华丽
都是我们片面的窥见所致予
如果我们能够看见他
在欢笑后面的哭泣,哭泣后面的
最后一层欢笑里

在虚假的真实底下
那真实的灵活的源泉
如果我们不是囚禁于
我们劳心所获得的片面意识里

---

① 此处"角到"不词,当是排印之误。

如果我们不把种子因着①
脱离种子树木才能长大……

在我们的前面有一条道路
在道路的前面有一个目标
这条道路隔离我们又引导我们
走向那个目标
在我们黑暗的囚室里有一线微光
这一线微光使我们留恋黑暗
这一线微光给我们幻象的骚扰
在黎明透过我的囚室以前

如果我们能够看见他
如果我们能够看见

三、祈神

在寻求你的时候，主呵，让我们忍耐而且快乐，
因为谁能无视呢？每个挫折带我们更近你一步，
我们失败了才能愈感到你的坚真和完整，
我们绕过一个圈子才能在每个方向里和你溶合。

让我们和耶稣一样，给我们你给他的欢乐，
因为我们已经畏惧了
在相反的人中扩大我自己，

---

① 从上下文看，此处"因着"一词不当。对较《文聚》版《合唱二章》(即《祈神二章》)，可订正为"固着"。

让我们体味朝你的飞扬,在无尽连续的事物里
让我们违反自己,拥抱一片广大的面积。

在来处与去处之间,主呵,
我们站在这荒凉的悬崖上,
我们是廿世纪的众生骚动在黑暗里,
我们有机器和制度却没有幸福
我们有复杂的感情却无处归依
我们有很多的声音而没有真理
我们有良心我们永无法表露
而我们已经看见过了
那使我们沉迷彩色只能使我们厌倦①
那煽感②的言语只能燃烧我们的半生
那使我们疯狂的
是我们生活里堆积的,无可发泄的感情
让我们和穆罕穆德一样,在他沙漠的岁月里
让我们在说这些假话做这些假事时
想到你

呵,那些使徒的欢乐,因为看见你
逆境又逆境,不能把他们征服
他们是这样欢乐
他们以清朗的心投在脏污里

---

① 本行读不通,应有漏排之字。《文学杂志》版有一行作"那使我们沉迷的只能使我们厌倦",即"沉迷彩色"作"沉迷的";《新诗评论》版推断"沉迷彩色"应作"沉迷的彩色",并且认为在现代作家的一些表达之中,"彩色"有"色彩"之意。

② 《新诗评论》版认为,"感"可能是"惑"之误,

一第①嬉笑的孩子们跳在河里撩水

主呵,我们这样的精力失散到哪里去了

我们生活着们没有中心
我航有很多中心②
我们的很多中心不断地冲突
或者我们放弃
无尽的丰富枯死在种子里

主呵,我们衷心的痛惜失散到哪里去了

每日每夜,我们计算增加一点钱财
每日每夜,我们度量这人或那人对我们的态度
每日每夜,我们发明一些社会给我们安排的前途

主呵,我们生来的自由失散到哪里去了

等我们哭泣时已经没有眼泪
等我们欢笑时已经没有声音
等我们热爱时已经一无所有
如果我们像荒原一样,不得到你的雨露的降临;如果我们仍
　在聪明的愚昧里,不再苏醒;

---

① "一第"不词,《新诗评论》版推断可能是"一若"之误,从手写体看,"若"与"第"较易混淆。
② 上一行和本行均读不通,应是有误排之字。《文学杂志》版有两行作"因为我们生活着却没有中心/我们有很多中心",对校之下,"们没有"可订正为"却没有","我航"可订正为"我们"。

主呵,因为我们看见了,我们已经有太多的战争,
太多的不满足,太多的生中之死,死中之生
我们有太多的分裂,阴谋,冷酷,陷害,报复,
这一切把我们推到相反的极端,我们应该
忽然转身,看见你

这是时候了,这里是我们被曲解的生命
请你引导,这里是我们碎裂的众心
请你揉合
主呵,你来到最低把我们提到最高的……

一九四三年,三月。

(原刊《华声》,第 1 卷第 5—6 期,1945 年 1 月。该版长期湮没无闻,以致学界视《隐现》为 1947 年的作品;该版曾重刊于《新诗评论》2010 年第 2 辑。又因该版与后出版本大有差异,故单独列出。)

隐 现

让我们看见吧,我的救主。

(一)历程①

现在,一天又一天,一夜又一夜,
我们来自一段完全失迷的路途上,
闪过一下星光或日光,就再也触摸不到了,
说不出名字,我们说我们是来自一段时间,
一串错综而零乱的,枯干的幻象,
使我们哭,使我们笑,使我们忧心
用同样错综而零乱的②血液里的纷争,
这一时的追求或那一时的满足,
但一切的诱惑不过诱惑我们远离;
远远的,在那一切僵死的名称的下面,
在我们从不能安排的方向,你
给我们有一时候山峰,有一时候草原,
  有一时候相聚,有一时候离散,
  有一时候欺人,有一时候被欺,
  有一时候密雨,有一时候燥风,
  有一时候拥抱,有一时候厌倦,
  有一时候开始,有一时候完成,
  有一时候相信,有一时候绝望。

主呵③,我们摆动于时间的两极,

---

① 《文学杂志》版、自选集版,"(一)历程"作"(一)宣道";诗文集版,作"1 宣道"。
② 《文学杂志》版、诗文集版,多","。
③ 自选集版,"呵"作"啊"。

但我们说，我们是向着前面进行，
因为我们认为真的①现在已经变假，
我们曾经哭泣过的，现在已被遗忘。
一切在天空，地面，和水里的生命我们都看见过了，
我们看见在所有的变中只有这个不变，
无论你胜利②或失败只有这个不变，
新奇的已经发生过了正在发生着或者将要发生，然而只有这
　　个不变：
无尽的河水流向大海，但是大海永远没有溢满，海水又交还
　　河流，
一世代的人们过去了，另一个世代来临，是在他们被毁的地
　　方一个新的回转，
在日光下我们筑屋，筑路，筑桥：我们所有的劳役不过是祖业
　　的重复。
或者我们使用大理石塑像，崇拜我们的英雄与美人，看它③终
　　竟归于模糊，④
我们痛惜美丽的失去了，但失去的并不是它的火焰，
我们一切的发明不过为了——但我们从没有增加安适，⑤也
　　没有减少心伤。
我们和错误同在，可是我们厌倦了，我们追念自然，
以色列之王所罗门曾经这样说：
一切皆虚有，一切令人厌倦。
那曾经有过的将会再有，那曾经失去的将再被失去，

---

① 《文学杂志》版、诗文集版，多"，"。
② 《文学杂志》版、自选集版、诗文集版，"胜利"作"成功"。
③ 《文学杂志》版、诗文集版，"它"作"他"。
④ 诗文集版，本行后空一行。
⑤ 诗文集版，缺"，"。

我们的心不断的扩张,我们的心不断的①退缩,
我们将终止于我们的起始,②

所以我们说
我们能给出什么呢？我们能得到什么呢③
一切的原因迎接我们,又从我们流走,
所有古老的传统,所有的声音,所有的喜怒笑骂,所有的树木
　　花草都在等待我们的降生,
有一个生命付与了这所有的让它们④等待:
智者让智慧流过去,青年让热情流过去,先知者让忧患流过
　　去,农人让田野的五谷流过去,少女让美的形象流过去,统
　　治者让阴谋和残酷流过去,反抗者⑤让新生的痛苦流过去,
　　大多数人让无知的罪恶流过去,
我们是我们的付与,在我们的付与中折磨,
一切完成它自己;一切奴役我们,流过我们使我们完成。
所以我们说
我们能给出什么呢？我们能得到什么呢⑥
在一条永远漠然的河流中,生从我们流过去,死从我们流过
　　去,血汗和眼泪从我们流过去,真理和谎言从我们流过去,
有一个生命这样的诱惑我们,又把我们这样的⑦遗弃,
如果我们摇起一只手来:它是静止的,
　　如果因此我们变动了光和影,如果因此花朵儿开放,或者我

---

① 《文学杂志》版、诗文集版,行中两处"不断的"均作"不断地"。
② 《文学杂志》版、诗文集版,","作"。"。
③ 诗文集版,多"?"。
④ 《文学杂志》版、诗文集版,"它们"作"他们"。
⑤ 《文学杂志》版、诗文集版,"反抗者"作"叛徒"。
⑥ 诗文集版,多"?"。
⑦ 《文学杂志》版、诗文集版,行中两处"这样的"均作"这样地"。

们震动了另外一个星球,

主呵,这只是你的意图朝着它自己的方向完成。

(二)祈神①

1②

---

① 《文学杂志》版、自选集版,"(二)祈神"作"(二)历程";诗文集版,作"2 历程"。
② 《大公报》版,此一部分与其他各版(包括最初的《华声》版)均有相当大的差异,它仅有 1、2 两章,而没有"情人自白""爱情的发见"等内容,它与曾单独成诗的《祈神二章》(初刊《文聚》时题作《合唱二章》)相差无几,但这两章"合唱"的位置却又与各版互换。由于变动相当大,且《文学杂志》版和诗文集版差别并不大,下面以《文学杂志》版为参照,诗文集版与自选集版基本相同,它们与《文学杂志》版的异文则借助下划线和[ ]标出(基本格式,改动如 ××[××],删除则如 ××[××]),至于空格、空行方面的小差异,因格式已过于繁琐,不再一一出校:

在自然里固定着人的命运
当人从自然的赤裸里诞生
他的努力是不断地获得
隔离了多的去获得那少的
当人从自然的赤裸里诞生
我要指出他的囚禁,他的回忆
成了他的快乐

情人自白:

全是不能站稳的
亲爱的,是我脚下的路程;
接受一切温暖的吸引在岩石上,
而岩石突然不见了。孩童的完整
在父母的约束里使我们前行:
那[获取]新鲜的知识,初见的
欢快,世界向我们不断地扩充,
可是当我爬过了这一切而来临,
亲爱的,坐在崩溃上让我静静地[的]哭泣。

一切都在战争,亲爱的,
那以真战胜的假,以假战胜的真,
一的多和少,使我们超过而又不足,

（接上页）
没有喜的内心不败于悲，也没有悲
能使我们凝固，接受那样甜蜜的吻
不过是谋害使我们立即归于消隐。
那每一伫足的胜利的光辉
虽然胜利，当我终于从战争归来，
当我把心的疲倦呈献你，亲爱的，
为什么一切发光的领我来到绝顶的黑暗，
坐在崩溃的峰顶让我静静地[的]哭泣。

合唱：

如果我们能够看见他
如果我们能够看见
我们的童年所不意拥有的
而后远离了，却又是成年一切的辛劳
同所寻求失败的，

如果人世各样的尊贵和华丽
不过是我们片面的窥见所赋予，
如果我们能够看见他
在欢笑后面的哭泣哭泣后面的
最后一层欢笑里，

在虚假的真实底下
那真实的灵活的源泉，
如果我们不是自禁于
我们费力与半真理的密约里
期望那达不到的圆满的结合，

在我们的前面有一条道路
在道路的前面有一个目标
这条道路引导我们又隔离我们
走向那个目标，
在我们黑暗的孤独里有一线微光
这一线微光使我们留恋黑暗
这一线微光给我们幻象的骚扰
在黎明确定我们的虚无以前

如果我们能够看见他
如果我们能够看见……

（接上页）
爱情的发见：

活着[生活]是困难的，你必须打[哪里是你的]一扇门。[?]
这世界充满了生[生命]，却不能动转
挤在人和人的死寂之中，
看见金钱的闪亮，或者强权的自由，
伸出脏污的手来把障碍屏[摒]除，
（在有路[行为]的地方，就有光的引导。）
阴谋，欺诈，鞭子，都成了他的扶助。
   他在黄金里看见什么呢？他从暴虐里获得什么呢？
   宽恕他，为了追寻他所认为最美的，
   他已变得这样丑恶，和孤独[冷酷]。

活着[生活]是困难的，你必须打[哪里是你的]一扇门。[?]
那为人讥笑的偏见，狭窄的灵魂
使世界成为僵硬，残酷[窒息]，令人诅咒的，
无限的小，固执地和我们的理想战斗，
（在有路[行为]的地方，就有光的引导。）
挡住了我们，使历史停在这里受苦。
   他为什么不能理解呢？他为什么甘冒我们的怨怒呢？
   宽恕他，因为他觉得他是拥抱了
   真和善，虽然已是这样腐烂。

爱着[生活]是困难的，你必须打[哪里是你的]一扇门。[?]
我们追求的是[的是]繁茂，反而因此分离。
我曾经爱过，我的眼睛却未曾明朗，
一句无所归宿的话，使我不断地悲伤：
她曾经说，我永远爱你，永不分离。
（在有路[行为]的地方，就有光的引导。）
虽然她的爱情限制在永变的事物里，
虽然她竟说了一句谎[慌]，重复过多少世纪，
   为什么责备呢？为什么不宽恕她的失败呢？宽恕
   她，因为那与永恒的结合
   她也是这样渴求却不能求得！

合唱：

如果我们能够看见他
如果我们能够看见
不是这里或那里的苗生
也不是时间能够占有或者放弃的，

如果我们能够看见他
如果我们能够看见
不是这里或那里的苗生
也不是时间能够占领或者放弃的，

如果我们能够给出我们的爱情
不是射在物质和物质间把它自己消损
如果我们能够洗涤
我们小小的恐惧我们的惶惑和暗影
放在大的光明中，

（接上页）
如果我们能够给出我们的爱情
不是射在物质和物质间把它自己消损，
如果我们能够洗涤
我们小小的恐惧我们的惶惑和暗影
放在大的光明中，

如果我们能够挣脱
欲望的暗室和习惯的硬壳
迎接他，
如果我们能够尝到
不是一层甜皮下的经验的苦心，

他是静止的生出动乱，
他是众力的一端生出他的违反。
O 他给安排的歧路和错杂！
为了我们倦了以后渴求
原来的地方。
他是这样地喜爱我们
他让我们分离
他给我们一点权力等它自己变灰，
O 他正等我们以损耗的全热
投回他慈爱的胸怀。

如果我们能够挣脱
欲望的暗室和习惯的硬壳
迎接他——
如果我们能够尝到
不是一层甜皮下的经验的苦心,

他是静止的生出动乱,
他是众力的一端生出他的违反。
　他给安排的歧路和错杂!
为了我们倦了以后渴求
原来的地方。
　是这样的喜爱我们
他让我们分离
他给我们一点权力等它自己变灰,
　他正等我们以损耗的全热
投回他慈爱的胸怀。

2

如果我们能够看见他
如果我们能够看见
我们的童年所不意拥有的
而后远离了,却又是成年一切的辛劳
同所寻求失败的,

如果人世各样的尊贵和华丽
不过是我们片面的窥见所赋予
如果我们能够看见他

在欢笑后面的哭泣哭泣后面的
最后一层欢笑里。

在虚假的真实底下
那真实的灵活的源泉,
如果我们不是自禁于
我们费力与半真理的密约里
期望那达不到的圆满的结合,

在我们的前面有一条道路
在道路的前面有一个目标
这条道路引导我们又隔离我们
走向那个目标,
在我们黑暗的孤独里有一线微光
这一线微光使我们留恋黑暗
这一线微光给我们幻象的骚扰
在黎明确定我们的虚无以前

如果我们能够看见他
如果我们能够看见……

(三)源泉①

在我们的来处和去处之间,
在我们的获得和丢失之间,
主呵,那日光的永恒的照耀季候的遥远的轮转和山河的无尽

---

① 《文学杂志》版、自选集版,"(三)源泉"作"(三)祈神";诗文集版,作"3 祈神"。

的丰富

　　枉然：我们站在这个荒凉的世界上，
我们是二十①世纪的众生骚动在它的黑暗里，
我们有机器和制度却没有文明
我们有复杂的感情却无处归依
我们有很多的声音而没有真理
我们来自一个良心却各自藏起，

我们已经看见过了
那使我们沉迷的只能使我们厌倦，
那使我们厌倦的挑拨我们一生，
那使我们疯狂的
是我们生活里堆积的，无可发泄的感情
为我们所窥见的半真理利用，
主呵，让我们和穆罕穆德②一样，在他沙漠的岁月里
让我们在说这些假话做这些假事时
想到你，

在无法形容你的时候，让我们忍耐而且快乐，
让你的说不出的名字贴近我们焦灼的嘴唇，无所归宿的手和
　　不稳的脚步，
因为我们已经忘记了
我们各自失败了才更接近你的博大和完整③
我们绕过无数圈子才能在每个方向里与你结合，

---

① 《文学杂志》版、诗文集版，"二十"作"廿"。
② 诗文集版，"穆罕穆德"作"穆罕默德"。
③ 《文学杂志》版、诗文集版，多"，"。

让我们和耶稣①一样,给我们你给他的欢乐,
因为我们已经忘记了
在非我之中扩大我自己,
让我们体验我们朝你的飞扬,在不断连续的事物里,
让我们违反自己,拥抱一片广大的面积,

主呵,我们这样的欢乐失散到哪里去了

因为我们生活着却没有中心
我们有很多中心
我们的很多中心不断的②冲突,
或者我们放弃
生活变为争取生活,我们一生永远在准备而没有生活,
三千年的丰富枯死在种子里而我们是在继续……

主呵,我们衷心的痛惜失散到哪里去了

每日每夜,我们计算增加一点钱财,
每日每夜,我们度量这人或那人对我们的态度,
每日每夜,我们创造社会给我们指定③的一些前途,

主呵,我们生来的自由失散到哪里去了

等我们哭泣时已经没有眼泪
等我们欢笑时已经没有声音

---

① 《文学杂志》版,"耶稣"作"耶苏"。
② 《文学杂志》版、诗文集版,"的"作"地"。
③ 《文学杂志》版、诗文集版,"指定"作"划定"。

等我们热爱时已经一无所有
一切已经晚了然而还没有太晚,当我们知道我们还不知道的
　　时候,

主呵,因为我们看见了,我们已经有太多的战争,①
太多的不满,太多的生中之死,死中之生,
我们有太多的利害,分裂,②阴谋,报复,
这一切把我们推到相反的极端,我们应该
忽然转身,看见你

这是时候了,这里是我们被曲解的生命
请你舒平,这里是我们枯竭的众心
请你揉合③,
主呵,一切④的源泉,让我们听见你流动的声音。

（经过较大修订的《隐现》,重刊于天津版《大公报·星期文艺》第53期,1947年10月26日,亦刊于《文学杂志》第2卷第12期,1948年5月1日;后收入《穆旦自选诗集》《穆旦诗文集》。现录《大公报》版。按:《大公报》版、《文学杂志》版均未署写作时间,自选集版、诗文集版所署时间相同,为1947年8月。由于《华声》版在前,此一写作时间可视为诗歌重订的时间。）

---

① 《文学杂志》版、诗文集版,本行移作两行,并有文字增加:
　　主呵,因为我们看见了,在我们聪明的愚昧里,
　　我们已经有太多的战争,朝向别人和自己,
② 《文学杂志》版、诗文集版,缺",".
③ 诗文集版,"揉合"作"糅合"。
④ 《文学杂志》版、自选集版、诗文集版,"一切"作"生命"。

诗（一）①

我们没有援助，每人在想着
他自己的危险，每人在渴求
荣誉，快乐，爱情的永固，
而失败永远在我们的身边埋伏，

它发掘真实，这生来的形象
我们畏惧从不敢显露；
站在不稳定的点上，各样机缘的
交错，是我们求来的可怜的

幸福，我们把握而没有勇气，
享受没有安宁，克服没有胜利，
我们永在扩大那既有②边沿③
才能隐藏一切，不为真实陷入。

这一片地区就是文明的社会
所开辟的。呵，这一片繁华
虽然给年青④的血液充满野心，
在它的主人⑤间却吹着疲倦的冷风！

（刊载信息见《诗（二）》说明。）

---

① 其他各版未分（一）、（二），而是统题作《诗》。
② 《旗》版、自选集版、诗文集版，多"的"。
③ 《旗》版、自选集版、诗文集版，多"，"。
④ 诗文集版，"年青"作"年轻"。
⑤ 自选集版、诗文集版，"主人"作"栋梁"。

诗（二）

永在的光呵，尽管我们扩大，
看出去，①想在经验里追寻，
终于生活在可怕的梦魇里，
一切不真实，甚至我们的哭泣

也只能重造哭泣，自动地②
被推动于紊乱中，我们的肃清
也成了紊乱，除了内心的爱情
虽然它永远随着错误而诞生，

是唯一的世界把我们溶和③，
直到我们追悔，屈服，使它僵化，
它的光消殒。我常常看见
那永不甘心的刚强的英雄，

人子呵，弃绝了一个又一个谎，④
你就弃绝了欢乐：⑤还有什么
更⑥能使你留恋的，除了走去

---

① 《旗》版，缺"，"。
② 《旗》版、诗文集版，"地"作"的"。
③ 诗文集版，"溶和"作"融和"。
④ 《赣南民国日报》版，"，"作"。"。
⑤ 《旗》版、诗文集版，"："作"；"。
⑥ 《大公报》版、《旗》版，"更"作"再"。

向着一片荒凉,和悲剧的命运!

一九四三,五月。①

(初刊于重庆版《大公报·文艺》第 11 号,1944 年 1 月 16 日;后刊于《赣南民国日报》,1944 年 2 月 10 日;后收入《穆旦诗集》《旗》《穆旦自选诗集》《穆旦诗文集》。现录《穆旦诗集》版。)

---

① 《旗》版、诗文集版,均署为"一九四三,四月"。

1944 年

赠 别（一）①

多少人的青春在这里迷醉，
然后走上熙攘的路程，
朦胧的是你的怠倦，云光，②和水，
他们的自己丢失了随着就遗忘，

多少次了你的园门开启，
你的美繁复，你的心变冷，
尽管四季的歌喉唱得多好，
当无翼而来的夜露凝重——

等你老了，独自对着炉火，
就会知道有一个灵魂也静静的③，
他曾经爱过你的变化无尽，
旅梦碎了，他爱你的愁绪纷纷。

（刊载信息见《赠别（二）》说明。）

---

① 自选集版、诗文集版，未分（一）、（二），而是统题作《赠别》。
② 诗文集版，缺"，"。
③ 诗文集版，"的"作"地"。

赠 别（二）

每次相见你闪来的倒影
千万端机缘和你的火凝成，
已经为每一分每一秒的事体
在我的心里碾碎无形，

你的跳动的波纹，你的空灵
的笑，我徒然渴望拥有，
它们来了又逝去在神的智慧里，
留下的不过是我曲折的感情，

看你去了，在无望的追想中，
这就是为什么我常常沉默：①
直到你再来，以新的火
摒挡我所嫉妒的时间的黑影。

一九四四，六月。

（曾作为《诗旧抄》的第 1 章，刊载于天津版《大公报·星期文艺》第 22 期，1947 年 3 月 12 日；全诗后收入《穆旦诗集》《穆旦自选诗集》《穆旦诗文集》。现录《穆旦诗集》版。）

---

① 《大公报》版，缺"："。

成　熟（一）①

（一）

每一清早这静谧②的市街，③
不知道痛苦它就要来临，
每个孩子的啼哭，每个苦力
他的无意申诉④的沉默的脚步，
和那投下阴影的高耸的楼基，
同向最初的阳光里混入脏污。

那比劳作高贵的女人的裙角⑤
还静静的⑥叠有⑦昨夜的世界，
从中心压下挤在边沿的人们
已准确的⑧踏进八小时的房屋，
这些我都看见了是一个阴谋，
随着每日的阳光使我们成熟。

（刊载信息见《成熟（二）》说明。）

---

①　《大公报》版、自选集版、诗文集版，未分（一）（二），统题作《成熟》；《旗》版，题作《裂纹》。
②　《旗》版、诗文集版，"静谧"作"安静"。
③　《大公报》版、《旗》版、诗文集版，缺"，"。
④　《旗》版、诗文集版，"无意申诉"作"无可辩护"。
⑤　《旗》版、诗文集版，多"，"。
⑥　诗文集版，"的"作"地"。
⑦　《旗》版、诗文集版，"叠有"作"拥有"。
⑧　诗文集版，"的"作"地"。

成　熟（二）

扭转又扭转，这一颗烙印
终于带着伤打上他全身，
有翅膀的飞翔，有阳光的
滋长，他追求而跌进黑暗。①
四壁是传统，是有力的
白天，支持②一切它胜利的习惯。

新生的希望被压制，被扭转，
等粉碎了他才能安全；
年青的学得聪明，年老的
因此也继续他们的愚蠢，
未来在敌视中。痛苦在于③
那改变明天的已为今天所改变。

一九四四，六月。

（初刊于天津版《大公报·星期文艺》第23期，1947年3月16月，后收入《穆旦诗集》《旗》《穆旦自选诗集》《穆旦诗文集》。现录《穆旦诗集》版。）

---

① 《旗》版、诗文集版，"。"作"，"。
② 《旗》版、诗文集版，"支持"作"扶持"。
③ 《旗》版、诗文集版，本行均作"谁顾惜未来？没有人心痛："。

寄

海波吐着沫溅在岩石上,
海鸥寂寞的翱翔,它宽大的翅膀
从岩石①升起,拍击着,没入碧空。②
无论在多雾的晨昏,或在日午,
姑娘,我们已听不见这亘古的乐声,③

任脚步走向东,走向西,走向南,
我们已走不到那辽阔的青绿的草原,④
林间仍有等你入睡的地方,蜜蜂
仍在嗡营,茅屋在流水的湾处静止,
姑娘,草原上的浓郁仍这样的向我们呼唤,⑤

因为每日每夜,当我守在窗前,
姑娘,我看见我是失去了过去的日子像烟,
微风不断的⑥扑面,但我已和它渐远;
我多么渴望和它一起,流过树顶
飞向你,把灵魂里的霉锈抛扬!

一九四四,八月。

---

① 《大公报》版,多"上"。
② 《大公报》版,"。"作"……"。
③ 《大公报》版、诗文集版,","作"。"。
④ 诗文集版,","作";"。
⑤ 《大公报》版、诗文集版,","作"。"。
⑥ 诗文集版,"的"作"地"。

（曾作为《诗旧抄》的第 2 章，刊载于天津版《大公报·星期文艺》第 22 期，1947 年 3 月 12 日；后收入《穆旦诗集》《穆旦自选诗集》《穆旦诗文集》。现录《穆旦诗集》版。）

活 下 去

活下去，在这片危险的土地上，
活在成群死亡的降临中，
当所有的幻象已变狰狞①所有的力量已经
如同暴露②的大海
凶残摧毁③凶残，
如同你和我都渐渐强壮了却又死去④
那永恒的人。

弥留在生的烦扰里，⑤
在淫荡的颓败的⑥包围中，
看！⑦ 那里已奔来了⑧即将解救⑨我们一切的
饥寒的主人；
而他已经鞭击，
而那⑩无声的黑影已在苏醒⑪和等待
午夜⑫里的牺牲。

---

① 《文哨》版、诗文集版，多"，"。
② 《文哨》版，"暴露"作"裸露"。
③ 《文哨》版，"摧毁"作"摧殿"。按："摧殿"不词，当是排印之误。
④ 诗文集版，多"，"。
⑤ 《文哨》版，本行作"无奈地留在最后的芬芳里，"。
⑥ 《文哨》版，"的"作"底"。
⑦ 《文哨》版，"看！"作"欢笑吧，"。
⑧ 《文哨》版，缺"了"。
⑨ 《文哨》版，"解救"作"治疗"。
⑩ 《文哨》版，"那"作"那时"。
⑪ 《文哨》版，"苏醒"作"舒展"。
⑫ 《文哨》版，"午夜"作"半夜"。

希望,幻灭,希望①,再活下去
在无尽的波涛的淹没中,
谁知道时间的沉重的呻吟就要堕落②在③
于④诅咒里成形的
日光闪耀的岸沿上;⑤
孩子们呀,请看黑夜中的我们正怎样孕育⑥
难产的圣洁的感情。

(初刊于《文哨》第 1 卷第 1 期,1945 年 5 月 4 日,后收入《穆旦诗集》《穆旦自选诗集》《穆旦诗文集》⑦。现录《穆旦诗集》版。按:《文哨》版、《穆旦诗集》版均未署写作时间,较早出版的《穆旦诗全集》以及自选集版、诗文集版则署为 1944 年 9 月。现据此一时间排入。)

---

① 《文哨》版,"希望,幻灭,希望"作"屈辱,忧患,破灭"。
② 诗文集版,"堕落"作"坠落"。
③ 《文哨》版,本行作"迅速的,时间的长久的呻吟就要堕落在"。
④ 《文哨》版,"于"作"由"。
⑤ 《文哨》版,";"作","。
⑥ 《文哨》版,本行作"孩子们,请看我们在怎样地孕育"。
⑦ 自选集版注明《活下去》收入诗集《旗》,不确。

1945 年

线　上

人们说这是他所选择的，
自然的①赐与太多太危险，
他捞起一支笔或是电话机，

八小时躲开②了阳光和泥土，
十年二十年在一件事的末梢上，
在人世的吝啬里，要找到③安全，

学会了被统治才可以统治，
前人的榜样，④忍耐和爬行，
长期的茫然后他得到奖章，

那无神的眼！那陷落的两肩！
痛苦的头脑现在已经安分⑤,⑥

---

① 《文聚》版，"的"作"底"。
② 《文聚》版，"躲开"作"离开"。
③ 《文聚》版，"，要找到"作"——他感到"。
④ 《文聚》版，"，"作"："。
⑤ 《文聚》版，"安分"作"凝固"。
⑥ 《文聚》版、《旗》版，"，"作"！"。

那就要①燃尽的蜡烛的火焰!

在摆着无数方向的原野上,
这时候,他一身担当过②的事情
碾过他,却只碾③出了一条细线。

一九四五,二月。

(初刊于《文聚》第2卷第3期,1945年6月,后收入《穆旦诗集》《旗》《穆旦自选诗集》《穆旦诗文集》。现录《穆旦诗集》版。)

---

① 《文聚》版,"就要"作"快要"。
② 《文聚》版,缺"过"。
③ 《文聚》版、《旗》版、自选集版,两处"碾"均作"辗"。

被 围 者

（一）

这是什么地方？年青的①时间
每一秒白热而不能等待，
堕下来成了你不要的形状。
天空的流星和水，那灿烂的
焦燥②，到这里就成了今天
一片砂砾。我们终于看见
过去的都已来就范，所有的暂时
相结起来是这平庸的永远。

呵，这是什么地方？不是少年
给我们幻想③的，也不是老年
在我们这样容忍又容忍以后，
就能采拮④的果园。在阴影下
你终于生根，⑤在不情愿里，
终于成形。⑥ 如果我们能冲出，
勇士呵⑦，如果敢于使人们失望⑧，

---

① 《诗文学》版，"年青的"作"迟疑，"；《旗》版、诗文集版，缺"年青的"。
② 诗文集版，"焦燥"作"焦躁"。
③ 《诗文学》版、《旗》版、诗文集版，"幻想"作"预言"。
④ 诗文集版，"采拮"作"采撷"。按："采拮"不词，可订正为"采撷"。
⑤ 《诗文学》版，"，"作"。"。
⑥ 《诗文学》版，"。"作"，"。
⑦ 自选集版，"呵"作"啊"。
⑧ 《诗文学》版、《旗》版、诗文集版，"敢于使人们失望"作"有形竟能无形"。

别让我们拖延①在这里相见!

(二)

看,青色的路从这里伸出,②
而又回归。那自由广大的面积,
风的横扫,海的跳跃,旋转着
我们的神智:一切的行程
都不过落在这敌意的地方。
在这渺小的一点上:最好的
露着空虚的眼,最快乐的
死去,死去但没有一座桥梁。

一个圆,多少年的人工,
我们的绝望将使它完整。③
毁坏它,朋友!让我们自己
就是它的残缺,比平庸要④坏:
闪电和雨,新的气温和希望⑤
才会来灌注:推倒一切的尊敬!⑥
因为我们已是被围的一群,

---

① 《旗》版、诗文集版,"拖延"作"拖进"。
② 《诗文学》版、《旗》版,"伸出,"作"引出";诗文集版,行末缺","。
③ 《诗文学》版,"。"作"!"。
④ 《诗文学》版、《旗》版、诗文集版,"要"作"更"。
⑤ 《诗文学》版、《旗》版、诗文集版,"希望"作"泥土"。
⑥ 《诗文学》版、《旗》版、诗文集版,本行作"才会来骚扰,也许更寒冷,"。

我们翻转,才有新的土地觉醒。①

一九四五,二月。

(初刊于《诗文学》丛刊第 2 辑《为了面包与自由》,1945 年 5 月,后收入《穆旦诗集》《旗》《穆旦自选诗集》《穆旦诗文集》。现录《穆旦诗集》版。)

---

① 《诗文学》版、《旗》版、诗文集版,本行作"我们消失,乃有一片'无人地带'。"

退 伍

城市的夷平者,回到城市来,
没有个性的兵,重新恢复一个人,
战争太给你寂寞,可是回想
那钢铁的伴侣也①给你欢乐,

这里却不成:陌生还是陌生,
没有燃烧的字,可以②为它舍命,
也没有很快的亲切,孩子般的无耻,
那里全打破这里的平庸,

也没有从危险逼出的幻想,
习惯于接受,人们自私的等待,③
而且腐烂④,没有方法生活,
城市的保卫者,回到母亲的胸怀:

过去是死,现在渴望再生,
过去是分离违反着感情,
但是我们的胜利者回来看见失败,
和平的给与⑤者,你也许不能

立刻回到和平,在和平里粉碎,
由不同的每天变为相同,

---

① 《旗》版、诗文集版,"也"作"曾"。
② 诗文集版,"可以"作"可别"。
③ 《旗》版,本行作"习惯于取得,人们都近乎等待"。
④ 《旗》版,"腐烂"作"茫然"。
⑤ 《旗》版,"给与"作"赐与";诗文集版,作"赐予"。

毫未准备,死难者生还的伙伴,
你未来的好日子隐藏着敌人。

我们在摸索:没有什么可以并比,
当你们巨大的意义忽然结束;①
要恢复自然,在行动后的空虚里,
要换下制服,热血的梦想者

虽然有点苍老,也许反不如穿上
那样容易;过去有牺牲的欢快,
现在则是日常生活,现在要拾起
过去遗弃的,虽然是②回到我们当中!③

辛苦过④的弟兄,你却有点隔膜,
想着年青⑤的日子在那些有名的地方,
因为是在一次人类的错误里,包括你自己,
从战争回来的,你得到难忘的光荣。

一九四五,四月。

(初刊于天津版《益世报·文学周刊》第53期,1947年8月16月,后收入《穆旦诗集》《旗》《穆旦自选诗集》《穆旦诗文集》。现录《穆旦诗集》版。)

---

① 诗文集版,";"作","。
② 《旗》版,"是"作"已"。
③ 《益世报》版、诗文集版,"!"作"——"。
④ 《旗》版,缺"过"。
⑤ 诗文集版,"年青"作"年轻"。

海 恋

蓝天之漫游者,海的恋人,
给我们鱼,给我们水,①给我们
燃起夜星的,②疯狂的先导,③
我们已为沉重的现实闭紧。④

自由一如无迹的歌声,博大
占领万物,是欢乐之欢乐,
表现了一切而又归于无有,
我们却残留在微末的具形中。⑤

比现实更真的梦,比水
更湿润的思想,在这里枯萎,
青色的魔,跳跃,从不休止,
路的创造者,无路的旅人,⑥

从你的眼睛看见一切美景,
我们却因忧郁而更忧郁,
踏在脚下的⑦太阳,未成形的

---

① 《正报》版,缺","。
② 《正报》版,","作"。"。按,此处用"。"不妥,当是排印之误。
③ 《大公报》版、《正报》版,","作"——"。
④ 《正报》版,缺"。"。
⑤ 《正报》版,"。"作",",且本行后未分行。
⑥ 《大公报》版、诗文集版,","作"。"。按:从各节最末一行标点的处理来看,此处用"。"更为合理。
⑦ 《正报》版,"的"作","。

力量,我们丰富的无有,歌颂:

日以继夜,那白色的鸟的回翔①,
在知识以外,那山外的群山,
那我们不能拥有的,你已站在中心,②
蓝天之漫游者,海的恋人!

一九四五,四月。

(初刊于天津版《大公报·星期文艺》第 23 期,1947 年 3 月 16 日,后刊于《正报·生活》第 487 期,1948 年 5 月 10 日;后收入《穆旦诗集》《穆旦自选诗集》《穆旦诗文集》。现录《穆旦诗集》版。)

---

① 诗文集版,"回翔"作"翱翔"。
② 《大公报》版,本行作"紊乱,来自我们心里的,你在放射。";《正报》版同此,但行末为","。

旗

我们都在下面,①你在高空飘扬,
风是你的身体,你和太阳同行,
常想飞出物外,却为地面拉紧,②

是写在天上的话,大家都认识,
又简单明确,又博大无形,
是英雄们的游魂活在今日,③

你渺小的身体是战争的动力,
战争过后,而你是唯一的完整,
我们化成灰,光荣由你留存,④

太肯负责任,我们有时茫然,
资本家和地主拉你来解释,
用你来取得众人的和平,⑤

是大家的心,可是比大家聪明,
带着清晨来,随黑夜而受苦,
你最会说出自由的欢欣,⑥

---

① 《旗》版,缺","。
② 《旗》版、诗文集版,","作"。"。
③ 《旗》版、诗文集版,","作"。"。
④ 《旗》版、诗文集版,","作"。"。
⑤ 《旗》版、诗文集版,","作"。"。
⑥ 《旗》版、诗文集版,","作"。"。

四方的风暴，由你最先感受，
是大家的方向，因你而胜利固定，
我们爱慕你，如今属于人民。

一九四五，四月。①

（初刊于天津《益世报·文学周刊》第 44 期，1947 年 6 月 7 日，后收入《穆旦诗集》《旗》《穆旦自选诗集》《穆旦诗文集》。现录《穆旦诗集》版。）

---

① 《旗》版、诗文集版，署为"一九四五，五月"。

流吧,长江的水①

流吧,长江的水,缓缓的流,
玛格丽就住在岸沿②的高楼,
她看着你,当春天尚未消逝,
流吧,长江的水,我的歌喉。

多么久了,一季又一季,
玛格丽和我彼此的思念,
你是懂得的,虽然永远沉默③,
流吧,长江的水,缓缓的流。

这草色青青,今日一如往日④,
还有鸟啼,霏雨,金黄的花香,
只是⑤我们有过的已⑥不能再有,⑦
流吧,长江的水,⑧我的烦忧⑨。

玛格丽还要从楼窗外望⑩,

---

① 《诗地》版,题作《重庆居》。
② 《诗地》版,"岸沿"作"岸崖"。
③ 《诗地》版,"虽然永远沉默"作"却留住"。
④ 《诗地》版,"今日一如往日"作"一如我们昔日"。
⑤ 《诗地》版,"只是"作"但"。
⑥ 《诗地》版,"已"作"却"。
⑦ 《诗地》版,","作"。"。
⑧ 《诗地》版,行中两处","均作"。"。按:其余三节最末一行句式相同,但句中均为",",此处疑是排印之误。
⑨ 《诗地》版,"烦忧"作"忧愁"。
⑩ 《诗地》版,"外望"作"下望"。

那时她的心里已很不同,
那时我们的日子全已忘记①,
流吧,长江的水,缓缓的流。

一九四五,四月。②

(初刊于《诗地》第 1 期,1947 年 1 月 1 日,后收入《穆旦诗集》《穆旦自选诗集》《穆旦诗文集》。现录《穆旦诗集》版。)

---

① 《诗地》版,"忘记"作"过去"。
② 《诗地》版,署为"五月十二日"。

甘　地①

（一）
行动是中心，于是投进错误的火焰中，
在此时此地的屈辱里，要教②真理成形，
一个巨大的良心承受四方的风暴，因爱
而遍受伤痕，受伤而自忏悔，
甘地，骄傲的灵魂，他站得最低③。

（二）
左右都是懦弱：压制者的伪善
呼喊不出来，因为被压制者自己
就维护伪善，自古以奴役为榜样。
攻击前面的，罪恶自后面④携手，
甘地唯有勇敢的和上帝同行，使众人忏悔。

（三）
把自己交给主，回到农村和土地，
饥饿的印度，无助的印度，是在那里包藏，
他把他们暴露出来，为了向他们求乞。
麻痹的印度，凡是他走过的地方，人民得到了起点，
甘地以自己铺路，印度有了旅程，再也不能安息。

---

① 手稿版，题作《圣者甘地》。
② 《旗》版，"教"作"叫"。
③ 《大公报》版、诗文集版，"最低"作"很低"。
④ 手稿版、《大公报》版、《旗》版、诗文集版，"后面"作"后方"。

(四)
在"死的大厦"里,人们献给他荣耀的花冠,
他所来自的地方,甘地,他已经不再回去①,
现代文明有千万诱惑,然而他只寻求贫穷,
第一个反抗者,没有沾上"死"②,一点不肯牺牲,
我们看见他,无穷的热力,周流在自然的怀里。

(五)
面临崩溃、③困守着良知而不转移,
每个起点终止于暴力,只好从不要的胜利中④折回,
甘地撕开欺骗,他承认失败是因为不肯放弃:
痛苦已经够了,屈辱已经够了,历史再不容错误,
他是指挥被压迫的心,向无形而普在的物质征服。

(六)
成功不是他的,反复追求不过使悲剧更加庄严,
一切决定的朝⑤他反抗,甘地因而得到了表现;
火焰已经投出,当一个世纪还在观望和犹疑,
当生命被敌视,走过而消失⑥,在神魔之间
甘地,他上下求索,在无底里凝固了人的形象。

---

① 《大公报》版,"回去"作"回来"。
② 《大公报》版,"死"字前后缺引号。
③ 《大公报》版、《旗》版、自选集版、诗文集版,"、"作","。
④ 《大公报》版,缺"中"。
⑤ 《大公报》版,"朝"作"向"。
⑥ 自选集版,"走过而消失"作"危险丛聚着"。

（七）
你掩没①在浪潮里的巨石，一座古代的神龛，
是无信仰里的信仰，当你的膜拜者已被奴役，
无可②辩护的声音，在无声之中，要为奴隶举起。
甘地向奴隶膜拜③，迷路者因而看到了巨石，
印度失而复得，在甘地的坚定里，向现代发出声音！

（八）
是情感丰富的热带，繁茂的，人和自然的花园，
安详的土地，大河流贯，森林里游走着狮王和巨象，
在曙光中，那看见新大陆的人，他来了把十字架竖起④，
他竖起的是谦卑美德，沉默牺牲，无治而治的人民，
在耕种和纺织声里，祈祷一个洁净的国家为神治理。

一九四五，五月。⑤

（1945年4月10日，在给友人曾淑昭的信中曾抄录该诗的前四节，并有手稿存世，见《穆旦诗文集（1）》书前插页，此称手稿版；初刊于天津版《大公报·星期文艺》第27期，1947年4月13日；后收入《穆旦诗集》《旗》《穆旦自选诗集》《穆旦诗文集》。现录《穆旦诗集》版。）

---

① 《大公报》版、《旗》版、诗文集版，"掩没"作"淹没"。
② 《大公报》版，"无可"作"不用"。
③ 《旗》版，"膜拜"作"筑屋"。
④ 《旗》版，"竖起"作"竖立"。
⑤ 《旗》版，署为"一九四五，四月"。

给 战 士①

这样的日子,这样才叫生活,
再不必做牛,做马,坐办公室,
大家的身子都已直立,

再不必给压制者挤出一切②,
累得半死,得点③酬劳还要感激,
终不过给快乐的人们垫底,④

还有你,几乎已经⑤牺牲,⑥
为了社会里大言不惭的爱情,
现在由危险渡入安全的和平,

还有你,从来得不到准许⑦
这样充分的表现⑧你自己,
社会只要你平庸,一直到死,

---

① 诗文集版,有副题"——欧战胜利日"。
② 《旗》版,"挤出一切"作"挤出油来"。
③ 诗文集版,"得点"作"得到"。
④ 《旗》版,本节后另有1节(共3行):
　　再不必辗转在既定的制度中,
　　不平的制度,可是呼喊没有用,
　　转而投靠,也仍得费尽了心机,
⑤ 《益世报》版,"已经"作"已给"。
⑥ 《旗》版,缺","。
⑦ 《旗》版,"准许"作"允许";《益世报》版,行末多","。
⑧ 《旗》版,"表现"作"使用"。

可是今天，所有的无力①
都在新生，巨狮已经咆哮，
过去是奴隶，冷淡，和叹息，

这样的日子，这样才叫生活，
太阳晒着你，风吹着你，
和你面对面的再不是恐惧，

人民的世纪，大家终于起来，②
为日常生活而战，为自己③牺牲，
人民里有了自己的英雄，④

有了自己的笑，有了志愿的死，
多么久了我们只是在梦想⑤，
如今一切终于在我们手中，

有这么一天，不必再乞求⑥，
为爱情生活，大家都放心⑦，
大家的血里复旋起古代的英灵⑧，

这是真正的力，为我们取得，

---

① 《旗》版脱落本行，当是排印之误。
② 诗文集版，缺"，"。
③ 《益世报》版，多"而"。
④ 诗文集版，"，"作"。"。
⑤ 《旗》版，"只是在梦想"作"没有这机会"。
⑥ 《旗》版，"不必再乞求"作"什么都算洗净"。
⑦ 《旗》版，"放心"作"相同"。
⑧ 《旗》版，"复旋起古代的英灵"作"都唱着反抗的歌声"。

不可屈辱的,如今得到证明,
在坦途行进①,每一步都是欢欣,

别了,那寂寞而阴暗的小屋,
别了,那都市的霉烂的生活,
看看我们,这样的今天才是生!

一九四五,五九。
欧战胜利日。②

(初刊于天津《益世报·文学周刊》第 44 期,1947 年 6 月 7 日,后收入《穆旦诗集》《旗》《穆旦自选诗集》《穆旦诗文集》。现录《穆旦诗集》版。)

---

① 诗文集版,"行进"作"前进"。
② 《益世报》版、《旗》版、自选集版,署为"一九四五,五月"。

野 外 演 习

我们看见的是一片风景：
多姿的树，富有哲理的坟墓，
那风吹的草香也不能伸入他们的匆忙，
他们由永恒躲入刹那的掩护，①

事实上已承认了大地的母亲，
又把几码外的大地当做②敌人，
用烟雾③掩蔽，用枪炮射击，
不过招来损伤：永恒④的敌人从未⑤在这里。

人和人的距离却因而拉长，
人和人的距离才忽而缩短，
危险这样靠近，眼泪和微笑
合而为人生⑥：这里是单纯的缩形。

也是最古老的职业，越来
我们越看到其中的利润，
从小就学起，残酷总嫌不够，
全世界的正义都这么要求。

一九四五，七月。

---

① 《侨声报》版、《旗》版，","作"。"。按：从各节最末一行标点的处理来看，此处用"。"更为合理。
② 诗文集版，"当做"作"当作"。
③ 《侨声报》版、诗文集版，"烟雾"作"烟幕"；《旗》版，作"烟幕来"。
④ 《侨声报》版、《旗》版，"永恒"作"真正"。
⑤ 《侨声报》版，"从未"作"从不"。
⑥ 《侨声报》版，"合而为人生"作"是一个人生"。

（初刊于《侨声报·学诗》第5期，1946年10月10日；亦刊于天津《益世报·文学周刊》第44期，1947年6月7日；后收入《穆旦诗集》《旗》《穆旦自选诗集》《穆旦诗文集》。现录《穆旦诗集》版。）

农民兵(一)①

不知道自己是最可爱的人，
只②听长官说他们太愚笨，
当富人和猫狗正在用餐，
是长官派他们看守着大门。

不过到城里来出一出丑，
因而抛下家里的田地荒芜，
国家的法律要他们捐出自由：
同样是挑柴，挑米，③修盖房屋。

也不知道新来了意义，
大家都焦急的④向他们注目——
未来的世界他们听不懂，
还要做什么？倒比较清楚。

带着自己小小的天地：
已知的长官和未知的饥苦，
只要不死，他们还可以云游，
看各种新奇带一点糊涂。

（刊载信息见《农民兵(二)》。

---

① 除《穆旦诗集》版、《旗》版外，各版均未分(一)(二)，而是统题作《农民兵》。
② 《旗》版，"只"作"可"。
③ 《新诗歌》版，两处","均作"、"。
④ 《新诗歌》版，"的"作"地"。

农民兵(二)

他们是工人而没有劳资,
他们取得而无权享受,
他们是春天而没有种子,
他们被谋害从未曾控诉。

在这一片沉默的后面,
我们的城市才得以腐烂,
他们向前以我们遗弃的躯体
去迎受二十世纪的杀伤。

美丽的过去从不是他们的,
现在的不平更为显然,①
而我们竟想以锁链和饥饿②
要他们集中相信一个诺言。

那一向都受他们豢养③的,
如今已摇头要提倡慈善,
但若有一天真理瀑炸④,
我们就都要丢光了脸面。

一九四五,七月。

---

① 《新诗歌》版,","作":"。
② 《旗》版,多","。
③ 《文艺复兴》版、《旗》版,"豢养"作"培养";《新诗歌》版,作"保卫"。
④ 除《穆旦诗集》版外,各版"瀑炸"均作"爆炸"。按:"瀑炸"不词,可订正为"爆炸"。

（初刊于《文艺复兴》第1卷第6期,1946年7月1日;后刊于《新诗歌》[《现代文摘》副刊]第4号,1947年5月15日;后收入《穆旦诗集》《旗》《穆旦自选诗集》《穆旦诗文集》。现录《穆旦诗集》版。）

奉 献

这从白云流下来的时间，
这充满了①鸟啼和露水的时间，
我们已经随意的使它枯去②：
这一清早，他却抓住了献给美满，

他的身子倒在绿色的草原③上，
一切的烦忧都同时放低，
一个④最高的意志，在欢快中解放，
一颗子弹，把他的一生结为整体，

那做母亲的太阳，看他长大，
看他远远的⑤为阴影所欺，
如今却心贴心⑥的把他拥抱：⑦
问题留下来，⑧他肯定⑨的回答升起，

其余的，都等着土地收回，
他精致的头已垂下来顺从，

---

① 《旗》版、诗文集版，缺"了"。
② 《旗》版，"已经随意的使它枯去"作"不留意的已经过去"。
③ 《旗》版、诗文集版，"草原"作"原野"。
④ 《旗》版、诗文集版，缺"一个"。
⑤ 《旗》版、诗文集版，"远远的"作"有时候"。
⑥ 《旗》版，"心贴心"作"全力"。
⑦ 《益世报》版，"："作"！"；《旗》版，作"，"。
⑧ 《旗》版，"，"作"："。
⑨ 《旗》版，"肯定"作"唯一"。

我们敬礼,他是交还了自己的生命①
比②较主所赐给的更为光荣。

一九四五,七月。

(初刊于天津《益世报·文学周刊》第 53 期,1947 年 8 月 16 日,后收入《穆旦诗集》《旗》《穆旦自选诗集》《穆旦诗文集》。现录《穆旦诗集》版。)

---

① 《旗》版,本行作"然而他把自己的生命交还"。
② 《旗》版,"比"作"已"。

反攻基地

日里夜里，飞机起来和降落①
以三百哩②的速度增加着希望，
历史的这一步必须要踏出：③
汽车川流着如夏日的河谷，④

这一个城市：拱卫在行动的中心⑤，
太阳走下来向每个人歌唱：
我不辨是非，也不分种族，
我只要你⑥向泥土扩张，和我一样。

过去的还想在这里停留，
"现在"却⑦袭断⑧如一场传染病，
各样的饥渴全都要满足，
商人和毛虫⑨欢快如美军，⑩

将军们正聚起眺望着远方，

---

① 《益世报》版、《旗》版，多","。
② 《益世报》版、诗文集版，"哩"作"里"。
③ 《旗》版，本行作"是为了命令也为了爱情，"。
④ 《旗》版、自选集版，","作"。"。
⑤ 《旗》版，"在行动的中心"作"在高原的风中"。
⑥ 《旗》版，"你"作"你们"。
⑦ 《旗》版，"却"作"已"。
⑧ 《旗》版，"袭断"作"垄断"；诗文集版，作"袭击"。按："袭断"不词，同时，"断"与"击"字形差别很大，作"袭击"似也不合理，可依《旗》版订正为"垄断"。
⑨ 《旗》版，"毛虫"作"掮客"。
⑩ 《旗》版、自选集版，","作"。"。

这里不过是朝①"未来"的跳板,
凡有力量的都可以上来,
是你还是②他暂时全不管。

一九四五,七月。

（初刊于天津《益世报·文学周刊》第 53 期,1947 年 8 月 16 日,后收入《穆旦诗集》《旗》《穆旦自选诗集》《穆旦诗文集》。现录《穆旦诗集》版。）

---

① 《旗》版,"朝"作"向"。
② 《旗》版,"还是"作"或是"。

通货膨胀

我们的敌人已不再可怕，
他们的残酷我们看得清，
我们以①充血的心沉着地②等待，
你的淫贱却把它③弄昏，④

长期的诱惑：意志已混乱，
你藉次⑤倾覆了社会的公平，
凡是敌人的敌人你一一谋害，
你的⑥私生子却得到太容易的成功，⑦

无主的命案，未曾提防的
叛变，最远的乡村都卷进，⑧
我们的英雄还击而不见对手，
他们受辱而死，⑨却由于你的捉弄⑩。

在你的光彩下，正义只显得可怜，

---

① 《侨声报》版，"以"作"所"。
② 《独立周报》版、《侨声报》版、《平明日报》版，"地"作"的"。
③ 《独立周报》版，"它"作"人"。
④ 《独立周报》版、《侨声报》版、《平明日报》版、《旗》版、诗文集版，"，"作"。"。
⑤ 《独立周报》版、《侨声报》版、《谷雨文艺》版、《旗》版、诗文集版，"藉次"作"藉此"；自选集版，作"借此"。
⑥ 《谷雨文艺》版，缺"的"。
⑦ 《独立周报》版、《侨声报》版、《平明日报》版、《旗》版、诗文集版，"，"作"。"。
⑧ 《谷雨文艺》版，"，"作"；"。
⑨ 《独立周报》版、《旗》版，"，"作"："；《侨声报》版，作"；"；《谷雨文艺》版，作"！"。
⑩ 《独立周报》版、《侨声报》版、《谷雨文艺》版、《旗》版、诗文集版，"捉弄"作"阴影"。

你是一面蛛网,居中的只有蛆虫,①
如果我们要活,他们必需②死去,
天气晴朗,你的统治先得肃清。③

一九四五,七月。

(初刊于昆明《独立周报》第11期,1946年3月10日;后刊于《侨声报·学诗》第11期,1946年11月21日;亦刊于北平《平明日报·星期艺文》第15期,1947年8月3日;亦刊于《谷雨文艺》第2期(10月号),1947年10月1日;后收入《穆旦诗集》《旗》《穆旦自选诗集》《穆旦诗文集》。现录《穆旦诗集》版。)

---

① 《谷雨文艺》版,","作":"。
② 《独立周报》版、《侨声报》版、《平明日报》版,"必需"作"必须"。
③ 《独立周报》版、《侨声报》版、《旗》版、诗文集版,"。"作"!"。

良心颂①

虽然你的形象最不能确定,
就是九头鸟也做出你的面容,
背离你②的时候他们才最幸运,
秘密的,他们讥笑着你的无用,

虽然你从未向他们露面,
和你同来的,却使他们吃惊:
饥寒交迫,常不能随机应变,
不得意的官吏,和受苦的女人,

也不见报酬在未来的世界,
一条死胡同使人们退缩;
然而孤独者却挺身前行,
向着最终的欢快,逐渐取得,

因为你最能够分别美丑,
至高的感受,才不怕你的爱情,
他看见历史:只有真正的你
的事业,在一切的失败里成功。

一九四五,七月。

(初刊于《侨声报·学诗》第 2 期,1946 年 9 月 19 日,收入《旗》《穆旦自选诗集》《穆旦诗文集》。现录《旗》版。)

---

① 自选集版,题作《心颂》。
② 诗文集版,缺"你"。

苦闷的象征

我们都信仰背面的力量,①
只看前面的他走向疯狂;
初次的爱情人们已经笑过去,
再一次追求,只有是②物质的无望,③

那自觉幸运的,他们逃向海外,④
为了可免去困难的课程;
诚实的学生,教师未曾奖赐,
他们的消息也不再听闻,

常怀恐惧的,恐惧已经不在,
因为人生是这么短暂;
结婚和离婚,同样的好玩,⑤
有的为了刺激,有的为了遗忘,

---

① 自选集版,本行及下一行(共两行)完全不同:
　我们都在垃圾堆里生长,
　蛆虫的轨道被认为正常,
② 自选集版,缺"是"。
③ 自选集版,","作"。"。
④ 自选集版,本节(共四行)几乎完全不同:
　那抱紧理想的,原来没有手,
　于是压下更沉重的天空,
　谨慎的学生,得到最好的分数,
　因为放弃了至高的聪明。
⑤ 自选集版,本行及下一行(共两行)几乎完全不同:
　向前或向后,同样是丢失
　现在的追问,和呼吸的闪亮。

毁灭①的女神,你脚下的死亡
已越来越在我们的心里②滋长,③
枯干的是信念④,有的因而成形⑤,
有的则⑥在不断的怀疑⑦里丧生。

一九四五,七月。⑧

(收入《旗》《穆旦自选诗集》《穆旦诗文集》。现录《旗》版。)

---

① 自选集版,"毁灭"作"和平"。
② 自选集版,"的心里"作"中间"。
③ 自选集版,","作";"。
④ 自选集版,"信念"作"花朵"。
⑤ 自选集版,"成形"作"结实"。
⑥ 自选集版,缺"则"。
⑦ 自选集版,"怀疑"作"翻悔"。
⑧ 自选集版,署为"一九四七,一月"。按:相比于《旗》版,该版改动非常之大,因此,可将此视为重新修订的时间。

森林之魅
——祭胡康河谷上的白骨①

森林：②

没有人知道我，我站在世界的一方。
我的容量大如海，随微风而起舞，
张开绿色肥大的叶子，我的牙齿。
没有人看见我笑，我笑而无声，
我又自己倒下来，长久的腐烂，
仍旧是滋养了自己的内心。
从山坡到河谷，从河谷到群山，
仙子早死去，人也不再来，
那幽深的小径埋在榛莽下，
我出自原始，重把秘密的原始展开③
那毒烈的太阳，那深厚的雨，
那飘来飘去的白云在我头顶，
全不过来遮盖，多种掩盖④下的我
是一个生命，隐藏而不能移动。

---

① 《文艺复兴》版，题作《森林之歌——祭野人山上的白骨》，《文学杂志》版，题作《森林之歌——祭野人山上死难的兵士》。
② 《文学杂志》版，"森林""人""祭歌"的位置均为顶格，且缺"："；正文则空两格，下文不另一一出校。
③ 《文艺复兴》版、《文学杂志》版、《旗》版、自选集版、诗文集版，多"。"。
④ 《文学杂志》版，"掩盖"作"遮盖"。

人：

离开文明,是离开了众多的敌人,
在青苔藤蔓间,在百年的枯叶上,
死去了世间的声音。这青青杂草,
这红色小花,和花丛里的嗡营,
这不知名的虫类,爬行或飞走,
和跳跃的猿鸣,鸟叫,和水中的
游鱼,①蟒和象和更大的畏惧,
以自然之名,全得到自然的崇奉,
无始无终,窒息在难懂的梦里,
我不合谐②的旅程把一切惊动。

森林：

欢迎你来,把血肉脱尽。

人：

是什么声音呼唤？有什么东西
忽然躲避我？在绿叶后面
它露出眼睛,向我注视,我移动
它轻轻跟随。黑夜带来它嫉妒的沉默
贴近我全身。而树和树织成的网

---

① 《文艺复兴》版、《文学杂志》版、《旗》版、诗文集版,多"陆上的"。
② 诗文集版,"合谐"作"和谐"。

压住我的呼吸,隔去我享有的天空!
是饥饿的空间,低语又飞旋,
像多智的灵魅①,使我渐渐明白
它的要求温柔而邪恶,它散布
疾病和绝望,和憩静,要我依从。
在横倒的大树旁,在腐烂的叶上,
绿色的毒,你瘫患②了我的血肉和深心!

森林:

这不过是我,设法③朝你走近,
我要把你领过黑暗的门径;④
美丽的一切,由我无形的掌握,
全在这一边,等你⑤枯萎后来临。
美丽的将是你无目的眼,
一个梦去了,另一个梦来代替,
无言的牙齿,它有更好听的声音。⑥
从此我们一起,在空幻的世界游走,
空幻的是所有你血液里的纷争;⑦
一个长久的生命就要拥有你,
你的花,你的叶,⑧你的幼虫。

---

① 《旗》版、诗文集版,"灵魅"作"灵魂"。
② 诗文集版,"瘫患"作"瘫痪"。
③ 《旗》版,"设法"作"没法"。
④ 《文学杂志》版,";"作","。
⑤ 《文学杂志》版,多"在"。
⑥ 《文艺复兴》版,缺"。"。
⑦ 《旗》版、诗文集版,";"作","。
⑧ 《旗》版、诗文集版,缺行中两处","。

祭歌①

在阴暗的树下,在急流的水边,
逝去的六月和七月,在无人的山间,
你们的身体还挣扎着想要回返,
而无名的野花已在头上开满。

那刻骨的饥饿,那山洪的冲激②,
那毒虫的啮咬和痛楚的夜晚,
你们受不了③要向人讲述,
如今却是欣欣的林木把一切遗忘。

过去的是你们对死④的抗争,
你们死去为了要活的人们⑤生存⑥,
那⑦白热的纷争还没有⑧停止,
你们却在森林的周期内,不再听闻。

静静的,在那被遗忘的山坡上,
还下着密雨,还吹着细风,
没有人知道历史曾在此走过,⑨

---

① 诗文集版,多":"。
② 诗文集版,"冲激"作"冲击"。
③ 《文学杂志》版,"受不了"作"全不能忍受"。
④ 《文艺复兴》版、《文学杂志》版,"死"作"人间"。
⑤ 《旗》版,多"的"。
⑥ 《文艺复兴》版、《文学杂志》版,"为了要活的人们生存"作"为了人们的生存"。
⑦ 《文学杂志》版,"那"作"然而"。
⑧ 《文学杂志》版,"还没有"作"如今未"。
⑨ 《文学杂志》版,本行作"更有谁知道历史曾在此走过?"。

留下了英灵化入树干而滋生。

一九四五,九月。

（初刊于《文艺复兴》第1卷第6期,1946年7月1日;后刊于《文学杂志》第2卷第2期,1947年7月1日;后收入《穆旦诗集》《旗》《穆旦自选诗集》《穆旦诗文集》。现录《穆旦诗集》版。）

云

凝结在天边,在山顶,在草原,
幻想的船,西风说你①来自远方,
一团一团像我们的心绪,你载去,②
在无岸的海空③,触没④于柔和的太阳。⑤
是暴雨⑥的种子,自由的家乡,
低视一切你就失去了好脾气⑦,
然而常常向着更高处飞扬,
随着风,不留一点湿润⑧的痕迹。

(初刊于《民歌》[诗音丛刊第一辑],1947年2月1日;后收入《穆旦自选诗集》《穆旦诗文集》。现录《民歌》版。按:《民歌》版未署写作时间,自选集版、诗文集版,署1945年11月,现据此一时间编入。又,诗文集版注明"依作者家属所提供的手稿编入"。)

---

① 自选集版、诗文集版,"说你"作"爱你"。
② 自选集版、诗文集版,"载去"作"移去",且诗文集版缺","。
③ 自选集版、诗文集版,"海空"作"海上"。
④ 诗文集版,"触没"作"融没"。
⑤ 诗文集版,本行后空一行。
⑥ 自选集版、诗文集版,"暴风"作"暴风雨"。
⑦ 自选集版、诗文集版,"失去了好脾气"作"洒遍在泥土里"。
⑧ 自选集版、诗文集版,"湿润"作"泪湿"。

1947 年

时　感①

多谢你们的谋士的机智,先生,
我们已为你们的号召感动又感动,
我们的心,意志,血汗都可以牺牲,
最后的获得:②原来是工具后③的残忍。

你们的政治策略都非常成功,
每一步自私和错误都涂上了人民,
我们从没有听过这么美丽的言语,④
先生,请快来领导,我们一定服从。

多谢你们飞来飞去在我们头顶,
在幕后高谈,折冲,策动;出来组织,⑤
用一挥手表示我们必须去死
而你们一丝不改:说这是历史和革命。

---

① 自选集版所载手稿,目录页上有删节号及"可不要"字样。
② 诗文集版,缺":"。
③ 诗文集版,"后"作"般"。
④ 诗文集版,缺","。
⑤ 诗文集版,缺","。

人民的世纪：多谢先知的你们，
但我们已倦于呼喊万岁和万岁；
常胜的将军们，一点不必犹疑，
战栗的是我们，越来越需要保卫。

正义，当然的，是燃烧在你们心中，
但我们只有冷冷的①感到——②厌烦！
如果我们无力从谁的手里脱身，
先生，你们何妨稍吐露一点怜悯。

（此诗原为《时感四首》第1章，初刊于天津《益世报·文学周刊》第27期，1947年2月8日；后，《时感四首》第2—4章，作为《饥饿的中国》一诗的第5—7章，刊于《文学杂志》第2卷第8期，1948年1月1日；又，第1章后以《时感》为题收入《穆旦自选诗集》，其写作时间署为"一九四七，一月"，后全诗收入《穆旦诗文集》。综合考量，这里依自选集版，单列《时感》，底本则依《益世报》版；而将《时感四首》的后3节列入《饥饿的中国》，以保持其完整性。）

---

① 诗文集版，"的"作"地"。
② 诗文集版，缺"——"。

他们死去了

可怜的人们！他们是死去了，
我们却活着享有现在和春天。
他们躺在苏醒的泥土①下面，茫然的，②
毫无感觉，而我们有温暖的血，
明亮的眼，敏锐的鼻子，和
耳朵听见上帝在原野上
在树林和小鸟的喉咙里情话绵绵。

死去，在一个紧张的冬天③，
像旋风，忽然在墙外停住——
他们再也看不见这树④的美丽，
山的美丽，早晨的美丽，绿色的美丽，⑤和一切
小小生命，含着甜蜜的安宁，⑥
到处茁生；⑦而可怜的他们是死去了，
等不及投进上帝的痛切的孤独。⑧

啊听！啊⑨看！坐在窗前⑩，

---

① 自选集版，"苏醒的泥土"作"年青的时光"。
② 自选集版，缺","。
③ 自选集版，"在一个紧张的冬天"作"在第一声角号吹起的时候"。
④ 自选集版，"树"作"树叶"。
⑤ 自选集版，缺"绿色的美丽，"。
⑥ 自选集版，缺","。
⑦ 诗文集版，"；"作","。
⑧ 自选集版，本行作"等不及上帝把他要说的话说清。"。
⑨ 自选集版，诗文集版，行中两处"啊"均作"呵"。
⑩ 自选集版，多"或者走出去"。

鸟飞,云流,和煦的风吹拂,
梦着梦,迎接自己的诞生在每一刻①
清晨,日斜,和轻轻掠过的黄昏——
这一切是属于上帝的;但可怜
他们是为无忧的上帝死去了,
他们死在那被遗忘的腐烂之中。

一九四七,二月。

(初刊于天津版《大公报·星期文艺》第 23 期,1947 年 3 月 16 日,后收入《穆旦自选诗集》《穆旦诗文集》。现录《大公报》版。)

---

① 自选集版,本行及随后 4 行(共 5 行)与现行版本多有差异:
  一切是在我们里面,我们也在一切里面:
  一个宇宙,睡了一会又睁开
  奇异的眼睛,向生命寻求——
  但可怜他们是再也不能够醒来了,
  他们是死在那被遗忘的心痛之中。

荒 村

荒草,颓墙,空洞的茅屋,
无言倒下的树,凌乱的死寂……
流云在高空无意停伫①,春归的乌鸦
用力的聒噪②,绕着空场子飞翔,
像发见而满足于倔强的人间
的③沉默的溃败。被遗弃的大地
是唯一的一句话,吐露给
春风和夕阳——
干燥的风,吹吧,当伤痕④切进了你的心,
再没有一声叹息,再没有袅袅的炊烟,
再没有走来走去的脚步贯穿起
善良和忠实的辛劳终于枉然。

他们⑤那里⑥去了?那稳固的根
为泥土固定着,为贫穷侮辱着,
为恶意压变了形,却从不碎裂的,
像多年的问题被切割⑦,他们仍旧滋生。

---

① 《大公报》版、《文学杂志》版、自选集版,"停伫"均作"停贮"。按:"贮"今简写为"贮",但在古汉语中,"贮"亦与"伫"(即"伫"的繁写)相通,《大公报》版与《文学杂志》版本来即繁写体,自选集版则是不恰当地未对"贮"进行简化;但诗文集版,将"停贮"写作"停贮"则属不当。
② 自选集版、诗文集版,"聒噪"作"聒噪"。按:"聒"同"聒"。
③ 诗文集版,"的"字在上一行行末。
④ 《文学杂志》版,多"已"。
⑤ 《文学杂志》版,多"到"。
⑥ 自选集版、诗文集版,"那里"作"哪里"。
⑦ 《文学杂志》版,"切割"作"剥削"。

他们①那里②去了？离开了最后一线，
那默默无言的③父母妻儿和牧童？
当最熟悉的隅落也充满危险,看见
像一个广大的坟墓世界在等候,
求神,求人的援助,从不敢向前跑去的
竟然跑去了,斩断无尽的岁月
花叶连着根拔去,枯干,无声的,
从这个没有名字的地方我只有祈求:④
干燥的风,吹吧,旋起人们无用的回想⑤

春晚的斜阳和广大漠然的残酷
投下的征兆,⑥当小小的丛聚的茅屋
像是幽暗的人生的尽途,呆立着。
也曾是血肉的⑦丰富的希望,它们张着
空洞的眼,向着原野和城市的来客
留下决定。历史已把他们⑧用完:
它⑨的夸张和说谎和政治的伟业
终于沉入使自己也惊惶的风景⑩
干燥的风,吹吧,当伤痕⑪切进了你的心,

---

① 《文学杂志》版,多"到"。
② 自选集版、诗文集版,"那里"作"哪里"。
③ 《文学杂志》版,"那默默无言的"作"那为谁防守的"。
④ 《文学杂志》版,缺":"。
⑤ 《文学杂志》版,"无用的回想"作"种种的枉想";诗文集版,行末多"。"。
⑥ 《文学杂志》版,","作";"。
⑦ 《文学杂志》版,缺"的"。
⑧ 《文学杂志》版,"他们"作"它们"。
⑨ 《文学杂志》版,"它"作"他"。
⑩ 《文学杂志》版,行末多"——";自选集版、诗文集版,多"。"。
⑪ 《文学杂志》版,多"已"。

吹着小河,吹过①田垅,吹出眼泪,
去到奉献②了一切的遥远的主人!

一九四七,三月。

(初刊于天津版《大公报·星期文艺》第 34 期,1947 年 6 月 1 日;后刊于《文学杂志》第 2 卷第 3 期,1947 年 8 月 1 日;后收入《穆旦自选诗集》《穆旦诗文集》。现录《大公报》版。)

---

① 《文学杂志》版,"吹过"作"吹着"。
② 《文学杂志》版,"奉献"作"丢失"。

诞辰有作①

（一）
从至高的虚无接受层层的命令，
不过是观测小兵，深入广大的敌人，
必须以双手拥抱，得到不断的伤痛，

多么快已踏过了清晨②无罪的门槛，
那晶莹寒冷的光线就快要冒烟，燃烧，
当太洁白的死亡呼求到色彩③里投生，

是不情愿的情愿，不肯定的肯定，
攻击和再攻击，不过酝酿最后的叛变，
胜利和荣耀④永远属于不见的主人，⑤

然而暂刻就是诱惑，从无到有，
一个没有岁数⑥的人站入年青⑦的影子：⑧
发见自己的欢快⑨，在毁灭的火焰之中。

---

① 《文学杂志》版、诗文集版，题作《三十诞辰有感》。
② 《文学杂志》版、诗文集版，多"的"。
③ 《文学杂志》版，"色彩"作"罪恶"。
④ 《文学杂志》版，"荣耀"作"荣誉"。
⑤ 诗文集版，"，"作"。"。
⑥ 自选集版、诗文集版，"岁数"作"年岁"。
⑦ 自选集版、诗文集版，"年青"作"青春"。
⑧ 《文学杂志》版，"："作"，"。
⑨ 《文学杂志》版，"发见自己的欢快"作"重新发见自己"；诗文集版，作"重新发现自己"。

（二）
时而剧烈①,时而缓慢②,向这生命③里流注,
时间,它吝啬又嫉妒,创造同时④毁灭,
不断的⑤承受它的任性于是有了我,⑥

在过去和未来死寂的⑦黑暗间,以危险的⑧
现在,举起了泥土,思想,⑨和荣耀,
你和我,和这可憎的一切的分野,⑩

而在不断⑪的崩溃上,要建筑⑫自己的家⑬,
想停留和再停留⑭,只有跟着向下跌落⑮,
没有一个自己⑯不在它的手里化为纤粉,⑰

留恋它像长长的记忆,拒绝我们像冰,

---

① 《文学杂志》版、自选集版,"剧烈"作"巨烈"。
② 《文学杂志》版、诗文集版,"缓慢"作"缓和"。
③ 《文学杂志》版、自选集版、诗文集版,"生命"作"微尘"。
④ 《文学杂志》版,"同时"作"而时";诗文集版,作"时而"。按:"而时"不词,当是排印之误。
⑤ 《文学杂志》版、自选集版,"不断的"作"接连的";诗文集版,作"接连地"。
⑥ 诗文集版,","作"。"。
⑦ 《文学杂志》版、自选集版、诗文集版,"死寂的"作"两大"。
⑧ 自选集版、诗文集版,"危险的"作"不断熄灭的"。
⑨ 诗文集版,缺","。
⑩ 诗文集版,","作"。"。
⑪ 《文学杂志》版、自选集版、诗文集版,"不断"作"每一刻"。
⑫ 《文学杂志》版,"建筑"作"建造"。
⑬ 自选集版、诗文集版,"要建筑自己的家"作"看见一个敌视的我"。
⑭ 《文学杂志》版、自选集版、诗文集版,"想停留和再停留"作"枉然的挚爱和守卫"。
⑮ 《文学杂志》版、自选集版、诗文集版,"跌落"作"碎落"。
⑯ 《文学杂志》版、诗文集版,"一个自己"作"钢铁和巨石";自选集版,作"一个家"。
⑰ 诗文集版,","作"。"。

是时间上①的旅程。永远的肩并肩一起②,
一个不见③的同伴,吸去④我们句句温馨的耳语。

一九四七,三月。

(初刊于天津版《大公报·星期文艺》第 38 期,1947 年 6 月 29 日;后刊于《文学杂志》第 2 卷第 4 期,1947 年 9 月 1 日;后收入《穆旦自选诗集》《穆旦诗文集》。现录《大公报》版。)

---

① 《文学杂志》版、自选集版、诗文集版,缺"上"。
② 《文学杂志》版,"永远的肩并肩一起"作"和它肩并肩地黏在一起";诗文集版,作"和它肩并肩地粘在一起"。
③ 《文学杂志》版、自选集版、诗文集版,"不见"作"沉默"。
④ 《文学杂志》版,"吸去"作"埋去";自选集版、诗文集版,作"反证"。

饥饿的中国

一

饥饿是这孩子们①的灵魂。
从他们迟钝的目光里,古老的
土地向着年青的远方搜寻,
伸出无力的小手向现在求乞。

他们鼓胀②的肚皮充满了嫌弃,③
一如大地充满希望,却没有人敢来④承继。

历史不曾饶恕他们⑤,推出
这小小的空虚的躯壳,向着空虚的
四方挣扎,⑥是谁的债要他们偿付:⑦
他们于是履行它最终的错误。

在街头的一隅,一个孩子勇敢的
向路人求乞,而另一个倒下了,⑧
在他的⑨弱小的,绝望的身上,

---

① 自选集版、诗文集版,"这孩子们"作"这些孩子"。
② 《益世报》版、自选集版,"鼓胀"作"干瘪"。
③ 诗文集版,缺","。
④ 自选集版,缺"来"。
⑤ 自选集版,"历史不曾饶恕他们"作"因为历史不肯饶恕";诗文集版,作"因为历史不肯饶恕他们"。
⑥ 诗文集版,","作"。"。
⑦ 自选集版,":"作"?"。
⑧ 《益世报》版、诗文集版,缺","。
⑨ 诗文集版,缺"的"。

缩短了你的,我的未来。

二
我看见饥饿在每一家门口,
或者他得意的兄弟,罪恶;
没有一处我们能够逃脱,①他的
直瞪的眼睛:我们做人的教育,

渐渐他来到你我之间,爱,
善良②从无法把他拒绝,
每一弱点都开始受考验,我也高兴,
直到恐惧把我们变为石头,

远远的,他原是我们不屈服的理想,
他来了却带着惩罚的面孔,
每一天在报上讲一篇故事③
太深刻,太惊人,终于使我们漠不关心,

直到今天,爱,隔绝了一切,
他在摇撼我们疲弱的身体,
像是④等待着有突然的火花突然的旋风
从我们的漂泊和孤独⑤向外冲去。

---

① 自选集版,缺","。
② 《益世报》版,"善良"作"良善"。
③ 《益世报》版、自选集版、诗文集版,多","。
④ 《益世报》版、自选集版,"是"作"在"。
⑤ 《益世报》版、自选集版,"孤独"作"孤寂"。

三

昨天已经过去了,昨天是田园的牧歌,
是和春水一样流畅的日子,就要流入
意义重大的明天:然而今天是饥饿。

昨天是理想朝我们招手:父亲的诺言
得到保障,母亲安排适宜的家庭,孩子求学,
昨天是假期的和平:然而今天是饥饿。

为了争取昨天①,痛苦已经付出去了,
希望的手握在一起,志士的血
快乐的溢出:昨天把敌人击倒,
今天是果实谁都没有尝到②。

中心忽然分散③:今天是脱线的风筝
在仰望中④翻转,我们把握已经无用,
今天是混乱,疯狂,自渎,白白的死去——
然而我们要活着:今天是饥饿。

荒年之王,搜寻在枯干的中国的土地上,
教给我们暂时和永远的聪明,
怎样得到狼的胜利:因为人太脆弱!

---

① 《益世报》版、自选集版,"争取昨天"作"解除痛苦"。
② 《益世报》版、自选集版,"尝到"作"得到"。
③ 《益世报》版、自选集版,"分散"作"纷散"。
④ 《益世报》版、自选集版、诗文集版,"在仰望中"作"向明天里"。

四
我们是向着什么秘密的方向①走，
于是才有这么多无耻的谎言，
和对浪漫的死我们一再的违抗，

世界是广大的然而现在很窄小，
很窄小，我们不知道怎样来俯顺，
创造各样的耻辱②不过为了安全，

但最豪华的残害就在你我之间，
道德，法律，和每人一份③的贫困
就使我们彼此扼住了喉咙，

终于小心而无望，纷争而又漠然④
善良直趋毁灭：而又秘密的⑤等待
一个更大的愚蠢把我们救援，

但那⑥受难的农夫逃到城市里，
他的呼喊已变为机巧的学习，
把失恋的土地交给城市论辩，

---

① 《益世报》版，"什么秘密的方向"作"什么重要的决定"；自选集版，作"什么的决定"。
② 自选集版、诗文集版，"耻辱"作"罪恶"。
③ 《益世报》版，"一份"作"一分"。
④ 《益世报》版、自选集版，"纷争而又漠然"作"聪明人看见，"；诗文集版，行末多"，"。
⑤ 诗文集版，缺"的"。
⑥ 自选集版，"但那"作"看见"。

纯熟得过期的革命理论在传观着,①
充满活力的②青年学会说不平,但却不如
默认一切的③弟弟,一开头就成功,④

每一天有更大⑤的恐慌,更多的聪明⑥,
政治家成了公开的嘲笑,他的签字⑦
却又严重的把我们推向一种决定,

我们是向着什么秘密的方向⑧走,
饥饿领导⑨中国进入一个潜流,⑩
教给我们应有的爱情⑪又把它毁掉。

五
残酷从我们的心里生⑫出来,
它要有光,它创造了这个世界。

---

① 《益世报》版,本行作"论争的问题愈来愈往痛苦上增加,";自选集版,作"痛苦的问题愈来愈在手术桌上堆积,";诗文集版,作"痛苦的问题愈在手术台上堆积,"。
② 自选集版,缺"充满活力的"。
③ 自选集版、诗文集版,作"默认一切的"作"从里面出生的"。
④ 《益世报》版,下两节缺。按:从行数看,《益世报》版已和前面三节的诗行大致相当,但其他各版均多两节,而《益世报》版最末一行为逗号,而非句号,故此处两行脱落疑为排印之误。
⑤ 自选集版、诗文集版,"更大"作"更多"。
⑥ 自选集版,"更多的聪明"作"更矛盾的力";诗文集版,作"更矛盾的聪明"。
⑦ 自选集版、诗文集版,本行和下一行(共两行)作:
  尽管我们用一切来建造一道围墙,
  也终于给一个签字,或一只鼠推翻,
⑧ 自选集版,"什么秘密的方向"作"什么的决定";诗文集版,"方向"作"地方"。
⑨ 自选集版,"领导"作"引导";诗文集版,作"领导着"。
⑩ 诗文集版,缺","。
⑪ 自选集版、诗文集版,"教给我们应有的爱情"作"制造多少小小的爱情"。
⑫ 诗文集版,"生"作"走"。

它是你的钱财,它是我的安全,
它是女人的美貌,文雅的教养。

从小它就藏在我们的爱情中,
我们屡次的哭泣才把它确定。
从此它像金币一样的流通,
它写过历史,它是今日的伟人。

我们的事业全不过是它的事业,
在成功的中心已建立它的庙堂,
被踏得最低,它升起最高,
它是慈善,荣誉,动人的演说,和蔼的面孔。

虽然没有谁声张过它的名字,
我们一切的光亮都来自它的光亮;
当我们每天呼吸在它的微尘之中,
呵,那灵魂的颤抖——是死也是生!

六
去年我们活在寒冷的一串零上,
今年在零零零零零的下面我们汗喘,
像是撑着一只破了底①的船,我们
从漏水②的去年驶向今年的深渊,③

忽的一跳跳到七个零的宝座,

---

① 《益世报》版,缺"底"。
② 诗文集版,"漏水"作"溯水"。
③ 自选集版、诗文集版,","作"。"。

是金价？是粮价①？我们幸运的②晒晒太阳，
00000000是我们的财富和希望，
又忽的滑下，大水淹没到我们的颈项，③

然而印钞机始终安稳的④生产，
它飞快的⑤抢救我们的性命一条条，
把贫乏加十个零，印出来我们新的生存，
我们正要起来发威，一切又把我们吓倒，⑥

一切都在飞，在跳，在笑，
只有我们跌倒又爬起，爬起又缩小，
庞大的数字像是一串列车，它猛力的⑦前冲，
我们不过是它的尾巴，在点的后面飘摇。

七
我们希望我们能有一个希望，
然后再受辱，痛苦，挣扎，死亡，
因为在我们明亮的血里奔流着勇敢，
可是在勇敢的中心：茫然，⑧

我们希望我们能有一个希望，

---

① 《益世报》版、自选集版、诗文集版，"粮价"作"食粮"。
② 诗文集版，"的"作"地"。
③ 诗文集版，"，"作"。"。
④ 诗文集版，"的"作"地"。
⑤ 诗文集版，"的"作"地"。
⑥ 诗文集版，"，"作"。"。
⑦ 诗文集版，"的"作"地"。
⑧ 诗文集版，"，"作"。"。

它说,①我并不美丽,但我不再欺骗,
因为我们看见那么多死去人的眼睛
在我们的绝望里闪着泪的火焰,②

当多年的苦难为③沉默的死结束,
我们期望的只是一句诺言,
然而只有虚空,我们才知道我们仍旧不过是
幸福到来前的人类的祖先,

还要在无名的黑暗里开辟起点,
而在这起点里却积压着多年的耻辱:
冷刺着死人的骨头,就要毁灭我们一生,
我们只希望有一个希望当做报复。

一九四七,八月。④

(初刊于《文学杂志》第 2 卷第 8 期,1948 年 1 月 1 日;后,该诗前 4 章以《诗四首》为题刊于天津《益世报·文学周刊》第 73 期,1948 年 1 月 10 日;后 3 章曾作为《时感四首》的第 2—4 章,刊于天津《益世报·文学周刊》第 27 期,1947 年 2 月 8 日;后收入《穆旦自选诗集》《穆旦诗文集》。现录《文学杂志》版。)

---

① 自选集版、诗文集版,","作":"。
② 诗文集版,","作"。"。
③ 诗文集版,"为"作"以"。
④ 自选集版,署为"一九四七,九月"。按:《诗四首》未署写作时间,《时感四首》署为"一九四七,一月",据此,《饥饿的中国》一诗前 4 章与后 3 章并非写于同一时间,但何以合为一诗,不得其详。

我想要走

我想要走,走出这曲折的地方,
曲折如同空中电波每日的谎言,
和神气十足的残酷一再的呼喊
从中心麻木到我的五官;
我想要离开这普遍①的模仿,
这八小时的旋转和空虚的眼,
因为当恐惧扬起它的鞭子,
这么多罪恶我要洗清②我的冤枉。

我想要走出这地方,然而却反抗:
一颗被绞痛的心当它知道脱逃,
它是已经③买到了沉睡的敌情,
和这一片土地的曲折的伤痕;
我想要走,但我的钱还没有花完,
有这么多高楼还拉着④我赌博,
有这么多无耻⑤就要现原形,
我想要走,但等花完我的心愿。

一九四七,十月。⑥

---

① 《文学杂志》版、诗文集版,多"而无望"。
② 诗文集版,"洗清"作"洗消"。
③ 诗文集版,缺"已经"。
④ 《文学杂志》版,"拉着"作"拉住"。
⑤ 《中国新诗》版、诗文集版,多","。
⑥ 当期《益世报》所刊载《穆旦诗》七首,诗末均未署写作时间,但总题之下所署"一九三七,十月。",应该是"一九四七,十月。"之误。《文学杂志》版即署"一九四七,十月。",而这一时间与自选集版、诗文集版所署一致,因此,当期《益世报》所载穆旦诗歌的写作时间,本集均署"一九四七,十月。"

（初刊于天津《益世报·文学周刊》第 67 期，1947 年 11 月 22 日；后刊于《文学杂志》第 2 卷第 9 期，1948 年 2 月 1 日；亦刊于《中国新诗》丛刊第 1 集《时间与旗》，1948 年 6 月；后收入《穆旦自选诗集》《穆旦诗文集》。现录《益世报》版。）

胜　利

他是一个无限的骑士
在没有岸沿的海的①波上，
他驰过而溅起有限的生命，②
虽然他去了海水重又合起，③
在他后面留下一片空茫，④
一如前面他要划分的国土，
但人们曾由于⑤血肉的炙热
追随他，他给变为⑥海底的白骨⑦。

每一次他有新的要挟，
每一次我们都绝对服从，
我们的泪已洒满在他心上，
于是他登高向我们宣称：⑧
他的脸色是这么古老，
每条皱纹都是人们的梦想，
这一次终于被我们抓住：
一座沉默的，荣耀的石像。

一九四七，十月。

---

① 诗文集版，缺"的"。
② 《文学杂志》版、诗文集版，缺"，"。
③ 诗文集版，本行后空一行。
④ 《文学杂志》版、诗文集版，缺"，"。
⑤ 诗文集版，"曾由于"作"会由"。
⑥ 诗文集版，"变为"作"变成"。
⑦ 诗文集版，"白骨"作"血骨"。
⑧ 诗文集版，本行后空一行。

（初刊于天津《益世报·文学周刊》第 67 期，1947 年 11 月 22 日；后刊于《文学杂志》第 2 卷第 10 期，1948 年 3 月 1 日；后收入《穆旦自选诗集》《穆旦诗文集》。现录《益世报》版。）

牺 牲

因为有太不情愿的负担
使我们疲倦,
因为已经出血的地球还要出血①
我们有全体的苍白,
无论②地图怎样变化它的颜色,
或是那③一个骗子④的名字写在我们头上。⑤

所有的炮灰堆起来
是今日的寒冷的善良,
所有的意义和荣耀堆起来
是我们今日无言的饥荒,
然而更为寒冷和饥荒的是那些灵魂,
陷在毁灭下面,想要跳出这跳不出的人群⑥

一切丑恶的掘出来⑦
把我们钉住在现在,
一个全体的失望在生长
吸取明天⑧做它的营养,

---

① 诗文集版,多","。
② 《文学杂志》版、诗文集版,"无论"作"任"。
③ 诗文集版,"那"作"哪"。
④ 《文学杂志》版,"骗子"作"骗徒"。
⑤ 《文学杂志》版、诗文集版,"。"作";"。
⑥ 《益世报》版,行末原本没有标点,其余各版均有标点,《文学杂志》版,作",";《东南日报》版、自选集版,作"。";诗文集版,作";"。
⑦ 《文学杂志》版,"掘出来"作"走过来"。
⑧ 《文学杂志》版,"明天"作"我们"。

无论什么美丽的远景都让我们等一等①：
一个②苍白的世界正向我们索要屈辱的牺牲

一九四七,十月。

（初刊于天津《益世报·文学周刊》第 67 期,1947 年 11 月 22 日；后刊于《文学杂志》第 2 卷第 10 期,1948 年 3 月 1 日；后刊于上海《东南日报·长春》1948 年 5 月 14 日；后收入《穆旦自选诗集》《穆旦诗文集》。现录《益世报》版。）

① 《文学杂志》版、诗文集版,"让我们等一等"作"不能把我们移动"。
② 《文学杂志》版、诗文集版,"一个"作"这"。

手

我们从那里①走进这个国度？
这由手控制而灼热的领土？
手在条约上画着一个名字，
手在建筑城市而又把它拆落②，
手掌握人的命运，它没有眼泪，
它以一秒的疏忽把地球的死亡加倍。③
不放松的④手，牵着一个个的灵魂，⑤
它拿着公文皮包或者按一下门铃，
十个国王都由五指的手推出，
我们从那里⑥走进这个国度？⑦
万能的手，一只手里的沉默
谋杀了我们所有的声音。
一万只粗壮的手举起来
可以谋害一只⑧孤零的眼睛，
既然眼睛悬起像黑夜的雾，
我们从那里⑨走进这个国度？
既然五指的手可以随意伸开，

---

① 诗文集版，"那里"作"哪里"。
② 《中国新诗》版、自选集、诗文集版，"拆落"作"毁灭"。
③ 诗文集版，"。"作"，"。
④ 诗文集版，缺"的"。
⑤ 诗文集版，缺"，"。
⑥ 诗文集版，"那里"作"哪里"。
⑦ 《中国新诗》版、自选集、诗文集版，本行后空一行。
⑧ 诗文集版，"一只"作"一双"。
⑨ 诗文集版，"那里"作"哪里"。

四季①的风都由它吹来，
紧握着钱的手到处把我们挡住，
我们从那里②走进这个国度？

一九四七，十月。

（初刊于天津《益世报·文学周刊》第 67 期，1947 年 11 月 22 日；后刊于《中国新诗》丛刊第 1 集《时间与旗》，1948 年 6 月；后收入《穆旦自选诗集》《穆旦诗文集》。现录《益世报》版。）

---

① 《中国新诗》版、自选集版、诗文集版，"四季"作"四方"。
② 诗文集版，"那里"作"哪里"。

发 见①

在你走过和我们相爱以前,
我不过是水,和水一样无形的沙粒,
你拥抱我才突然凝结成为肉体:
流着春天的浆液或擦过冬天的冰霜,②
一片积累③着时空的坚实的土地,④

在你的肌肉和荒年歌唱我以前,
我不过是没有翅膀的瘖哑⑤的字句⑥
从没有张开它腋下的狂风,
当你以全身的笑声解开⑦我的睡眠,
使我奇异的充满又迅速关闭,⑧

你把我轻轻的⑨打开,一如春天
一瓣又一瓣的打开花朵,
你把我打开像幽暗的甬道
直达死的面前:在虚伪的日子下面,⑩

---

① 诗文集版,题作《发现》。
② 《经世日报》版,缺","。
③ 《经世日报》版,"一片积累"作"一块担当"。
④ 自选集版,本行作"这新奇而紧密的时间和空间,";诗文集版同此,但行末标点作";"。
⑤ 诗文集版,"瘖哑"作"喑哑"。按:"瘖"同"喑"。
⑥ 诗文集版,多","。
⑦ 《经世日报》版、自选集版、诗文集版,"解开"作"摇醒"。
⑧ 诗文集版,","作";"。
⑨ 《经世日报》版、自选集版、诗文集版,缺"的"。
⑩ 《经世日报》版、自选集版、诗文集版,缺","。

摇醒①那被一切纠缠着的生命的根,②

你向我走进,从你的太阳的升起
划过天空直到我日落的波涛,
你走进而燃起一座③灿烂的王宫;④
由于你的大胆,就是你最遥远的边界:⑤
我的皮肤也献出了心跳的虔诚。

一九四七,十月。

(初刊于天津《益世报·文学周刊》第 67 期,1947 年 11 月 22 日;后刊于《经世日报·文艺周刊》第 67 期,1947 年 11 月 23 日;后收入《穆旦自选诗集》《穆旦诗文集》。现录《益世报》版。)

---

① 《经世日报》版、自选集版、诗文集版,"摇醒"作"解开"。
② 诗文集版,","作";"。
③ 《经世日报》版,"一座"作"一坐"。按:"一坐"不词,当是排印之误。
④ 诗文集版,";"作":"。
⑤ 诗文集版,":"作","。

我歌颂肉体

我歌颂肉体:因为它是岩石
在我们的不肯定①中肯定的岛屿。

我歌颂那被压迫的,和被踩躏的,
有些人的吝啬和有些人的浪费:
那和神一样高,和蛆一样低的肉体。

我们从来没有触到它,
我们畏惧它而且给它封以一种律条,
但它原是自由的和那远山的花一样,丰富如同蕴藏的煤一
　　样,把平凡的轮廓露在外面,
它原是一颗种子而不是我们的掩蔽②。

性别是我们给它的僵死的符咒③,
我们幻化了它的实体而后伤害它,
我们感到了和外面的不可知的连系④和一片大陆,却又把它
　　隔离。⑤

那压制着它的是它⑥敌人:思想,

---

① 《经世日报》版,缺"定"。按:此处用"不肯"不通,当是脱了"定"字。
② 《经世日报》版、自选集版、诗文集版,"掩蔽"作"奴隶"。
③ 《经世日报》版、自选集版、诗文集版,"符咒"作"诅咒"。
④ 诗文集版,"连系"作"联系"。
⑤ 《经世日报》版,本行后未空行。
⑥ 《经世日报》版,缺"是它的"。

（笛卡儿说：我想，所以我①存在。）②
但思想③不过是穿破的衣服越穿越薄弱越褪色越不能保护它
　　所要保护的，
自由而丰富的④是那肉体。

我歌颂肉体：因为它是大树的根，⑤
摇吧，缤纷的枝叶，这里是你坚固⑥的根基⑦

一切的事物使我困扰，
一切事物使我们相信而又不能相信，就要得到而又不能得
　　到，开始抛弃而又抛弃不开，
但肉体是我们已经得到的，这里。
这里是黑暗的憩息。⑧

是在这个⑨岩石上，成立我们和世界的距离⑩
是在这个⑪岩石上，自然存放一点⑫东西，

---

① 《经世日报》版，多"能"。
② 《经世日报》版，行末缺")"，应为排印之误。
③ 《经世日报》版、自选集版、诗文集版，"思想"作"什么是思想它"。
④ 诗文集版，"丰富的"作"活泼的，"；自选集版同此，但缺"，"。
⑤ 诗文集版，"，"作"。"。
⑥ 《经世日报》版、自选集版、诗文集版，"坚固"作"稳固"。
⑦ 《益世报》版，行末没有标点，其余各版均作"。"。
⑧ 诗文集版，"。"作"，"。
⑨ 自选集版、诗文集版，"这个"作"这块"；《经世日报》版，作"块"。按：从下行看，《经世日报》版此处应是脱落了"这"字。
⑩ 《益世报》版，行末没有标点，其余各版均作"，"。
⑪ 《经世日报》版、自选集版、诗文集版，"这个"作"这块"。
⑫ 《经世日报》版，"存放一点"作"存着一些"；自选集版、诗文集版，作"寄托了它一点"。

风雨和太阳,时间和空间,都由于它的大胆的网罗而投进①我
   们怀里。②
但是我们害怕它,歪曲它,幽禁它,③
因为我们还没有把它的生命认为我们的生命,还没有把它的
   发展纳入我们的历史④
因为它的秘密远在我们所有的语言之外。⑤

我歌颂肉体:因为光明要从黑暗出来:⑥
你沉默而丰富的刹那,美的真实,我的肉体⑦。

一九四七,十月。

(初刊于天津《益世报·文学周刊》第67期,1947年11月22日;后刊于《经世日报·文艺周刊》第67期,1947年11月23日;后收入《穆旦自选诗集》《穆旦诗文集》。现录《益世报》版。)

---

① 《经世日报》版、自选集版、诗文集版,"投进"作"投在"。
② 自选集版、诗文集版,本行后空一行。
③ 诗文集版,","作";"。
④ 《益世报》版,行末没有标点,其余各版均作","。
⑤ 《经世日报》版、自选集版,"。"作","。
⑥ 《经世日报》版、自选集版、诗文集版,"出来:"作"站出来,"。
⑦ 《经世日报》版、自选集版、诗文集版,"肉体"作"上帝"。

1948 年

甘地之死

（一）

不用卫队，特务，或者黑色
的枪口，保卫你和人共有的光荣，
人民中的父亲，不用厚的墙壁①
把你的心隔绝像克姆林宫②，

不用另一种想法，而只信仰
人和人③的猜疑所放逐的和平，
不容忍藉口④或等待，拥抱它，
一如混乱的今日拥抱我们⑤的英雄，

于是被一颗子弹遗弃了，被
这充满火药的时代和我们的聪明，
甘地，累赘的善良，被挤出今日的大门，

---

① 诗文集版，多"，"。
② 自选集版、诗文集版，"克姆林宫"作"一座皇宫"。
③ 自选集版、诗文集版，"人和人"作"力和力"。
④ 诗文集版，"藉口"作"借口"。
⑤ 自选集版、诗文集版，"我们"作"混乱"。

一切向你挑战的从此可以歇手,
从此你是无害的名字,全世界都纪念
用流畅的演说,和遗忘你的行动。

(二)
恒河的水呵,接受这一点点灰烬,
接受举世暴乱中这寂灭的中心,
因为甘地已经死了,生命的微笑已经死了,
人类曾瞄准过多的伤害,倒不如
任你的波涛给淹没于无形;
那不洁的曾是他的身体;不忠的,
是束缚他的欲念;像紧闭的门,
如今也已完全打开,让你流入,
他的祈祷从此安息为你流动的声音。
自然给出而又收回:但从没有
这样广大的它自己,容纳这样多人群,
恒河的水①,接受它复归于一的灰烬,
甘地②已经死了,虽然没有人死得这样少:
留下一片凝固的风景,一隅蓝天,阿门。

一九四八,二月四日

(初刊于天津版《大公报·星期文艺》第69期,1948年2月22日,后收入《穆旦自选诗集》《穆旦诗文集》。现录《大公报》版。)

---

① 自选集版、诗文集版,多"呵"。
② 自选集版,行首多"因为"。

世　界

　　小时候常爱骑一匹白马
　　走来走去①在世界的外边，
　　那得甲②的日记和绿色的草场
　　每一年保护使我们厌倦，

　　也常常望着大人神秘的嘴
　　或许能透出一线光亮，
　　在茫然中，学校③帮助我们寻求
　　那关在世界里的一切心愿，④

　　劳苦、忍耐、⑤热望的眼泪，
　　正像是富有的人们在期待：⑥
　　因为我们愚蠢而年青⑦，等一等
　　就可以踏入做美好的主人，⑧

　　啊⑨，为了寻求"生之途径"，
　　这颗心还在试探那不见的门，
　　可是有一夜我们忽然醒悟：

---

① 自选集版，"走来走去"作"游来游去"。
② 诗文集版，"那得甲"作"那得申"，注明其为"俄国民粹主义诗人，今译纳德松"，并有其生平作品的简介。此一注释似无依据。
③ 自选集版，"学校"作"书本"。
④ 诗文集版，"，"作"。"。
⑤ 自选集版，两处"、"均作"，"。
⑥ 自选集版，本行作"充满了生命的在期待："。
⑦ 诗文集版，"年青"作"年轻"。
⑧ 诗文集版，"，"作"。"。
⑨ 自选集版，"啊"作"呵"。

年复一年,我们已踯躅在其中!

假如你还不能够改变,
你就会喊出是多大的欺骗,
你常常藐视的一切就是他,①
你仅存的梦想就这样实现。

他把贫乏早已拿给你——
那被你尝过又呕出的东西,
逼着你回头再完全吞下:
过去、未来、②陈旧和新奇。

他不能取悦你,就要你取悦他,
因为他是这么个无赖的东西,
你和他手拉着手像一对情人,
这才是人们都称羡的旅行。

直到他像潮水一样的③退去,
留下一只手杖支持你全身,
等不及我们做最后的解说④,
一如那已被辱尽的世代的人群。

(初刊于《中国新诗》丛刊第1集《时间与旗》,1948年6月,后收入《穆旦自选诗集》《穆旦诗文集》。现录《中国新诗》版。按:《中国新诗》版未署日期,自选集版、诗文集版均署1948年4月,现据此一时间编入。)

---

① 自选集版,本行作"你疯狂的跑开还是碰见他,"。
② 自选集版,两处"、"均作",";诗文集版,第二处"、"作","。
③ 诗文集版,"的"作"地"。
④ 自选集版,"解说"作"申辩"。

城 市 的 舞

为什么？为什么？然而我们已跳进这城市的回旋的舞，
它高速度的昏眩，和①街中心的郁热。
无数车辆都怂恿我们动，无尽的燥音②
请我们参加，手拉着手的巨厦教我们鞠躬：
呵，钢筋铁骨的神，我们不过是寄生在你玻璃窗里的害虫。

把我们这样切，那样切，等一会就磨成同一颜色的细粉，
死去了不同意的个体，和泥土里的生命；
阳光水份③和智慧已不再能够滋养，使我们生长的
是写字间或服装上的努力，是一步挨一步的名义和头衔，
想着一条大街的思想，或者它灿烂整齐的空洞。

那里④是眼泪和微笑：⑤工程师，⑥企业家，⑦和钢铁水泥的
　文明，⑧
一手展开至高的愿望，我们以渺小，匆忙，⑨挣扎来服从
许多重要而完备的欺骗，和高楼指挥的"动"的帝国。
不正常的是大家的轨道，生活向死追赶，虽然"静止"有时候
　高呼：

---

① 诗文集版，缺"和"。
② 诗文集版，"燥音"作"噪音，"。
③ 自选集版、诗文集版，"水份"作"水分"。
④ 诗文集版，"那里"作"哪里"。
⑤ 自选集版、诗文集版，"："作"？"。
⑥ 诗文集版，","作"、"。
⑦ 诗文集版，缺","。
⑧ 诗文集版，缺","。
⑨ 诗文集版，两处","均作"、"。

为什么？为什么？然而我们已跳进这城市的回旋的舞。

（初刊于《中国新诗》丛刊第 4 集《生命被审判》，1948 年 9 月，后收入《穆旦自选诗集》《穆旦诗文集》。现据《中国新诗》版。按：该期《中国新诗》题为《城市的舞（外二章）》，另两首即《诗》《绅士和淑女》，此 3 首诗末均未署日期；诗文集版、自选集版均署了时间，但并不统一。诗文集版所署为 1948 年 4 月，自选集版仅《城市的舞》署"一九四八，四月"，另两首署"一九四八，八月"。

绅士和淑女

绅士和淑女,绅士和淑女,
走着高贵的脚步,一步又一步——
端详着人群。有着轻松愉快的
谈吐,在家里教客人舒服,
或者出门,弄脏一尘不染的服装,
回来再洗洗修洁动人的皮肤。
绅士和淑女,永远活在柔软的椅子上,
或者运动他们的双腿,摆动他们美丽的
臀部,像柳叶一样地飞翔;
不像你和我,每天想着想着就发愁,
见不得人,到了体面的地方就害羞!
那能人比人,驰来驰去在大街的中央,①
看我们这边或那边,躲闪又慌张,
汽车一停:多少眼睛向你们致敬,
高楼,灯火,酒肉:都欢迎呀,欢迎!
诸先生决定,会商,发起,主办,
夫人和小姐,你们来了也都是无限荣幸,
只等音乐奏起,谈话就可以停顿;
而我们在各自的黑角落等着,那不见的一群。
你们就任,我们才出现为下属,
你们办工厂,我们就挤被头②去做工,
你们拿着礼帽和鲜花结婚,我们也能尽一份力,

---

① 自选集版,本行作"哪能人比人,一条一条扬长的大街,"。
② 自选集版、诗文集版,"挤被头"作"挤破头"。按:"被"用在此处不当,可订正为"破"。

可是亲爱的小宝宝,别学我们这么不长进。
呵呵,绅士和淑女,敬祝你们一代一代往下传,
千万小心伤风,和那无法无天的共产党,
中国住着太危险,还可以搬出到外洋!

(初刊于《中国新诗》第 4 集《生命被审判》,1948 年 9 月,后收入《穆旦自选诗集》、后两版《穆旦诗文集》。现录《中国新诗》版。按:该诗收入了 1996 年版《穆旦诗全集》,不知何故未收入初版《穆旦诗文集》。)

诗①

I
在我们之间是永远的追寻：
你，一个不可知，横越我的里面
和外面，在那儿上帝统治着
呵，渺无踪迹的丛林的秘密，

爱情探索着，像解开自己的睡眠
无限地弥漫四方但没有越过
我的边沿；不能够获得的：
欢乐是在那合一的根里。

我们互吻，就以为已经抱住了——
呵，遥远而又遥远的。从何处浮来
耳、目、口、鼻、②和惊觉的刹那，
在时间的旋流上又向何处浮去。

你，安息的终点；我，一个开始，
我③追寻于是展开这个世界。
但它是多么荒蛮，不断的失败
早就要把我们到处的抛弃。

---

① 自选集版，题作《诗二首》。
② 自选集版，行中 4 处"、"均作"，"；诗文集版，第 4 处"、"作"，"。
③ 诗文集版，"我"作"你"。

Ⅱ
当我们贴近,那黑色的浪潮
我①突然将我心灵的微光吹熄,
那多年的对立和万物的不安
都要从我温存的手指向外死去,

那至高的忧虑,凝固了多少个体的,
多少年凝固着我的形态,
也突然解开,再不能抵住
你我的血液流向无形的大海,

脱净样样日光的安排,
我们一切的追求终于来到黑暗里,
世界正闪烁,急燥②,在一个谎上,
而我们忠实沉没,与原始合一,

当春天的花和春天的鸟
还在传递我们的情话绵绵,
但你我已解体,化为群星飞扬,
向着一个不可及的谜底,逐渐沉淀。

(初刊于《中国新诗》第 4 集《生命被审判》,1948 年 9 月,后收入《穆旦自选诗集》《穆旦诗文集》。现录《中国新诗》版。)

---

① 自选集版,"我"作"就";诗文集版,缺"我"。
② 诗文集版,"急燥"作"急躁"。

诗 四 首

（一）
迎接①新的世纪来临！
但世界还是只有一双遗传的手，
智慧来得很慢：②我们还是用谎言，诅咒，③术语，
翻译你不能获得的流动的文字，一如历史

在人类两手合抱的图案里
那永不移动的反覆④残杀，理想的
诞生的死亡，和双重人性：时间从两端流下来
带着今天的你：同样变色⑤，受伤，扭曲！

迎接⑥新的世纪来临！但不要
懒惰而放心，给它穿人名，运动，或主义⑦的僵死的外衣，⑧
不要愚昧一下抱住⑨它继续思索的本体⑩，

迎接⑪新的世纪来临！痛苦

---

① 《诗星火》版，行首空一格。
② 《诗星火》版，"："作"，"。
③ 诗文集版，行中两处"，"均作"、"。
④ 诗文集版，"反覆"作"反复"。
⑤ 诗文集版，"变色"作"双绝"。
⑥ 《诗星火》版，行首空一格。
⑦ 《诗星火》版，"人名，运动，或主义"作"人名，主义或运动"；诗文集版，作"人名、运动或主义"。
⑧ 诗文集版，缺"，"。
⑨ 《诗星火》版，缺"抱住"。
⑩ 诗文集版，"本体"作"主体"。
⑪ 《诗星火》版，行首空一格。

而危险地,必须一再地选择死亡和蜕变,
一条条求生的源流,寻觅着自己向大海欢聚!①

(二)
他们太需要信仰,人世的不平
突然一次把他们的意志锁紧,
从一本画②像从夜晚的星空
他们摘下一个个③字,而要重新

排列世界用一串原始
的字句的切割,像小学生作④算术⑤
饥饿把人群⑥交给他们做练习,
勇敢地求解答,"大家不满"给批了好分数,

用面包和抗议制造一致的欢呼
他们于是走进和恐惧并肩的权力,
推翻现状,成为现状⑦,更要抹去未来的"不",

爱情是太贵了:他们给出来
索去我们所有的知识和决定,
再向新全能看齐,划一人类像坟墓。

---

① 《诗星火》版,"!"作"。"。
② 《诗星火》版,"画"作"书"。
③ 诗文集版,"一个个"作"一个"。
④ 《诗星火》版,"作"作"做"。
⑤ 《诗星火》版,多","。
⑥ 诗文集版,"人群"作"人们"。
⑦ 诗文集版,"现状"作"现实"。

(三)
永未伸直的世纪,未痊愈的冤屈,
秩序底下的暗流,长期抵赖的债,
冰里冻结的热情现在要击开:
来吧,后台的一切出现在前台;

幻想,灯光,效果,都已经①集中,
"必然"已经登场,让我们听它的剧情——
呵人性不变的表格,虽然填上新名字,
行动的还占有行动,权力驻进迫害和不容忍,

善良的仍旧②善良,正义也仍旧流血而死,
谁是最后的胜利者?是那集体杀人的人?
这是历史的③令人心碎的导演?

因为一次又一次,美丽的话教④人相信,
我们必然心碎,他必然成功,
一次又一次,只有成熟的技巧留存。

(四)
目前,为了坏的,向更坏争斗,
暴力,它正在兑现小小的成功,
政治说,美好的全在它脏污的手里,

---

① 诗文集版,缺"经"。
② 诗文集版,"仍旧"作"依旧"。
③ 诗文集版,缺"的"。
④ 诗文集版,"教"作"叫"。

跟它去吧,同志。阴谋,说谎,或者杀人,①

做过了工具再来做工具,
所有受苦的人类都分别签字
制造更多的血泪,为了到达迂回的未来
对垒起"现在":枪口,欢呼,和驾驭②工具的

英雄:相信终点有爱在等待,
为爱所宽恕,于是错误又错误,
相信暴力的种子会开出和平,

逃跑的成功! 一开始就在终点失败,
还要被吸进时间无数的角度,因为
面包和自由正获得我们,却不被获得!

一九四八,八月。

(该诗前两章曾以《诗两首》为题刊于南京《诗星火》丛刊第 1 辑《魔术师的自白》,1948 年 10 月 1 日;全诗后刊于天津版《大公报·星期文艺》第 102 期,1948 年 10 月 10 日;后收入《穆旦诗文集》。因《诗星火》版并非完整地刊载此诗,现录《大公报》版。)

---

① 诗文集版,","作"。"。
② 诗文集版,"驾驭"作"驾驶"。

1957 年

九十九家争鸣记

百家争鸣固然很好,
九十九家难道不行?
我这一家虽然也有话说,
现在可患着虚心的病。

我们的会议室济济一堂,
恰好是一百零一个人,
为什么偏多了一个?
他呀,是主席,单等作结论。

因此,我就有点心虚,
盘算好了要见机行事;
首先是小赵发了言,
句句都表示毫无见识。

但主席却给了一番奖励;
钱、孙两人接着讲话,
虽然条理分明,我知道
那内容可是半真半假。

老李去年作①过检讨,
这次他又开起大炮,
虽然火气没有以前旺盛,
可是句句都不满领导。

"怎么?这岂非人身攻击?
争鸣是为了学术问题!
应该好好研究文件,
最好不要有宗派情绪!"

周同志一向发言正确,
一向得到领导的支持;
因此,②他这一说开呀,
看,有谁敢说半个不是?

问题转到了原则性上,
最恼人的有三个名词:
这样一来,空气可热闹了,
发言的足有五十位同志。

其中一位绰号"应声虫",
还有一位是"假前进",
他们两人展开了舌战,
真是一刀一枪,难解难分。

---

① 诗文集版,"作"作"做"。
② 诗文集版,缺","。

有谁不幸提到一个事实,
和权威意见显然不同,
没发言的赶紧抓住机会,
在这一点上"左"了一通:

"这一点是人所共知!"
"某同志立场很有问题!"
主席说过不要扣帽子,
因此,后一句话说得很弯曲。

就这样,①挨到了散会时间,
我一直都没有发言,
主席非要我说两句话,
我就站起来讲了三点:

第一,今天的会我很兴奋,
第二,争鸣争得相当成功,
第三,希望这样的会多开几次,
大家更可以开诚布公……

    附记
读者,可别把我这篇记载
来比作文学上的典型,
因为,事实是,时过境迁,
这已不是今日的情形。

---

① 诗文集版,多"我"。

那么，又何必拿出来发表？
我想编者看得很清楚：
在九十九家争鸣之外，
也该登一家不鸣的小卒。

（初刊于《人民日报》1957年5月7日，后收入《穆旦诗文集》。现录《人民日报》版。按：本年穆旦所发表的诗歌，除了之前两首署"一九五一年"外，其他均未署写作时间。前两版诗文集版一律将这批诗歌的写作时间署为"1957年"——直接将发表时间等同于写作时间，严格说来并不恰当。本集依据发表时间的先后顺序编入。）

葬　歌

一

你可是永别了，我的朋友？
　　我的阴影，我过去的自己？
天空这样蓝，日光这样温暖，
　　在鸟的歌声中我想到了你。

我记得，也是同样的一天，
　　我欣然走出自己，踏青回来，
我正想把印象对你讲说，
　　你却冷漠地只和我避开。

自从那天，你就病在家里，
　　你的任性曾使我多么难过；
唉，多少午夜我躺在床上，
　　辗转不眠，只要对你讲和。

我到新华书店去买些书，
　　打开书，冒出了熊熊火焰，
这热火反使你感到寒栗，
　　说是它摧毁了你的骨干。

有多少情谊，关怀和现实，①
　　都由眼睛和耳朵收到心里；

---

① 诗文集版，缺","。

好友来信说:"过过新生活!"
　　你从此失去了新鲜空气。

历史打开了巨大的一页,
　　多少人在天安门写下誓语,
我在那儿也举起手来:
　　洪水淹没了孤寂的岛屿。

你还向哪里呻吟,①和微笑?
　　连你的微笑都那么寒伧,
你的千言万语虽然曲折,
　　但是阴影怎能碰得阳光?

我看过先进生产者会议,
　　红灯,绿彩,真辉煌无比,
他们都凯歌地走进前厅,
　　后门冻僵了小资产阶级。

我走过我常走的街道,
　　那里的破旧房正在拆落,
呵,多少年的断瓦和残椽,
　　那里还萦回着你的魂魄。

你可是永别了,我的朋友?
　　我的阴影,我过去的自己?
天空这样蓝,日光这样温暖,

---

① 诗文集版,缺","。

安息吧,①让我以欢乐为祭!

二

"哦,埋葬,埋葬,埋葬!"
"希望"在对我呼喊:
"你看过去只是骷髅,
还有什么值得留恋?
他的七窍流着毒血,
沾一沾,我就会瘫痪。"

但"回忆"拉住我的手,
她是"希望"底仇敌;
她有数不清的女儿,
其中"骄矜"最为美丽;
"骄矜"本是我的眼睛,
我怎能把她舍弃?

"哦,埋葬,埋葬,埋葬!"
"希望"又对我呼号:
"你看她那冷酷的心,
怎能再被她颠倒?
她会领你进入迷雾,
在雾中把我缩小。"

幸好"爱情"跑来援助,
"爱情"融化了"骄矜":

---

① 诗文集版,","作"!"。

一座古老的牢狱，
呵，转瞬间片瓦无存；
但我心上还有"恐惧"，
这是我慎重的母亲。

"哦，埋葬，埋葬，埋葬！"
"希望"又对我规劝：
"别看她的满面皱纹，
她对我最为阴险：
她紧保着你的私心，
又在你头上布满

使你自幸的阴云。"
但这回，我却害怕：
"希望"是不是骗我？
我怎能把一切抛下？
要是把"我"也失掉了，
哪儿去找温暖的家？

"信念"在大海的彼岸，
这时泛来一只小船，
我遥见对面的世界
毫不似我的从前；
为什么我不能渡去？
"因为你还留恋这边！"

"哦，埋葬，埋葬，埋葬！"
我不禁对自己呼喊：

在这死亡底一角，
我过久地漂泊，茫然；
让我以眼泪洗身，
先感到忏悔的喜欢。

三

就这样，像只鸟飞出长长的阴暗甬道，
我飞出会见阳光和你们，亲爱的读者；
这时代不知写出了多少篇英雄史诗，
而我呢，这贫穷的心！只有自己的葬歌。
没有太多值得歌唱的：这总归不过是
一个旧的知识份①子，他所经历的曲折；
他的包袱很重，你们都已看到；他决心
和你们并肩前进，这儿表出他的欢乐。
就诗论诗，恐怕有人会嫌它不够热情：
对新事物向往不深，对旧的憎恶不多。
也就因此……我的葬歌只算唱了一半，
那后一半，同志们，请帮助我变为生活。

（初刊于《诗刊》1957年第5期，5月28日，后收入《穆旦诗文集》。现录《诗刊》版。）

---

① 诗文集版，"份"作"分"。

三门峡水利工程有感

想①那携带泥沙的滚滚河水,
也必曾明媚,像我门前的小溪,
原来有花草生在它的两岸,
人来人往,谁都赞叹它的美丽。

只因为几千年受到了郁积,
它愤怒,咆哮,波浪朝天空澎湃,
但也终于没有出头,于是它
溢出两岸,给自己带来了灾害。

又像这古国的广阔的智慧②
几千年来受到了压抑、挫折,
于是泛滥为荒凉,③忍耐,④和叹息,
有多少生之呼唤都被淹没!

虽然也给勇者生长了食粮,
死亡和毒草却暗藏在里面;
谁走过它,不为它的险恶惊惧?
泥沙滚滚,已不见昔日的欢颜!

呵,我欢呼你,"科学"加上"仁爱"!

---

① 诗文集版,多"起"。
② 诗文集版,多","。
③ 诗文集版,","作"、"。
④ 诗文集版,缺","。

如今,这长远的浊流由你引导,
将化为清①朗的笑,而它那心窝
还要迸出多少热电向生活祝祷!

(初刊于《人民文学》1957年第7期,后收入《穆旦诗文集》。现录《人民文学》版。)

---

① 诗文集版,"清"作"晴"。

1975 年

妖女的歌

一个妖女在山后向我们歌唱,
"谁爱我,快奉献出你的一切。"
因此我们就攀登高山去找她,
要把已知未知的险峻都翻越。

这个妖女索要自由、安宁、财富,
我们就一把又一把地献出,
丧失的越多,她的歌声越婉转,
终至"丧失"变成了我们的幸福。

我们的脚步留下了一片野火,
山下的居民仰望而感到心悸;
那是爱情和梦想在荆棘中的闪烁,
而妖女的歌已在山后沉寂。

1975 年

(该诗收入编年体的《穆旦诗全集》时,列入 1956 年;收入《穆旦诗文集》时,列入 1975 年。但何以将该诗的写作时间后移近 20 年,编者并未说明。现录诗文集版。)

苍　蝇

苍蝇呵,小小的苍蝇,
在阳光下飞来飞去,
谁知道一日三餐
你是怎样的寻觅?
谁知道你在哪儿
躲避昨夜的风雨?
世界是永远新鲜,
你永远这么好奇,
生活着,快乐地飞翔,
半饥半饱,活跃无比,
东闻一闻,西看一看,
也不管人们的厌腻,
我们掩鼻的地方
对你有香甜的蜜。
自居为平等的生命,
你也来歌唱夏季;
是一种幻觉,理想,
把你吸引到这里,
飞进门,又爬进窗,
来承受猛烈的拍击。

1975 年

（刊于香港《新晚报》1980 年 6 月 10 日,后收入《穆旦诗文集》。现录诗文集版。按:诗文集版[第 310 页]有编者注释:"此诗大约写于 1975 年 5 月或 6 月,系诗人在 1975 年 6 月 25 日信中抄寄给诗友杜运燮的。信中写有:'《苍蝇》是戏作……我忽然在一个上午看到苍蝇飞,便写出这篇来。'"但对照原信,可以发现三个问题:其一,所谓"1975年6月25日信",应该就是初版《穆旦诗文集(2)》所录1975年6月28日穆旦写给杜运燮的信,时间上略有出入,应该是文稿誊录之误。在后两版《穆旦诗文集(2)》之中,此信的时间已被标注为"1976年6月28日"。所录书信是一份有缺漏的材料,前面部分缺,信末落款也缺年份,仅有"6.28晚"。信中提到"是自己忙,脑子里像总不停"的状态,确是更接近于1976年中段的穆旦其他书信中所流露的某种感伤情绪,但何以会后延一年,编者并未给出任何说明。其二,信中明确提到《苍蝇》的写作,是"因为想到运燮曾为你们的五六只鸡刻画得很有意思",也即,穆旦晚年诗歌写作受到了当时下放到山西临汾的友人杜运燮的激发,相关诗篇为《鸡的问题——农村生活杂写之一》,但这一信息在诗歌的说明文字之中被略去。其三,在该信中,穆旦共抄录了三首诗,即《苍蝇》《友谊》和另外一首诗[篇目不详],并有"写点东西,寄你三篇看看"之语。《友谊》一诗的写作时间被标注为1976年6月,按照一般写作情形来推断,所寄上的"三篇"很可能即是写于同一时期。若此,则《苍蝇》的写作时间很可能不是"1975年5月或6月",而是"1976年5月或6月"。不过,增订版《穆旦诗文集》既未给出书信写作时间后移的确切理由,严格说来,"1975年6月28日"这一时间点也并未截然失效,尽管看上去与《友谊》所标注的"1976年6月"这一时间点不符。当然,这些都只能止于推测,并没有确凿的证据。① 不过,穆旦致杜运燮的另一封信,《穆旦诗文集》的编者确实是曾经将写作时间后移了。②)

---

① 从信中所透露的信息来看,或许唯一能够确定时间的是信末所提到的"实宁快办喜事了"这一细节。实宁为杜运燮的女儿。

② 初版《穆旦诗文集(2)》第144—145页所录穆旦致杜运燮的一封信,时间标为"1976年(日期不详)"。根据书信内容推断,此信的实际写作时间最迟当在1975年底(相关讨论可参见易彬《穆旦评传》,南京:南京大学出版社,2012年,第521页)。后两版《穆旦诗文集(2)》已将此信的时间标为"1975年(日期不详)"。

1976 年

智 慧 之 歌

我已走到了幻想底尽头，
这是一片落叶飘零的树林，
每一片叶子标记着一种欢喜，
现在都枯黄的①堆积在内心。

有一种欢喜是青春的爱情，
那是遥远天边的灿烂的流星，
有的不知去向，永远消逝了，
有的落在脚前，冰冷而僵硬。

另一种欢喜是喧腾的友谊，
茂盛的花不知道还有秋季，
社会的格局代替了血的沸腾，
生活的冷风把热情铸为实际。

另一种欢喜是迷人的理想，
它使我在荆棘之途走得够远，
为理想而痛苦并不可怕，

---

① 《新港》版、《八叶集》版、诗文集版，"的"作"地"。

可怕的是看它终于成笑谈,①

只有痛苦还在,它是日常生活②
每天在惩罚自己过去的傲慢,③
那绚烂的天空都受到谴责,
还有什么彩色留在这片荒原?

但唯有一棵智慧之树不雕④,
我知道它以我的苦汁为营养,
它的碧绿是对我无情的嘲弄,
我□□⑤它每一片叶的滋长。

3.10⑥

(曾与《有别》一起刊于《新港》1983年第2期,题作《智慧之歌(外一首)》,后收入《八叶集》《穆旦诗选》《穆旦诗文集》,并有手稿见《穆旦传》一书。⑦ 现录手稿版。)

---

① 除手稿外,各版",”均作"。"。按:从各节最末一行标点的处理来看,此处用"。"更为合理。
② 《新港》版、《八叶集》版,多","。
③ 《新港》版,","作";"。
④ 除手稿外,各版"不雕"均作"不凋"。按:"不雕"不词,可订正为"不凋"。
⑤ 手稿版,此处有二字被涂掉。《新港》版、《八叶集》版,作"诅咒";诗文集版作"咒诅",可据较早的发表版补入"诅咒"。
⑥ 《新港》版署为"1976年";《八叶集》版、诗文集版署为"一九七六年三月"。
⑦ 陈伯良:《穆旦传》,北京:新世界出版社,2006年,第192页。

演 出

慷慨陈词,愤怒,赞美和欢笑①
是暗处的眼睛早期待的表演,
只看按照这出戏的人物表,②
演员如何配制精彩的情感。③

终至台上下④已习惯这种⑤伪装,
而对天真和赤裸反倒奇怪:⑥
怎么会有了不和谐⑦的音响?
快把这⑧削平,掩饰,造作,修改。

为反常的效果而费尽心机,
每一个形式都要求光洁,完美;
"这就是生活",但违背自然的规律,
尽管演员已狡狯得毫不狡狯,

却不知背弃了多少黄金的心⑨
而到处只看见赝币在流通,

---

① 《诗刊》版,多","。
② 书信版,缺","。
③ 书信版,"。"作";"。
④ 书信版,"终至台上下"作"台上下终至"。
⑤ 书信版,"这种"作"这些"。
⑥ 书信版,":"作","。
⑦ 书信版,"和谐"作"合谐"。
⑧ 书信版、《诗刊》版,"这"作"它"。
⑨ 书信版、《诗刊》版,多","。

它买到的不是珍贵的共鸣①
而是热烈鼓掌下的无动于衷。

1976 年 4 月

（载入 1977 年 1 月 12 日致郭保卫的信［见《穆旦诗文集（2）》］；后刊于《诗刊》1980 年第 2 期；后收入《穆旦诗文集》。现录诗文集版。）

---

① 书信版、《诗刊》版，多","。

歌　手

我的嗓子可能太高,也太宏亮,
有时不能把细腻的歌曲演唱,
甚至当我学一学孩童的啼哭,
也要把天上的星月震动一场。

稚气的儿童几乎家家都有,
看二三岁的女儿正俯在爱人膝头,
女儿玩着一条碎毛线接的绳子,
说:"妈妈,讲个故事,里面要有小猴。"

我望着女儿,好像心中略有所感,
于是走出屋子、站在杂乱的小院,
回味了一下女儿的音容,又唱起
我的声音刚飞出,星星又在打颤。

我改唱①一首描写天空的颂歌,
声音晴朗②、想感动洁白的云朵。③

组成图案的白云闻声散开,
我恍惚④自问:"生活为什么⑤这样对我?"

---

① 书信版,多"了"。
② 书信版,"晴朗"作"朗朗"。
③ 书信版,本行后空一行。按:从格式看,前面3节均为4行,此处宜不空行。
④ 书信版,多"地"。
⑤ 书信版,"为什么"作"为何"。

（该诗未单独成篇,但和《演出》一起载入了1977年1月12日致郭保卫的信[《穆旦诗文集(2)》];《穆旦诗文集(增订版)》首次单独析出。现录诗文集版。按:因未署写作时间,本集将其排列在《演出》之后。)

理　想

1

没有理想的人像①是草木，
在春天生发，②到秋日枯黄，
对于生活它做不出总结，
面对绝望它提不出希望。

没有理想的人像③是流水，
为什么听不见它④的歌唱？
原来它已为现实的泥沙⑤
逐渐⑥淤塞，变成污浊的池塘。

没有理想的人像⑦是空屋⑧
而无主人，它紧紧闭着门窗，
生活的四壁堆积着灰尘，
外面在叩门，里面寂无音响。

那么打开吧，生命在呼喊：
让一个精灵从邪恶的远方
侵入他的心，把他⑨折磨够，

---

① 《新港》版、《诗刊》版，"像"作"象"。
② 《新港》版，","作"、"。
③ 《新港》版、《诗刊》版，"像"作"象"。
④ 《新港》版，"它"作"他"。
⑤ 《新港》版，多","。
⑥ 《新港》版，多"汗"。按："逐渐汗淤塞"不通，"汗"应属衍字。
⑦ 《新港》版、《诗刊》版，"像"作"象"。
⑧ 《新港》版，多","。
⑨ 《新港》版，本行两处"他"均作"它"。按：若此处用作"它"，那下一行的"他"也应该用作"它"。

因为他在地面看到了天堂。

2
理想是个迷宫,按照它的逻辑
你越走越达不到目的地。

呵,理想,多美好的感情,
但等它流到现实底冰窟中,
你看到的就是北方的荒原,
使你丰满的心倾家荡产。

"我是一个最合理的设想,
我立足在坚实的土壤上,"
但现实是一片阴险的流沙,
只有泥污的脚才能通过它。

"我给人指出崇高的道路,
我的明光能照澈你的迷雾,"
别管有多少人为她献身,
我们的智慧终于来自疑问。

毫无疑问吗?那就跟着她走,
像①追鬼火不知扑到哪一头。

1976 年 4 月

(该诗第一章曾录入樊帆[郭保卫]的《忆穆旦晚年二三事》一文,见《新港》1981 年第 12 期;后刊于《诗刊》1987 年第 2 期,收入《穆旦诗文集》。现录诗文集版。)

---

① 《诗刊》版,"像"作"象"。

冥 想

1

为什么万物之灵的我们,
遭遇还比不上一棵小树?
今天你摇摇它,优越地微笑,
明天就化为根下的泥土。
为什么由手写出的这些字,
竟比这只手更长久,健壮?
它们会把腐烂的手抛开,
而默默生存在一张破纸上。
因此,我傲然生活了几十年,
仿佛曾做着万物的导演,
实则在它们永久的秩序下
我只当一会儿①小小的演员。

2

把生命的突泉捧在我手里,
我只觉得它来得新鲜,
是浓烈的酒,清新的泡沫,
注入我的奔波、劳作、冒险。
仿佛前人从未经临的园地
就要展现在我的面前。
但如今,突然面对着坟墓,
我冷眼向过去稍稍回顾,

---

① 《诗刊》版,"一会儿"作"一会"。

只见它曲折灌溉的悲喜
都消失在一片亘古的荒漠,
这才知道我的全部努力
不过完成了普通的生活。

1976 年 5 月

(刊于《诗刊》1987 年第 2 期,后收入《穆旦诗文集》。现录诗文集版。)

春

春意闹:花朵、①新绿和你的青春
一度聚会在我的早年,散发着
秘密的传单,宣传热带和迷信,
激烈鼓动推翻我弱小的王国;

你们带来了一场不意的暴乱,
把我流放到……一片破碎的梦;
从那里我拾起一些寒冷的智慧,
卫护我的心又走上了途程②。

多年不见你了,然而你的伙伴
春天的花和鸟,又在我眼前喧闹,
我没忘记它们对我暗含的敌意
和无辜的欢乐被诱入的苦恼;

你走过而消失,只有淡淡的回忆
稍稍把你唤出那逝去的年代,
而我的老年也已筑起寒冷的城,
把一切轻浮的欢乐关在城外。

被围困在花的梦和鸟的鼓噪中,
寂静的石墙内今天有了回声

---

① 《八叶集》版,"、"作","。
② 《八叶集》版,"途程"作"旅程"。

回荡着那暴乱的过去,只一刹那,
使我悒郁地珍惜这生之进攻……

1976 年 5 月

(收入《八叶集》《穆旦诗选》《穆旦诗文集》。现录诗文集版。)

友 谊

（1）
我珍重的友谊，是一件艺术品
被我从时间的浪沙中无意拾得，
挂在匆忙奔驰的生活驿车上，
有时几乎随风飘去，但并未失落；

又在偶然的遇合下①被感情底手
屡次发掘，越久远越觉得可贵，
因为其中回荡着我失去的青春，
又富于②我亲切的往事的回味；

受到书信和共感的细致的雕琢③，
摆在老年底窗口，不仅点缀寂寞，
而且像④明镜般反映窗外的世界，
使那粗糙的世界显得如此柔和。

（2）
你永远关闭了，不管多珍贵的记忆⑤
曾经留在你栩栩生动的册页中，
也不管生活这支笔正在写下去，

---

① 《诗刊》版，多"，"。
② 《诗刊》版，"富于"作"赋予"。
③ 《诗刊》版、诗文集版，"雕琢"作"雕塑"。
④ 《诗刊》版，"像"作"象"。
⑤ 《诗刊》版，多"，"。

还有多少思想和感情突然被冷冻①；

永远关闭了,我再也无法跨进一步②
到这冰冷的石门后漫步和休憩,
去寻觅你温煦的阳光,会心的微笑,
不管我曾多年沟通这一片田园；

呵,永远关闭了,叹息也不能打开它,
我的心灵投资的银行已经关闭,
留下破产③的我,面对严厉的岁月,
梦想那丧失的财富,丧失的自己。④

（刊于《诗刊》1980年第2期；收入《八叶集》《穆旦诗选》《穆旦诗文集》,并有手稿见《穆旦诗文集(2)》书前插页。现录手稿版。按:手稿版未署写作时间,其他各版署为"1976年6月",现据此一时间编入。⑤)

---

① 《诗刊》版、诗文集版,"冷冻"作"冰冻"。
② 《诗刊》版,多","。
③ 《诗刊》版、诗文集版,"破产"作"贫穷"。
④ 《诗刊》版、诗文集版,本行作"独自回顾那已丧失的财富和自己。"
⑤ 关于此诗的写作时间,还见《苍蝇》一诗的说明。

有 别

这是一个不美丽的城,
在它的烟尘笼罩的一角,
像①蜘蛛结网在山洞,
一些人的生活蛛丝相交。
我就镶结在那个网上,
左右绊住:不是这个烦恼,
就是那个空洞的希望,
或者熟谂②堆成的苍老,
或者日久磨擦的僵硬,
使我的哲学愈来愈冷峭。

可是你的来去像③春风
吹开了我的窗口的视野,
一场远方的缥缈的梦
使我看到花开和花谢,
一暮④春的喜悦和刺疼
消溶⑤了我内心的冰雪。
如今我慢步⑥巡游这个城,
再也追寻不到你的踪迹,
可是凝视着它的烟雾腾腾,

---

① 《新港》版,"像"作"象"。
② 《新港》版、诗文集版,"熟谂"作"熟稔"。按:"熟谂"不词,可订正为"熟稔"。
③ 《新港》版,"像"作"象"。
④ 除手稿版外,"一暮"均作"一幕"。按:"一暮"不词,可订正为"一幕"。
⑤ 诗文集版,"消溶"作"消融"。
⑥ 诗文集版,"慢步"作"漫步"。

我顿感到这城市的魅力。

1976 年 6 月

（与《智慧之歌》以遗作的形式一起刊载于《新港》1983 年第 2 期，题作《智慧之歌（外一首）》；收入《八叶集》《穆旦诗选》《穆旦诗文集》；并有手稿见《穆旦传》一书。[1] 现录手稿版。）

---

[1] 陈伯良:《穆旦传》,北京:新世界出版社,2006 年,第 110—111 页之间的彩页。

自 己

不知哪个世界才是他的家乡,
他选择了这种语言,这种宗教,
他在沙上搭起一个临时的帐篷,
于是受着头上一颗小星的笼罩,
他开始和事物做①着感情的交易:
　　不②知那是否确是我自己。

在迷途③上他偶尔碰见一个偶像,
于是变成它的膜拜者的模样,
把这些称为友,把那些称为敌,
喜怒哀乐都摆到了应摆的地方,
他的生活的小店辉煌而富丽:
　　不知那是否确是我自己。

昌盛了一个时期,他就破了产,
仿佛一个王朝被自己的手推翻,
事物冷淡他,嘲笑他,惩罚他,
但他失掉的不过是一个王冠,
午夜不眠时他确曾感到忧郁:
　　不知那是否确是我自己。

另一个世界招贴着寻人启事,

---

① 《诗刊》版,"做"作"作"。
② 《诗刊》版,各节第6行行首均空3格。
③ 《诗刊》版,"迷途"作"征途"。

他的失踪引起了空室的惊讶,
那里另有一场梦等他去睡眠,
还有多少谣言都等着制造他,
这都暗示一本未写成的传记:
不知我是否失去了我自己。①

1976 年 7 月

(刊于《诗刊》1980 年第 2 期,收入《八叶集》《穆旦诗文集》。现录诗文集版。)

---

① 《诗刊》版,本行作"不知那是否确是我自己。"。

秋

（一）

天空呈现着深邃的蔚兰①，
仿佛醉汉已恢复了理性；
大街还一样喧嚣，人来人往，
但被秋凉笼罩着一层肃静。

一整个夏季，树木多么紊乱！
现在却坠入沉思，像②在总结
它过去的狂想，激愤，扩张，
于是宣讲哲理，飘一地黄叶。

田野的秩序变得井井有条，
土地把债务都已还清，
谷子进仓了，泥土休憩了，
自然舒③一口气，吹来了爽风。

死亡的阴影还没有降临，
一切安宁，色彩明媚而丰富；
流过的白云在与河水谈心，
它也要稍许享受生的幸福。

---

① 《诗刊》版、《八叶集》版、诗文集版，"蔚兰"作"蔚蓝"。
② 《诗刊》版，"像"作"象"。
③ 《诗刊》版，多"了"。

(二)

你肩负着多年的重载，
歇下来吧，在芦苇的水边：
远方是一片灰白的雾霭①
静静掩盖着路程的终点。

处身在太阳建立的大厦，
连你的忧烦也是他的作品，
歇下来吧，傍近他闲谈，
如今他已是和煦的老人。

这大地的生命，缤纷的景色，
曾抒写过他的热情和狂暴，
而今只剩下凄清的虫鸣，
绿色的回忆，草黄的微笑。

这是他远行前柔情的告别，
然后他的语言就纷纷凋谢；
为何你却紧抱着满怀浓荫，
不让它随风飘落，一页又一页？

(三)

经过了融解冰雪的斗争，
又经过了初生之苦的春旱②，
这条河水度过③夏雨的惊涛，

---

① 《诗刊》版，多","。
② 《八叶集》版，"春旱"作"春早"。
③ 诗文集版，"度过"作"渡过"。

终于流入了秋日的安恬;

攀登着一坡又一坡的我,
有如这田野上成熟的谷禾,
从阳光和泥土吸取着营养,
不知冒多少险受多少挫折;

在雷电的天空下,在火焰中,
这滋长的树叶,飞鸟,小虫,
和我一样取得了生的胜利,
从而组成秋天合谐①的歌声。

呵,水波的喋喋,树影的午弄②,
和谷禾的香才在我心里扩散,
却见严冬已递来它的战书,
在这恬静的、秋日的港湾。

(穆旦曾将此诗抄送给杜运燮③,手稿见《穆旦诗文集(2)》书前插页;后刊于《诗刊》1980年第2期;收入《八叶集》《穆旦诗文集》。现录手稿版。)

---

① 《诗刊》版、《八叶集》版、诗文集版,"合谐"作"和谐"。
② 《诗刊》版、《八叶集》版、诗文集版,"午弄"作"舞弄"。按:"午"("午弄")、"兰"("蔚兰")等字的写法,是手写体常见的写法。
③ 手稿上端还有这些字样:"近日天凉了,秋天是我喜爱的季节,赋《秋》几首,抄寄你们一读。"诗末则署"良铮76.9.16晚"。以此来看,《秋》的写作时间就是在1976年9月16日或稍早。诗文集版将写作时间署为1976年9月。

停 电 之 后①

太阳最好,但是它下沉了,②
拧开电灯,工作照常进行。
我们还以为从此驱走夜,③
暗暗感谢我们的文明。
可是突然,黑暗击败一切,
美好的世界从此④消失⑤灭踪。
但我点起小小的蜡烛,
把我的室内又照得通明⑥:
继续工作⑦也毫不气馁,
只是对太阳加倍地憧憬。

次日睁开眼,白日更⑧辉煌,
小小的蜡台⑨还摆在桌上。
我细看它,不但耗尽了油⑩,

---

① 书信版,题作《停电之夜》。
② 书信版,","作"。"。
③ 《雨花》版,缺本行及下行(共两行)。
④ 书信版,缺"从此"。
⑤ 《雨花》版,"消失"作"消影";书信版,"消失"后多"、"。
⑥ 书信版,"通明"作"光明"。
⑦ 书信版,多","。
⑧ 书信版,缺"更"。
⑨ 书信版,"蜡台"作"烛台"。
⑩ 《雨花》版,"油"作"心血"。

而且残流①的泪挂在两旁：②
这时我才想起，原来一夜间，③
有许多阵风都要它抵挡。④
于是我感激地把它拿开，
默念这可敬的小小坟场。

1976 年 10 月

（载入 1976 年 10 月 30 日穆旦致郭保卫的信[见《穆旦诗文集(2)》]；刊于《雨花》1980 年第 6 期；曾录入樊帆[郭保卫]的《忆穆旦晚年二三事》一文，见《新港》1981 年第 12 期；收入《八叶集》《穆旦诗选》《穆旦诗文集》。现录诗文集版。）

---

① 书信版，"残流"作"残留"。
② 书信版，本行后多两行：
　那是一滴又一滴的晶体，
　重重叠叠，好似花簇一样。
③ 书信版，缺"，"。
④ 《雨花》版，本行作"有许多冷风都未使它消亡，"。

好　梦

因为它曾经集中了我们的幻想,
它的降临有如雷电和五色的彩虹,
拥抱和接吻结束了长期的盼望,
它开始以魔杖指挥我们的爱情:
　　　让我们哭泣好梦不长。

因为它是从历史的谬误中生长,
我们由于恨,才对它滋生感情,
但被现实所铸成的它的形象
只不过是谬误底另一个幻影:
　　　让我们哭泣好梦不长。

因为热血不充溢,它便掺上水分,
于是大挥彩笔画出一幅幅风景,
它的色调越浓,我们跌得越深,
终于使受骗的心粉碎而苏醒:
　　　让我们哭泣好梦不长。

因为真实不够好,谎言变为真金,
它到处拿给人这种金塑的大神,
但只有食利者成为膜拜的一群,
只有仪式却越来越谨严而虔诚:
　　　让我们哭泣好梦不长。

因为日常的生活太少奇迹,

它不得不在平庸之中制造信仰，
但它造成①的不过是可怕的空虚，
和从四面八方被嘲笑的荒唐：
　　让我们哭泣好梦不长。

1976 年

（刊于香港版《大公报·文学》1993 年 8 月 25 日；后收入《穆旦诗文集》。现录诗文集版。）

---

① 《大公报》版，"造成"作"制成"。

老年的梦呓

1

这么多心爱的人迁出了
我的生活之温暖的茅舍,
有时我想和他们说一句话,
但他们已进入千古的沉默。

我抓起地上的一把灰尘,
向它询问亲人的音信,
就是它曾有过千言万语,
就是它和我心连过心。

啊,多少亲切的音容笑貌,
已迁入无边的黑暗与寒冷,
我的小屋被撤去了藩篱,
越来越卷入怒号的风中。

但它依旧微笑地存在,
虽然残破了,接近于塌毁,
朋友,趁这里还烧着一点火,
且让我们暖暖地聚会。

2

生命短促得像①朝露:

---

① 《诗刊》版,"像"作"象"。

你的笑脸,他的愤怒,
还有她那少女的妩媚,
转眼①竟被阳光燃成灰!
不,它们②还活在我的心上,
等着我的心慢慢遗忘埋葬③。

3
我和她谈过永远的爱情,
我们曾把生命饮得沉醉;
另一个使我怀有怨恨,
因为她给我冷冷的智慧;
还有一个我爱得最深,
虽然我们隔膜有如路人;
但这一切早被生活忘掉,
若不是坟墓向我索要!

4
过去的生命已经丢失了,
你何必还要把它找回来?
打一个电话就能把她约到,
可是面对面再也没有华彩;④
那年轻的太阳,年轻⑤的草地,
灿烂的希望和无垠的天空

---

① 书信版、《诗刊》版,"转眼"作"张眼"。
② 书信版,"它们"作"你们"。
③ 书信版,缺"埋葬"。
④ 书信版,";"作":"。
⑤ 书信版,两处"年轻"均作"年青"。

都已变成今天冷淡的言语,
使记忆的画面也遭霜冻。

5
到市街的一角去寻找惆怅,
因为我们曾在那里无心游荡,
年轻①的日子充满了欢乐,
呵,只为了给今天留下苦涩!
到那庭院里去看一间空屋,
因为它铭刻一段共同的旅途,
当时写的什么我尚无所知,
现在才读出一篇委婉的哀诗。

6
别动吧,凡她保留的物品
也在保留着她的生命:
这一叠是亲友的来信,
来往琐事拼写着感情。
这是一些暗黄的戏单,
她度过的激动的夜晚。
这只花瓶并不出色,
但记载一次旅途之乐。
还有旧扇,破表,收据……
如今都失去了谜底,
自从她离开这个世界,
它们的信息已不可解。

---

① 书信版,"年轻"作"年青"。

但这些静物仍有余温,

　　似乎居住着她的灵魂。

1976 年

（该诗第 2、4、5 节曾载入 1977 年 2 月 19 日致董言声的信,题为《老年》;后刊于《诗刊》1994 年第 2 期,收入《穆旦诗文集》。现录诗文集版。）

退 稿 信

您写的倒是一个典型的题材,
只是好人不最好,坏人不最坏,
黑的应该全黑,白的应该全白,
而且应该叫读者一眼看出来!

您写的故事倒能给人以鼓舞,
要列举优点,有一、二、三、四、五,
只是六、七、八、九、①十都够上错误,
这样的作品可不能刊出!

您写的是真人真事,不行;
您写的是假人假事,不行;
总之,对此我们有一套规定,
最好请您按照格式填写人名。

您的作品歌颂了某一个侧面,
又提出了某一些陌生的缺点,
这在我们看来都不够全面,
您写的主题我们不熟稔②。

百花园地上可能有些花枯萎,
可是独出一枝我们不便浇水,

---

① 书信版,这两行之内的"、"均作","。
② 书信版,"熟稔"作"熟谂"。按:"熟谂"不词,可订正为"熟稔"。

> 我们要求作品必须十全十美,
> 您的来稿只好原封退回。

1976 年 11 月

(载入 1976 年 11 月 10 日致郭保卫的信[见《穆旦诗文集(2)》];后收入《穆旦诗文集》。现录诗文集版。)

黑 笔 杆 颂
——赠别"大批判组"①

多谢你,把一切治国策②都"批倒",
人民的愿望全不在你的眼中:
努力建设,你叫作"唯生产力论",
认真工作,必是不抓阶级斗争;
你把按劳付酬叫作"物质刺激",③
一切奖罚④制度都叫它行不通。
学外国⑤先进技术⑥是"洋奴哲学",
但⑦谁钻研业务,又是⑧"只专不红";
办学不准考试,造成一批次品,⑨
你说那是质量高,大大地称颂。
连对外贸易,买进⑩外国的⑪机器,
你都喊"投降卖国",不"自力更生";⑫
不从实际出发,你只乱扣帽子,
你把一切文字都颠倒了使用:

---

① 书信版,缺该副题。
② 书信版,"一切治国策"作"正确的一切"。
③ 书信版,本行作"你把革命的纪律叫做'管卡压',"。
④ 书信版,"奖惩"作"合理的"。
⑤ 书信版,多"的"。
⑥ 书信版,多","。
⑦ 书信版,"但"作"可"。
⑧ 书信版,"是"作"扣上"。
⑨ 书信版,缺本行及下一行(共两行)。
⑩ 书信版,"买进"作"买一些"。
⑪ 书信版,缺"的"。
⑫ 书信版,";"作"。"。

到处唉声叹气,你说"莺歌燕舞",①
把失败叫胜利,把骗子叫英雄,
每天领着二元五角伙食津贴,
却要以最纯的马列主义自封;
吃得脑满肠肥,再革别人的命,②
反正舆论都垄断在你的手中。
人民厌恶的,都得到你的吹呼,
只为了要使你的黑主子登龙;
好啦,如今黑主子已彻底完蛋,
你做出③了贡献,确应记你一功。

1976 年

（载入 1976 年 11 月 10 日致郭保卫的信[《穆旦诗文集(2)》],后收入《穆旦诗文集》。现录诗文集版。按:该版有编者按语:"此诗据作者家属提供的未发表稿编入,写作时间推测为 1976 年 11 月,即与前一首《退稿信》同期。"又,1976 年 12 月 2 日,穆旦在致郭保卫的信中提到了《黑笔杆颂》修改的原因:"现在写东西顶好按照要求写,听听编者要什么,否则大概是碰壁而回。因此我兴趣不大。即使批四人帮吧,你得批到恰好的程度,多一点少一点都不行,本来我想提他们把'按劳付酬'扣上帽子为'物质刺激',但因现在报上不见此话,所以也删去。报上有什么,你再重复什么,作品又有什么意思。"④)

---

① 书信版,本行及下一行(共两行)作:
　明明是正在走的一伙走资派,
　你说是"革命左派",把骗子叫英雄;
② 书信版,缺本行及下一行。
③ 书信版,"做出"作"作出"。
④ 穆旦:《穆旦诗文集(3 版)(2)》,第 248 页。

冬

1

我爱在淡淡的太阳短命的日子,
临窗把喜爱的工作静静做完①;
才到下午四点,便又冷又昏黄,
我将用一杯酒灌溉我的心田。②
多么快,人生已到严酷的冬天。③

我爱在枯草的山坡,死寂的原野,
独自凭吊已埋葬的火热一年,
看着冰冻的小河还在冰下面流,
不知低语着什么,只是听不见。④
呵,生命也跳动在⑤严酷的冬天。⑥

我爱在冬晚围着温暖的炉火,
和两三昔日的好友会心闲谈,
听着北风吹得门窗沙沙地响,
而我们回忆着快乐无忧的往年。⑦
人生的乐趣也在严酷的冬天。⑧

---

① 手稿版、致董信版、《诗刊》版、《八叶集》版,"做完"作"作完"。
② 致董信版、手稿版、《八叶集》版,"。"作":"。
③ 《诗刊》版,本行作"人生本来是一个严酷的冬天。"
④ 《诗刊》版,本行"似乎宣告生命是多么可留恋。";致董信版、手稿版、《八叶集》版,行末"。"作":"。
⑤ 杨苡所存手稿版,"生命也跳动在"作"它也不甘于这"。
⑥ 《诗刊》版,本行作"人生本来是一个严酷的冬天。"。
⑦ 致董信版、手稿版、《八叶集》版,"。"作":"。
⑧ 《诗刊》版,本行作"人生本来是一个严酷的冬天。"

我爱在雪花飘飞的不眠之夜,
把已死去或尚存的亲人珍念,
当茫茫白雪铺下遗忘的世界,
我愿意感情的热流溢于心间,①
来温暖人生的这严酷的冬天。②

2

寒冷,寒冷,尽量束缚了手脚,
潺潺的小河用冰封住口舌,③
盛夏的蝉鸣和蛙声都沉寂,
大地一笔勾销④它笑闹的蓬勃。

谨慎,谨慎,使生命受到挫折,
花呢?绿色呢?血液闭塞住⑤欲望,⑥
经过多日的阴霾和犹疑不决,⑦
才从枯树枝漏下淡淡的阳光。

奇怪!春天是这样深深隐藏,
哪儿都⑧无消息,都怕峥露头角,⑨

---

① 致董信版、《八叶集》版,缺",",《诗刊》版,","作"。"。
② 《诗刊》版,本行作"人生本来是一个严酷的冬天。"
③ 致江信版,","作";"。
④ 致江信版、《八叶集》版,"勾销"作"勾消"。
⑤ 致江信版,"闭塞住"作"闭住"。
⑥ 致江信版,","作";"。
⑦ 致江信版,缺","。
⑧ 致江信版,"都"作"也"。
⑨ 致江信版,","作";"。

年轻①的灵魂裹进老年的硬壳②,
仿佛我们穿着厚厚的棉袄。

3
你大概已停止了分赠爱情,
把书信写了一半就住手,
望望窗外,天气是如此萧杀,
因为冬天是感情的刽子手。

你把夏季的礼品拿出来,
无论是蜂蜜,是果品,是酒,
然后坐在炉前慢慢品尝,
因为冬天已经使心灵枯瘦。

你拿一本小说躺在床上,
在另一个幻象世界周游,
它使你感叹,或使你向往,
因为冬天封住了你的门口。

你疲劳了一天才得休息,
听着树木和草石都在嘶吼,
你虽然睡下,却不能成梦,
因为冬天是好梦的刽子手。

---

① 致江信版、《诗刊》版、《八叶集》版,"年轻"作"年青"。
② 致江信版,"硬壳"作"躯壳"。

4
在马房隔壁的小土屋里,①
风吹着窗纸沙沙响动,
几只泥脚带着雪走进来,
让马吃料,车子歇在风中。

高高低低围着火坐下,
有的添木柴,有的在烘干,
有的用他粗而短的指头②
把烟丝倒在纸里卷成烟。

一壶水滚沸,白色的水雾③
弥漫在烟气缭绕的小屋,
吃着,哼着小曲,还谈着
枯燥的原野上枯燥的事物。

北风在电线上朝他们呼唤,
原野的道路还一望无际,
几条暖和的身子走出屋,
又迎面扑进寒冷的空气。

1976 年 12 月

（此诗第 1、2 章曾载入 1976 年 12 月 9 日致杜运燮的信,第 3、4 章曾载入 1976 年 12 月 29 日致杜运燮的信,但具体诗歌均未随信披露;

---

① 《八叶集》版,缺","。
② 《诗刊》版,多","。
③ 《诗刊》版,多","。

第2章曾载入1977年1月1日穆旦致江瑞熙的信,并有"回忆四人帮时期,写一诗名"字样;第1章曾载入1977年1月4日致董言声的信;后,全诗刊载于《诗刊》1980年第2期,收入《八叶集》《穆旦诗选》《穆旦诗文集》,现录诗文集版。按:《冬》诗现有多份手稿被披露出来,《穆旦诗文集(2)》书前插页有该诗第1章手稿,上有多处涂改痕迹;《穆旦传》书前插页也有该诗修改后的手迹;两者修改之后文字相同,此处统称手稿版。抄送给杨苡的也是修改之后的版本,但仍有细微的差别,此处称杨苡所存手稿版。

又,1976年12月29日,穆旦在致杜运燮的信中谈到《冬》的修改,录主要内容如下:1976年12月9日,穆旦在给杜运燮的信中抄录了《冬》的第1、2章,杜运燮复信认为诗歌第1章最后1行都是"人生本来是严酷的冬天",未免太悲观,并附上新写的《冬与春》以激励诗友。穆旦复信谈道,"我给你抄寄的那诗,大概由于说理上谬误而使人不服;可是有形象在,形象多少动人,尽管那形象也是很陈词滥调的,像听熟了的不动脑筋的歌曲。我并不喜欢,但我想在诗歌变得味同嚼蜡时,弄一些老调调反倒'翻旧变新'了。你反对最后的迭句,我想了多时,改订如下:将每一迭句改为①多么快,人生已到严酷的冬天②呵,生命也跳动在严酷的冬天(前一句关于小河,也改为'不知低语着什么,只是听不见。')③人生的乐趣也在严酷的冬天④来温暖人生的这严酷的冬天。这样你看是不是减小了'悲'调?其实我原意是要写冬之乐趣,你当然也看出这点。不过乐趣是画在严酷的背景上。所以如此,也表明越是冬,越看到生命可珍之美。不想被你结论为太悲,这当然不太公平。现在改以上四句,也许更使原意明显些。若无迭句,我觉全诗更俗气了。这是叶慈的写法,一堆平凡的诗句,结尾一句画龙点睛,使前面的散文活跃为诗。"①)

---

① 穆旦:《穆旦诗文集(3版)(2)》,第177页。

附录一 穆旦主要诗集目录

说明:穆旦生前共出版 3 部诗集,即《探险队》《穆旦诗集(1939—1945)》《旗》,并编订了一本《穆旦诗集》,后由家属整理,以《穆旦自选诗集:1937—1948》之名出版。而 1986 年以来,由穆旦友人或学者编选的穆旦诗集已近 10 种(不含穆旦早年诗集的重新翻印本)。所涉及的诗集包括:

《探险队》(1945)
《穆旦诗集(1939—1945)》(1947)
《旗》(1948)
《穆旦诗选》(1986)
《穆旦诗全集》(1996)
《蛇的诱惑》(1997)
《穆旦代表作》(1999)
《穆旦诗选》(2003)
《穆旦诗文集》(2006,2014,2018)
《穆旦精选集》(2006)
《穆旦自选诗集:1937—1948》(2010)
《穆旦作品新编》(2011)
《赞美·诗八首(穆旦卷)》(2011)
《我看》(2018)
《穆旦诗集》(2019)

限于篇幅,穆旦本人编订的诗集将列出包括版本信息、目录等在内的详细信息,其他穆旦诗歌选本则只列出版本等主要信息。

《探险队》

著者：穆旦

编辑人：林元、马尔俄

发行人：祁仲安

出版者：文聚社

发行者、印刷者：昆明崇文印书馆

总经售：昆明金马书店

版次：中华民国三十四年一月初版

丛书信息："文聚丛书"

篇目信息：扉页题有"献给友人董庶"，诗集大致按照写作先后顺序排列，收入1937—1941年间的诗歌24首（按：目录共列25首，但《神魔之争》一诗空缺）。目录如下：

《野兽》《我看》《园》《Chorus二章》《防空洞里的抒情诗》《劝友人》《从空虚到充实》《童年》《祭》《蛇的诱惑》《玫瑰之歌》《在旷野上》《不幸的人们》《五月》《我》《还原作用》《智慧的来临》《潮汐》《在寒冷的腊月的夜里》《夜晚的告别》《鼠穴》《我向自己说》《神魔之争》《小镇一日》《哀悼》

《穆旦诗集(1939—1945)》

著者：穆旦

发行人：穆旦

版次：1947年5月初版（自费，沈阳）；1997年，《穆旦诗集》列入"中国现代诗歌名家名作原版库"，由中国文联出版公司出版；2000年，列入"百年百种优秀中国文学图书"，由人民文学出版社出版；2001年，又列入"新文学碑林"，再次由人民文学出版社出版。

篇目信息：扉页有献辞："献给母亲"，收入 1939—1945 年间的诗歌 58 首，附录王佐良的评论《一个中国诗人》、正误表（共标出错误 23 处）。目录如下：

《合唱》*、《防空洞里的抒情诗》*、《从空虚到充实》*、《不幸的人们》*、《我》*、《智慧的来临》*、《还原作用》*、《五月》*、《潮汐》*、《在寒冷的腊月的夜里》*、《夜晚的告别》*、《我向自己说》*、《哀悼》*、《小镇一日》*、《摇篮歌》《控诉》《赞美》《黄昏》《洗衣妇》《报贩》《春》《诗八首》《出发》《自然底梦》《幻想底乘客》《祈神二章》《诗（一）》《诗（二）》《赠别（一）》《赠别（二）》《成熟一》《成熟二》《寄——》《活下去》《线上》《鼠穴》*、《被围者》《退伍》《春天和蜜蜂》《忆》《海恋》《旗》《流吧，长江的水》《风沙行》《甘地》《给战士》《野外演习》《七七》《先导》《农民兵（一）》《农民兵（二）》《打出去》《奉献》《反攻基地》《通货膨胀》《一个战士需要温柔的时候》《森林之魅》《神魔之争》

（说明：带 * 者曾收入《探险队》，共 15 首。）

《旗》

著者：穆旦

发行人：吴文林

发行所：文化生活出版社

印刷所：文化生活印刷所

版次：中华民国三十七年二月初版

丛书信息：巴金主编的《文学丛刊》第 9 集

篇目信息：收入 1941—1945 年间的诗歌 25 首，目录如下：

1941 年　《赞美》*、《控诉》*

1942 年　《诗八首》*、《出发》*

1943 年　《诗》*

1944 年　《裂纹》*

1945年　《线上》*、《被围者》*、《退伍》*、《给战士》*、《旗》*、《野外演习》*、《农民兵(一)》*、《农民兵(二)》*、《七七》*、《良心颂》《反攻基地》*、《打出去》*、《通货膨胀》*、《轰炸东京》《苦闷的象征》《奉献》*、《先导》*、《甘地》*、《森林之魅》*

（说明：带 * 者曾收入《穆旦诗集(1939—945)》，共22首。）

《穆旦诗选》

著者：穆旦

编者：杜运燮

出版者：人民文学出版社

版次：1986年1月第1版第1次印刷

篇目信息：这是穆旦逝世之后首次结集出版的个人选集，收入诗歌59首，并有《穆旦著译目录》，杜运燮所作《后记》。目录如下：

《野兽》《我看》《园》《合唱》《从空虚到充实》《童年》《玫瑰之歌》《漫漫长夜》《在旷野上》《还原作用》《五月》《智慧的来临》《在寒冷的腊月的夜里》《鼠穴》《夜晚的告别》《小镇一日》《控诉》《摇篮歌》《赞美》《黄昏》《洗衣妇》《春》《诗八章》《出发》《自然底梦》《幻想底乘客》《诗》《裂纹》《赠别》《寄——》《活下去》《线上》《被围者》《旗》《海恋》《忆》《春天和蜜蜂》《先导》《通货膨胀》《一个战士需要温柔的时候》《森林之魅》《时感》《三十诞辰有感》《荒村》《城市的舞》《世界》《葬歌》《三门峡水利工程有感》《智慧之歌》《演出》《城市的街心》《春》《夏》《友谊》《有别》《秋》《冬》《沉没》《停电之后》

《穆旦诗全集》

著者：穆旦

编者：李方

出版者：中国文学出版社

版次：1996 年 9 月第 1 版第 1 次印刷

丛书信息：20 世纪桂冠诗丛

篇目信息：这是当时收录穆旦诗歌齐全的版本，以编年体形式收入穆旦诗歌 146 首。

有序言两篇：《论穆旦的诗》（王佐良）、《一颗星亮在天边——纪念穆旦》（谢冕），并有《穆旦（查良铮）年谱简编》（李方）、《穆旦著译集目》《欣慰与感谢（代跋）》（周与良）、《编后》（李方）。

《蛇的诱惑》

著者：穆旦

编者：曹元勇

出版发行：珠海出版社

版次：1997 年 4 月第 1 版第 1 次印刷

丛书信息：李子云、赵长天、陈思和主编"世纪的回响·作品卷"第 1 辑

篇目信息：有《编辑说明》、《〈世纪的回响〉丛书序》（钱谷融）。王佐良的《一个中国诗人》代序，曹元勇作《编后记》。第一辑为诗，收入各时期诗歌 60 首；第二辑为文论、书信，收入文论 5 篇，书信 29 通（为首次披露）。

《穆旦代表作》

著者：穆旦

编者：中国现代文学馆编、梦晨编选

出版者：华夏出版社

版次：1999 年 10 月北京第 1 版第 1 次印刷。2000 年，此书以《穆旦文

集》为名,2009年,以《野兽——穆旦代表作》为名,由同一出版社出版。

丛书信息:中国现代文学馆编选的"中国现代文学百家"

篇目信息:第一辑为诗,收入各时期诗歌60首,第二辑为文论,收入文论9篇,并附有《穆旦小传》《穆旦主要著译要目》。

《穆旦诗选》

著者:穆旦

编者:周良沛

出版社:长江文艺出版社

版次:2003年3月第1版第1次印刷

丛书信息:周良沛主编的"中国新诗库"①

篇目信息:收入诗歌55首,周良沛作《穆旦其人其诗》。

《穆旦诗文集》

著者:穆旦

编选者:李方

出版者:人民文学出版社

版次:2006年4月第1版第1次印刷,精装本;2006年12月,出简装本;2007年7月,列入"中国文库"再次由人民文学出版社出版。2014年6月,出增订版。2018年4月,出第3版。

篇目信息:《穆旦诗文集》分两卷,是目前为止最为翔实的穆旦资料(此前,曾出版8卷本《穆旦译文集》)。第1卷为诗卷,实录诗歌146首,周与良《永恒的思念》作"代序";按穆旦生前所出版的3部诗

---

① 2000年1月,该诗选的内容曾列入周良沛编选的"中国新诗库"第8集,该集为合集,共列11位诗人的作品,其余10人为:阿垅、鲁藜、曾卓、邹荻帆、彭燕郊、郭小川、李白凤、公木、阮章竞、袁水拍。

集先后之序排列,其他诗歌列入"集外诗存"。较之于《穆旦诗全集》,2006年版新增了《一九三九火炬行列在昆明》《伤害》及12首诗的英译(自译),散文诗《梦》移至文卷,剔除了《绅士和淑女》及1976年的残诗《面包》,误收译自奥登的《法律像爱情》。2014年增订版实录诗歌152首,新增了《我们肃立,向国旗致敬》《祭》(1938)、《失去的乐声》《X光》《记忆底都城》,重新录入《绅士和淑女》,剔除了《法律像爱情》。2018年第3版实录诗歌154首,新增了 To Margaret、《赠别》。

第2卷为散文、书信(多数为第一次披露)、日记(第一次披露),并有附录两种,附录一录入杜运燮《穆旦著译的背后》、王佐良《谈穆旦的诗》、袁可嘉《诗人穆旦的位置》、谢冕《一颗星亮在天边》(节选);附录二为李方《穆旦(查良铮)年谱》。李方作《编后记》。

《穆旦精选集》

著者:穆旦

出版者:北京燕山出版社

版次:2006年7月第1版第1次印刷

丛书信息:"世纪文学60家"

篇目信息:收入诗歌58首(曾收入穆旦诗集《探险队》和《穆旦诗集》的标明选自诗集,其他的则编入"集外诗存"),散文15篇,书信50封,并附有《创作要目》。有丛书的《出版前言》《"世纪文学60家"评选结果》,刘淑玲选定目录并作序言《"丰富而又丰富的痛苦"》。

《穆旦自选诗集:1937—1948》

著者:穆旦

编者:查明传等

出版社:天津人民出版社

版次:2010年1月第1版第1次印刷

篇目信息:据穆旦次子查明传所作《后记》,该诗集由穆旦本人于1948年左右编订,由穆旦"手抄或由书报杂志所刊登他的诗作剪贴而成"。原稿目录中有《序》,但序文并未找到。诗集收入1937—1948年间的诗歌80首,附录两种:《附录一 一个中国诗人》(王佐良)、《附录二 一颗星亮在天边》(谢冕),有《穆旦小传》、《后记》(查明传)。目录如下:

第一部 探险队(一九三七——一九四一)

《野兽》《合唱》《防空洞里的抒情诗》《劝友人》《童年》《蛇的诱惑》《梦幻之歌》《从空虚到充实》《不幸的人们》《我》《智慧的来临》《还原作用》《五月》《潮汐》《在寒冷的腊月的夜里》《夜晚的告别》《鼠穴》《我向自己说》《神魔之争》《哀悼》《小镇一日》

第二部 隐现(一九四一——一九四五)

《摇篮歌》《黄昏》《洗衣妇》《报贩》《春》《诗八章》《自然底梦》《幻想底乘客》《诗》《赠别》《成熟》《寄》《线上》《被围者》《春天和蜜蜂》《忆》《海恋》《流吧,长江的水》《风沙行》《甘地》《隐现》

第三部 旗(一九四一——一九四五)

《赞美》《控诉》《出发》《活下去》《退伍》《旗》《给战士》《野外演习》《七七》《先导》《农民兵》《打出去》《轰炸东京》《奉献》《反攻基地》《通货膨胀》《良心颂》《一个战士需要温柔的时候》《森林之魅》《云》

第四部 苦果(一九四七——一九四八)

《时感》《苦闷的象征》《他们死去了》《诞辰有作》《荒村》《饥饿的中国》《发现》《我歌颂肉体》《手》《我想要走》《暴力》《胜利》《牺牲》《甘地之死》《世界》《城市的舞》《绅士和淑女》《诗二首》

《穆旦作品新编》

著作:穆旦

编者:李怡

出版:人民文学出版社

版次:2011年10月第1版第1次印刷

丛书信息:"中国现代作家作品新编丛书"第3辑

篇目信息:分诗歌、散文、评论、书信、日记和翻译6辑。其中诗歌部分选入各时期诗歌81首。李怡作《前言》,其中称所录诗歌"以诗人最后完成的修订版为准","凡是收入最后修订版(1948年诗人自编,2010年1月由天津人民出版社出版)的作品,一律以此版本为准(姑且标注为'定本')","未收入此'定本'的作品则以此前的最后修订版为准,从未结集修订过的则采用初刊本"。《前言》还提到"定本与此前的结集本、初刊本比较,文字、标点甚至题目都有不同程度的差异","然而限于篇幅,也鉴于国内已有学人(如长沙易彬)完成了更细致全面的版本校勘,这里略去,仅对差异很大的少数篇章(如《蛇的诱惑》《梦幻之歌》《神魔之争》《饥饿的中国》等)加注说明"。

《赞美·诗八首(穆旦卷)》

著者:穆旦

出版社:长江文艺出版社

版次:2011年10月第1版第1次印刷

丛书信息:"中外名家诗歌经典"丛书

篇目信息:收入穆旦各时期诗歌88首(含自译英文诗8首)

其他:2014年12月,该书易名为《穆旦诗精编》,列入"名家经典诗歌系列"丛书再次出版。

《我看》

著者:穆旦

出版社:长江文艺出版社

版次:2018 年 10 月第 1 版第 1 次印刷

丛书信息:"教育部新编初中语文教材拓展阅读书系"丛书

篇目信息:收入穆旦各时期诗歌 64 首、译作 12 首(译自普希金、拜伦、雪莱和济慈),以及程崢、陈建的《入情入境,体会意境之美——我这样教学〈我看〉》。

《穆旦诗集》

著者:穆旦

出版社:人民文学出版社

版次:2019 年 1 月第 1 版第 1 次印刷

篇目信息:简介称"收录了穆旦现行于世的所有诗歌作品",实录 153 首,有周与良的《永恒的思念(代序)》,未录《在秋天》《面包(未完稿)》以及未刊晚年叙事长诗一首。

穆旦晚年诗作遗目

穆旦去世之后,家人清理遗物,发现"一张小纸条,上面写着密密麻麻的小字"(周与良语),这张小纸条现以《穆旦晚期诗作遗目》为题收入《穆旦诗文集》第 1 卷,共录诗题 58 个:

《爱情》《沉没》《理想》《演出》《自己》《"我"的形成》《诗》《老年的梦呓》《城市的街心》《智慧之歌》《友谊》《问》《停电之夜》《神的变形》《历史》《碉堡》《词藻小史》《幻想的旅程》《鸟瞰》《盛大的夏天》《火热的语言》《某人写照》《描圆》《时间不会说话》《保 M》《神塔》《大厦》《魔影》《镀金时代》《体面的语言》《妖女》《瞑想》《口头 G》《美好的故事》《真理》《原谅》《不宣而战》《听说》《我老了》《悼》《失眠》《奔月》《童年》《普通人》《好》《梦》《失败者》《欢呼声中》《软体》

《父与女》《四季之歌》《苦水》《半真半假的》《这儿一切都好》《茅屋》《一加一(二三)》《这个世界》《我受伤了》

　　按:《神的变形》之后的篇目未见于《穆旦诗文集》,多半已经无法再找到。其原因,可能是没有写,也可能是一种主动的、严肃的撕毁行为所造成的,周与良的回忆即曾谈到穆旦撕毁稿纸的细节①。又,按:由于是手写目录,其中《妖女》疑为《妖女之歌》,《瞑想》疑为《冥想》,《听说》《我老了》疑为《听说我老了》,《好》《梦》疑为《好梦》。

---

　　① 周与良观点,转引自李方《穆旦(查良铮)年谱》,穆旦:《穆旦诗文集(3版)(2)》,第417页。

附录二 穆旦诗歌发表一览表

本表所录包括两部分:(1)穆旦生前所发表的诗作信息。(2)穆旦晚年所写、后由家属或者友人整理发表的信息(至1996年版《穆旦诗全集》出版之前)。

报刊(篇数)	地点	篇目	发表时间、署名①
《南开高中学生》(8)	天津	《流浪人》	1934年春季第2期,1934年5月4日,署名良铮
		《神秘》	1934年春季第3期,1934年6月15日,总题为《诗三首》,署名查良铮
		《两个世界》	
		《夏夜》	
		《一个老木匠》	1934年秋季第1期"南开高中学生三十周年纪念特刊",1934年10月17日,署名良铮
		《冬夜》	1934年秋季第2期,1934年11月23日,署名良铮
		《前夕》	
		《哀国难》	1935年春季第3期,1935年6月21日,署名良铮
《清华副刊》(1)	北平	《我们肃立,向国旗致敬》	第45卷第3期,1936年11月16日,署名慕旦
《清华周刊》(2)	北平	《更夫》	第45卷第4期,1936年11月22日,署名慕旦
		《玫瑰的故事》	第45卷第12期,1937年1月25日,署名慕旦
《文学》(1)	北平	《古墙》	第8卷第1期,1937年1月,署名慕旦
《火线下》(1)	长沙	《在秋天》	第15号,1937年12月28日
《益世周报》(1)	昆明	《祭》	第2卷第3期,1939年1月27日
《中央日报》(1)	昆明	《一九三九年火炬行列在昆明》	"平明"第9期,1939年5月26日

① 凡署名"穆旦"者,从略。

(续表)

报刊(篇数)	地点	篇目	发表时间、署名
《大公报》(16)	香港	《Chorus 二章》	"文艺"第724期,1939年10月27日
		《防空洞的抒情诗》	"文艺"第755期,1939年12月18日
		《从空虚到充实》	"文艺"第806期,1940年3月27日
		《蛇的诱惑》	"文艺"第830期,1940年5月4日
		《漫漫长夜》	"文艺"第887期,1940年7月22日
		《悲观论者的画像》	"文艺"第918期,1940年9月5日
		《"有钱出钱,有力出力"》(按:后改题为《祭》)	"文艺"第923期,1940年9月12日
		《窗》	
		《在旷野上》	"文艺"第945期,1940年10月12日
		《不幸的人们》	"文艺"第948期,1940年10月16日
		《在寒冷的腊月的夜里》	"文艺"第1036期,1941年2月22日
		《智慧的来临》	"文艺"第1051期,1941年3月15日
		《中国在哪里》	"文艺"第1070期,1941年4月10日
		《我向自己说》	"文艺"第1073期,1941年4月14日
		《好梦》	"文学"第61期,1993年8月25日,总题为《穆旦遗作二首》
		《"我"的形成》	
《今日评论》(4)	昆明	《玫瑰之歌》	第3卷第14期,1940年4月7日,署名良铮
		《写在郁闷的时候》(按:后改题为《童年》)	第3卷第24期,1940年6月16日,署名良铮
		《失去的乐声》	
		《X光》	
《大公报》(9)	重庆	《出发》	"战线"第664期,1940年10月21日
		《原野上走路》	"战线"第666期,1940年10月25日
		《华参先生的疲倦》	"战线"第754号,1941年4月24日
		《还原作用》	"战线"第766号,1941年5月15日
		《我》	"战线"第767期,1941年5月16日

(续表)

报刊(篇数)	地点	篇目	发表时间、署名
《大公报》(9)	重庆	《神魔之争》	"战线"第803—807期,1941年8月2—5日
		《诗》(按:后改题为《出发》)	"战线"第919号,1942年5月4日
		《阻滞的路》	"战线"第936号,1942年8月23日
		《诗二章》	"文艺"第11号,1944年1月16日
《大公报》(3)	桂林	《智慧的来临》	"文艺"第1期,1941年3月16日
		《还原作用》	
		《中国在哪里》	"文艺"第17期,1941年4月25日
《贵州日报》(7)	贵阳	《在寒冷的腊月的夜里》	"革命军诗刊"第2期,1941年6月9日
		《五月》	"革命军诗刊"第3期,1941年7月21日
		《我向自己说》	"革命军诗刊"第5期,1941年10月6日
		《潮汐》	"革命军诗刊"第6期,1941年11月27日
		《伤害》	"革命军诗刊"第8期,1942年2月27日
		《春》	"革命军诗刊"第9期,1942年5月26日
		《黄昏》	"革命军诗刊"第10期,1942年7月13日
《柳州日报》(3)	柳州	《野兽》	"布谷"第3期,1942年2月2日,总题为《野兽(外一章)》
		《劝友人》	
		《不幸的人们》	"布谷"第6期,1942年3月15日
《文聚》(8①)	昆明	《赞美》	第1卷第1期,1942年2月16日
		《春的降临》	第1卷第2期,1942年4月20日
		《诗》(按:后改题为《诗八章》《诗八首》)	第1卷第3期,1942年6月10日
		《自然底梦》	《文聚丛刊》第1卷第5、6期合刊《一棵老树》,1943年6月,总题为《诗三章》
		《幻想底乘客》	
		《记忆底都城》	

---

① 《诗八首》的8章为完整的一首诗,故只算作1首;《诗三章》为3首完整的诗,故算作3首。

(续表)

报刊(篇数)	地点	篇目	发表时间、署名
《文聚》(8)	昆明	《合唱二章》(按:后改题为《祈神二章》)	第2卷第2期,1945年1月1日
		《线上》	第2卷第3期,1945年6月
《甘肃民国日报》(1)	兰州	《野兽》	1942年2月26日
《自由中国》(1)	桂林	《寄后方的朋友》(按:后改题为《控诉》)	新2卷第1—2合期,1942年5月1日
《文学报》(1)	桂林	《催眠曲》(按:后改题为《摇篮歌》)	第1号,1942年6月20日
《赣南民国日报》(1)	赣州	《诗》	1944年2月10日
《青年文艺》(1)	重庆	《潮汐》	新第1卷第3期,1944年10月
《华声》(1)	重庆	《隐现》	第1卷第5·6期,1945年1月
《文哨》(1)	重庆	《活下去》	第1卷第1期,1945年5月4日
《诗文学》丛刊(1)	重庆	《被围者》	第2辑《为了面包与自由》,1945年5月
《大刚报》	贵阳	《春天和蜜蜂》《甘地》等	"阵地",约为1945年①
《独立周报》(1)	昆明	《通货膨胀》	第11期,1946年3月10日
《文艺复兴》(4)	上海	《七七》	第1卷第6期,1946年7月1日,总题《诗四首》
		《先导》	
		《农民兵》	
		《森林之歌——祭野人山上的白骨》(按:后改题为《森林之歌——祭野人山上死难的兵士》/《森林之魅——祭野人山上死难的兵士》)	
《侨声报》(3)	上海	《良心颂》	"学诗"第2期,1946年9月19日
		《野外演习》	"学诗"第5期,1946年10月10日
		《通货膨胀》	"学诗"第11期,1946年11月21日

① 笔者曾到国家图书馆翻阅《大刚报·阵地》副刊,因报纸残缺不全,很多期号缺失,未能找到所刊载的这些诗歌。现据方敬:《回忆〈阵地〉》,《新文学史料》,1992年第4期。

附录二　穆旦诗歌发表一览表

（续表）

报刊（篇数）	地点	篇目	发表时间、署名
《诗地》(1)	汉口	《重庆居》(按：后改题为《流吧，长江的水》)	第1期，1947年1月1日
《民歌——诗音丛刊第一辑》(1)	上海	《云》	1947年2月1日
《益世报》(17)	天津	《时感四首》	"文学周刊"第27期，1947年2月8日
		《旗》	"文学周刊"第44期，1947年6月7日，总题为《抗战诗录》
		《给战士》	
		《野外演习》	
		《一个战士需要温柔的时候》	
		《退伍》	"文学周刊"第53期，1947年8月16日，总题为《抗战诗录》
		《打出去》	
		《奉献》	
		《反攻基地》	
		《我想要走》	"文学周刊"第67期，1947年11月22日
		《暴力》	
		《胜利》	
		《牺牲》	
		《手》	
		《发见》	
		《我歌颂肉体》	
		《诗四首》(按：为《饥饿的中国》的前四章)	"文学周刊"第73期，1948年1月10日
《新报》(1)	沈阳	《报贩》	"星期文艺"第2期，1947年3月2日
《大公报》(12)	天津	《旧诗抄（一）（二）》(按：（一）为《赠别》第1节，（二）为《寄——》)	"星期文艺"第22期，1947年3月12日
		《春》	
		《春天和蜜蜂》	
		《成熟》(按：后改题为《裂纹》)	"星期文艺"第23期，1947年3月16日
		《海恋》	
		《他们死去了》	
		《甘地》	"星期文艺"第27期，1947年4月13日

(续表)

报刊(篇数)	地点	篇目	发表时间、署名
《大公报》(12)	天津	《荒村》	"星期文艺"第34期,1947年6月1日
		《诞辰有作》(按:后改题为《三十诞辰有感》)	"星期文艺"第38期,1947年6月29日
		《隐现》	"星期文艺"第53期,1947年10月26日
		《甘地之死》	"星期文艺"第69期,1948年2月22日
		《诗四首》	"星期文艺"第102期,1948年10月10日
《新诗歌》(1)	上海	《农民兵》	第4号,1947年5月15日
《文学杂志》(8)	北平	《森林之歌》	第2卷第2期,1947年7月1日
		《荒村》	第2卷第3期,1947年8月1日
		《三十诞辰有感》	第2卷第4期,1947年9月1日
		《饥饿的中国》	第2卷第8期,1948年1月1日
		《我想要走》	第2卷第9期,1948年2月1日
		《胜利》	第2卷第10期,1948年3月1日,总题为《诗二首》
		《牺牲》	
		《隐现》	第2卷第12期,1948年5月1日
《平明日报》(3)	北平	《通货膨胀》	"星期艺文"第15期,1947年8月3日
		《黄昏》	"风雨"第266期,1948年7月24日
		《X光》	"星期艺文"第80期,1948年10月31日,署名良铮
《谷雨文艺》(1)	广州	《通货膨胀》	第2期,1947年10月1日
《经世日报》(2)	北平	《发见》	"文艺周刊"第67期,1947年11月23日
		《我歌颂肉体》	
《新疆日报》(1)	乌鲁木齐	《春天和蜜蜂》	"文艺"第5期,1948年2月29日
《正报》(1)	杭州	《海恋》	"生活"第487期,1948年5月10日
《东南日报》(1)	上海	《牺牲》	"长春",1948年5月14日
《中国新诗》(7)	上海	《世界》	第1集《时间与旗》,1948年6月,总题为《世界(外二章)》
		《手》	
		《我想要走》	
		《暴力》	第3集《收获期》,1948年8月
		《城市的舞》	第4集《生命被审判》,1948年9月,总题为《城市的舞(外二章)》
		《绅士和淑女》	
		《诗》	

（续表）

报刊（篇数）	地点	篇目	发表时间、署名
《诗星火》丛刊（1）	南京	《诗两首》（按：即本年所作《诗四首》的前两章）	第1辑《魔术师的自白》，1948年10月1日
《人民日报》（1）	北京	《九十九家争鸣记》	1957年5月7日
《诗刊》（12）	北京	《葬歌》	1957年第5期
		《演出》	1980年第2期，总题为《穆旦遗作选》
		《友谊》	
		《自己》	
		《秋》	
		《冬》	
		《理智与感情》	1987年第2期，总题为《穆旦遗诗六首》（按：《理智与感情》一诗两章被视为两首，实际上当期《诗刊》所载穆旦诗歌只有5首）
		《诗》	
		《理想》	
		《听说我老了》	
		《冥想》	
		《老年的梦呓》	1994年第2期
《人民文学》（7）	北京	《问》	1957年第7期，总题为《诗七首》
		《我的叔父死了》	
		《去学习会》	
		《三门峡水利工程有感》	
		《"也许"和"一定"》	
		《美国怎样教育下一代》	
		《感恩节——可耻的债》	
《中国学生周报》（3）	香港	《城市的舞》	第996期，1971年8月20日，总题为《城市的舞（外二章）》
		《绅士和淑女》	
		《诗》	
《新晚报》（1）	香港	《苍蝇》	1980年6月10日
《雨花》（1）	南京	《停电之后》	1980年第6期

（续表）

报刊（篇数）	地点	篇目	发表时间、署名
《新港》(4)	天津	《理想》(第一章)	1981年第12期（按：并非严格意义上的刊载，但却是这两首诗的首次面世，见樊帆[郭保卫]的《忆穆旦晚年二三事》一文所录）
		《停电之后》	
		《智慧之歌》	1983年第2期，总题为《智慧之歌（外一首）》
		《有别》	

附录三 穆旦诗歌版本、诗集编撰等问题讨论的主要文献

1. 梁秉钧:《穆旦与现代的"我"》,收入杜运燮等编:《一个民族已经起来》,南京:江苏人民出版社,1987年。

◆所涉篇目:《从空虚到充实》。

2. 王毅:《细读穆旦〈诗八首〉》,《名作欣赏》,1998年第2期。

◆所涉篇目:《诗八首》。

3. 姚丹:《"第三条抒情的路"——新发现的几篇穆旦诗文》,《中国现代文学研究丛刊》,1999年第3期。

◆所涉篇目:主要是《贵州日报·革命家诗刊》上所刊载的7首穆旦佚诗,包括《春》《五月》《我向自己说》《潮汐——给运燮》《黄昏》《在寒冷的腊月的夜里》,对于《春》的讨论尤为详细。

4. 易彬:《穆旦诗歌修改情况举陈》,《北京教育学院学报》,2004年第2期。

◆文章以当时所搜集到的穆旦诗歌版本为基础展开,即诗集《旗》、1940年代的报刊、手稿(杨苡所藏),并谈及了《穆旦诗全集》对于穆旦诗歌版本的说明及其问题。

5. 巫宁坤:《人生本来是一个严酷的冬天——穆旦逝世二十周八年祭》,《文汇读书周报》,2005年2月25日。

◆所涉篇目:《冬》。

6. 易彬:《从"野人山"到"森林之魅"——穆旦精神历程(1942～1945)考察》,《中国现代文学研究丛刊》,2005年第3期。
◆所涉篇目:《森林之魅——祭胡康河上的白骨》。

7. 易彬、李方:《穆旦研究十年(1996—2005)评述》,《诗探索》,2006年第3辑。
◆文章对这一时期学界对于穆旦诗歌的修改研究进行了评述。

8. 鲍昌宝:《穆旦的一首佚诗》,《诗探索》,2006年第3辑。
◆所涉篇目:新发现的《祭》(1938)。

9. 王攸欣:《穆旦晚年处境与荒原意识——以〈冬〉为中心的考察》,《中国现代文学研究丛刊》,2007年第1期。
◆所涉篇目:《冬》。

10. 邓集田:《穆旦〈冬〉诗的版本问题》,《文艺争鸣》,2007年第9期。
◆所涉篇目:《冬》。

11. 霍俊明:《一个时代的考察:史料的发掘与穆旦的新诗史状貌——〈穆旦诗全集〉、〈穆旦诗文集〉的变动及新诗史意义》,童庆炳主编:《文化与诗学》(第6辑),北京:北京大学出版社,2008年。
◆文章从《穆旦诗全集》和《穆旦诗文集》中一些史料的增补出发,对穆旦新诗的改动情况进行了讨论。

12. 陈越、解志熙:《人与诗的成长——穆旦集外诗文校读札记(附录:穆旦集外文六篇)》,《励耘学刊(文学卷)》,2008年第1辑(总第7辑)

◆所涉篇目:新发现的《我们肃立,向国旗致敬》《失去的乐声》《X光》等诗。

13. 周锋:《穆旦〈冬〉的两个版本》,《诗刊》,2009年第1期(上半月刊)
◆所涉篇目:《冬》。

14. 李章斌:《〈《丘特切夫诗选》译后记〉与穆旦诗歌的隐喻》,《南京理工大学学报》,2009年第4期。
◆所涉篇目:《春》。

15. 李章斌:《现行几种穆旦作品集的出处与版本问题》,《中山大学学报》,2009年第5期。
◆所涉篇目:对现行穆旦诗集的编选体例与方法进行了讨论,提及《被围者》《诗四首》,详述了《春》的三个不同版本。

16. 段从学:《穆旦与〈布谷〉副刊》,《诗探索》,2010年第1集。
◆所涉篇目:发表在《柳州日报·布谷》上的《野兽》《劝友人》《不幸的人们》。

17. 解志熙:《一首不寻常的长诗之短长——〈隐现〉的版本与穆旦的寄托》,《新诗评论》,2010年第2辑,北京:北京大学出版社。
◆所涉篇目:《隐现》。

18. 易彬:《对于穆旦诗歌修改行为的考察》,为《穆旦与中国新诗的历史建构》一书的第一编第六章,北京:中国社会科学出版社,2010年,第109—127页。
◆文章对穆旦诗歌修改的总体状况作了说明,具体分析的时候,从包括从标题、形式、诗段、诗行、重要词句、结尾等在内的修改类型着手。篇目主要包括《祭》《神魔之争》《给战士——欧战胜利日》《停电之后》《春》《活下去》《反攻基地》《冬》《从空虚到充实》《被围者》等。

19. 易彬:《穆旦诗歌版本状况及汇校举隅》,《穆旦年谱》之附录二,北京:中国社会科学出版社,2010年,第325—340页。
◆ 文章对穆旦诗歌版本的总体状况作了说明,汇校则选用了三个例子,即《玫瑰之歌》《智慧的来临》《三十诞辰有感》。

20. 李章斌:《1940年代穆旦诗歌的隐喻与其非指涉性》,《文学评论丛刊》,2011年第1辑。
◆ 所涉篇目:《饥饿的中国》《被围者》。

21. 张小龙:《穆旦〈诗八首〉之文本修改例析》,《青年作家·中外文艺》,2011年第2期。
◆ 所涉篇目:《诗八首》。

22. 马绍玺:《穆旦轶诗〈记忆底都城〉与"文聚丛刊"》,《中国现代文学研究丛刊》,2011年第5期。
◆ 所涉篇目:新发现的《记忆底都城》。

23. 易彬:《文献学视野下的穆旦诗歌研究》,《中国现代文学研究丛刊》,2011年第5期。
◆ 该文即本书"导论"的主要部分。

24. 凌孟华:《穆旦诗作〈云〉版本考辩》,《文艺争鸣》,2012年第12期。
◆ 所涉篇目:《云》。

25. 王鹏程、鲁惠显:《穆旦西南联大时期佚文及〈隐现〉的最初版本》,《现代中文学刊》,2014 年第 1 期。

◆所涉篇目:《隐现》。

26. 易彬、杨艺嫄:《穆旦集外文五篇》,《长沙理工大学学报(社科版)》,2015 年第 2 期。

◆所涉篇目:新发现的《在秋天》等。

27. 张立群:《沈阳的穆旦——兼及研究中的史料使用问题》,《文艺评论》,2015 年第 7 期。

◆所涉篇目:《报贩》。

28. 周紫薇:《穆旦诗歌〈森林之魅〉的版本流变》,《怀化学院学报》,2016 年第 3 期。

◆所涉篇目:《森林之魅》。

29. 凌孟华:《〈穆旦诗文集〉增订本增补诗歌指瑕》,《中华读书报》,2016 年 7 月 6 日。

◆所涉篇目:《穆旦诗文集》(增订版)新增的 7 首诗歌,即《我们肃立,向国旗致敬》《祭》《失去的乐声》《X 光》《记忆底都城》《绅士和淑女》《歌手》。

30. 易彬:《被点燃、被隐匿的"青春"——从异文角度读解穆旦〈春〉及其诗歌特质》,《中国现代文学研究丛刊》,2016 年第 12 期。

◆所涉篇目:《春》。

31. 易彬:《集外文章、作家形象与现代文学文献整理的若干问题——以新见穆旦集外文为中心的讨论》,《文学评论》,2017 年第 4 期。

◆所涉篇目:对于穆旦集外文的总体讨论。

32. 包晗:《"转变"的心路——关于穆旦诗歌〈春〉的版本考辨》,《新诗评论》,总第 21 辑,北京:北京大学出版社,2017 年 10 月。

◆ 所涉篇目:《春》

33. 易彬:《个人写作、时代语境与编者意愿——汇校视域下的穆旦晚年诗歌研究》,《中国现代文学研究丛刊》,2018 年第 3 期。

◆ 所涉篇目:穆旦晚年诗歌

后　记

　　说起来也是在南京求学期间，2000年左右，因为硕士论文写作的关系，开始注意到穆旦诗歌存在着不同的版本，版本间存在着不少异文，但当时所查找的范围还很有限，主要也就是在南京大学、南京图书馆等处所能查找到的资料，包括穆旦的第3部诗集《旗》，1940年代的报刊材料如《大公报》《文学杂志》《青年文艺》《文哨》等。越两年，在采访穆旦友人杨苡先生时，获得手稿复印件几种。后草成《穆旦诗歌的修改情况举陈》一文，受《穆旦诗全集》的编者李方先生的推介，2004年发表于他所在学校的学报（《北京教育学院学报》）。

　　以现今的中国现代文学文献学的视域来看，此文实在是颇成问题的一次写作，材料掌握有限自然是一个方面，更大的问题还在于底本选择不当。当时虽未用"汇校"之名，但选用李方先生编选的《穆旦诗全集》这一当代选本作底本，实属想当然。此次写作显示了本人当时的知识积累、学术训练等方面的状况，想来，也不妨视其为中国现代文学文献学的自发状态的一个表征。

　　平心而论，《穆旦诗编年汇校》是一次非常繁琐的写作——完全可说到目前为止，我碰到的最为繁琐的写作。曾有人善意地问我，做这个事枯不枯燥？我最直接的一个感受倒不是枯燥，而是眼睛的劳累。在国家图书馆里几乎是数小时不间断地盯着屏幕看缩微胶卷，回到家里一遍又一遍地对校各种版本——本书的出版曾启动多次，每一个版本的对校大概都不下十次吧，眼睛时有发胀和发花的感觉。异文似乎层出不穷，明明是前段时间仔细地检校过了，再一看，又冒出几条异文来。一直到最近这次，依然有这种情况。现代文学文献学近年来虽是得到了相当的重视，重量级的、大部头的汇校成果却始终寥寥，现在想来，至少有部分是"肉体"方面的原因吧——从观念层面看，文献学之于现代文学研究的重要意义很多人都意识到了，但视为畏途者大概并不在少数。

  现在，终于临到交稿了，坦白地说，内心有几分忐忑。这种忐忑是先前几次出版所没有的，体例是否得当？哪一处是不是还有重要的疏漏？但想着在中国现代文学研究之中，汇校本著作不过寥寥数种，而且此前学界也从来没有对一个重要作家的全部诗歌作品展开过汇校，那就让这份忐忑持续一段时间吧。

  近些年来，常有师友善意地提醒我，学术上该转转向了。大意即是，做了这么些穆旦研究，该做些新的拓展了。其实，我在新诗研究与批评方面，在现代文学文献学的理念探索及文献整理方面，也做了不少工作，比如《我不能不探索：彭燕郊晚年谈话录》的出版（2014），与本书差不多算是同期进入出版流程的、多达数十万字的《彭燕郊陈耀球往来书信集》，已经着手整理的、估计实际字数也有数十万字之多的《彭燕郊陈实往来书信集》，等等。此外，借着2016年至2017年间在荷兰莱顿大学访学的机会，在中外文学交流方面也开始了更多的关注。只是这些工作或在进行中，或并不大为人注意罢了。一直没有放下穆旦这一个案，倒不是图省事，也不能完全说成是与研究对象的某种契合，而是觉得从学术角度来考量，关于穆旦这样一位重要作家的研究，足可辐射到现代文学研究的诸多问题。我近年来做的"穆旦研究系列著作"，已有《穆旦与中国新诗的历史建构》《穆旦年谱》《穆旦评传》《穆旦诗编年汇校》4种，宽泛地说，还有与李怡教授合编的《穆旦研究资料》（上下两卷）。大致说来，主要是从史论、年谱、传记、文献四个层面展开。史论层面搭起了个人史、文学史与传播史这三大历史框架，年谱层面较多发掘了"同时代共生性的史料资源",传记层面在讲述"一位中国诗人并不顺畅的一生"的同时,也试图展现"一个风云变幻莫测的时代",文献层面则是中国现代文学文献学知识理念的一次比较充分的实践。这些工作在个案作家研究方面应该算是比较深入而独到的了,相信它们能呈现现代中国的某些面影,对中国现代文学研究也能起到某种推动作用。

真要感谢诸位师友对于我的学术发展的关心,下一步的研究,新诗研究自然仍是一个方向,现代文学文献学也会是重点发展的一个方向——在喧嚣的时代,沉潜为学,读读诗歌、做点文献的搜集与整理工作,也算是有了一个安身立命之所在。放大来说,前面虽然谈到了枯坐板凳、眼睛发花的窘状,但对于现代文学文献学的发展,我还是有信心的。但凡一个成熟的学科,都应当具备相对稳定的文献学基础。中国现代文学学科建设的持续推进也应该是建立在扎实、可靠的文献基础之上的;而且,私意猜测,在国家不断加大对于哲学社会科学经费投入的总体背景之下,现代文学作品的重新整理(清理)工作终会逐步展开的(现在看来,已经有了很大的改变)。实际上,就我个人的研究而言,《穆旦诗编年汇校》继《穆旦(查良铮)年谱长编》之后,再次列为国家社科基金后期资助项目,而后,《中国现代文学文献学的理论建构与实践形态研究》也立为国家社科基金项目,我愿意将这视为专家学者对于现代文学文献学研究的认可和期待。

在新著即将出版之际,要特别感谢李方先生在穆旦诗歌编选方面所作出的具有开创意义的工作,这令我在编年和篇目方面得以大大地省力;感谢他多年的支持和鼓励,我们的联系不算多,但李方先生每每以"挚友"相称,令我倍感温暖。特别感谢解志熙教授在知识理念、汇校体例等方面所给予的非常热情的指导。也要特别感谢陈越兄提供的多种资料。感谢陈子善、谢泳、罗振亚诸位教授的指教。感谢姚丹、易晖、马绍玺、邓集田、张立群、李章斌、杨金彪、乔红、杨新宇、凌孟华、罗长青、周小琳、李安昆、戚慧,感谢诸位热心无私地提供资料或在资料查找上所给予的方便。感谢《中国现代文学研究丛刊》刊发了本书的长篇导言和关于《春》的版本研究、关于穆旦晚年诗歌汇校的长文。感谢《北京教育学院学报》《淮南师范学院学报》《诗探索》《长沙理工大学学报》《贵州师范大学学报》《文学评论》等刊物(以发表时间先后为序),刊发了我的那些讨论穆旦诗歌版本、诗集编撰和集外文效应等等相关主题的论文。

  因为一些原因,本书的出版延迟了四五年的时间,实际收录的篇目也有所调整。现在看来,曾经自认为延迟出版是憾事,但几年的历练与打磨,却又是切实地校正了某些知识理念,也在相当程度上减少了可能存在的技术错漏。在如此一个追求快速的时代,本书出版之"慢"虽是客观因素所造成的,但终归还是让人有了"数年磨一剑"之慨。在这期间,很多朋友,认识的不认识的,都曾询问过此书的进展情况,这种关切时常令我感怀。感谢穆旦家属最终授权允诺本书的出版。还要特别感谢张雅秋博士对于本书的耐心等候与细心工作。感谢北京大学出版社为此所付出的种种努力。

2013 年 4 月 8 日初作

2015 年 2 月 16 日略订

2017 年 10 月 12 日补订

2018 年 8 月 23 日定稿

2019 年 4 月 5 日,再次改定